郭沫若

GUOMORUO

郭沫若作品精选

名家作品精选

郭沫若 著

长江出版传媒 | 长江文艺出版社

图书在版编目（CIP）数据

郭沫若作品精选 / 郭沫若著. -- 武汉 : 长江文艺出版社, 2019.11(2024.8 重印)
（名家作品精选）
ISBN 978-7-5702-1091-6

Ⅰ. ①郭… Ⅱ. ①郭… Ⅲ. ①中国文学－现代文学－作品综合集 Ⅳ. ①I216.2

中国版本图书馆 CIP 数据核字(2019)第 188568 号

责任编辑：马　蓓　　　　责任校对：毛季慧
封面设计：沐希设计　　　　责任印制：邱　莉　王光兴

出版：长江出版传媒 | 长江文艺出版社
地址：武汉市雄楚大街 268 号　　　　邮编：430070
发行：长江文艺出版社
http://www.cjlap.com
印刷：三河市百盛印装有限公司

开本：640 毫米×970 毫米　1/16　印张：20.75
版次：2019 年 11 月第 1 版　　2024 年 8 月第 2 次印刷
字数：295 千字

定价：69.80 元

目　录

诗　歌

戏　剧

散　文

小　说

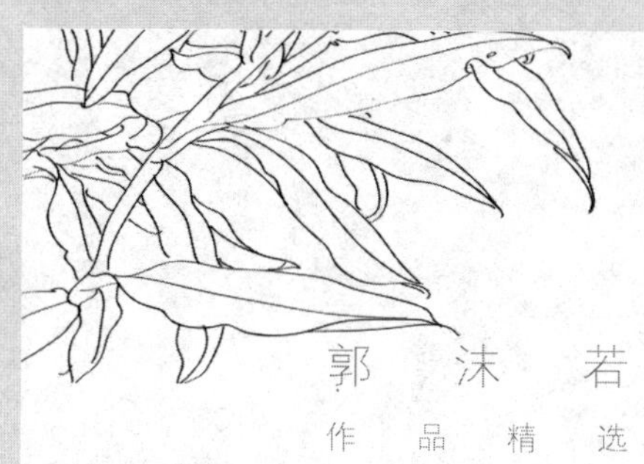

郭　沫　若

作　品　精　选

诗歌

诗　歌

序 诗

我是个无产阶级者：
因为我除个赤条条的我外，
什么私有财产也没有。
《女神》是我自己产生出来的，
或许可以说是我的私有，
但是，我愿意成个共产主义者，
所以我把她公开了。

《女神》哟！
你去，去寻那与我的振动数相同的人；
你去，去寻那与我的燃烧点相等的人。
你去，去在我可爱的青年的兄弟姊妹胸中，
把他们的心弦拨动，
把他们的智光点燃吧！

1921 年 5 月 26 日

女神之再生

Alles Vergaengliche	一切无常者
ist nur ein Gleichnis;	只是一虚影；
das Unzulaengliche,	不可企及者
hier wird's Ereignis;	在此事已成；
das Unbeschreibliche,	不可名状者
hier ist's getan;	在此已实有；
das Ewigweibliche	永恒之女性
zieht uns hinan.	领导我们走。
——**Goethe**	——**歌德**

序幕：不周山中断处。巉岩壁立，左右两相对峙，俨如巫峡两岸，形成天然门阙。阙后现出一片海水，浩淼无际，与天相接。阙前为平地，其上碧草芊绵，上多坠果。阙之两旁石壁上有无数龛穴。龛中各有裸体女像一尊，手中各持种种乐器作吹奏式。

山上奇木葱茏，叶如枣，花色金黄，萼如玛瑙，花大如木莲，有硕果形如桃而大。山顶白云叆叇，与天色相含混。

上古时代。共工与颛顼争帝之一日，晦冥。

开幕后沉默数分钟，远远有喧嚷之声起。

女神各置乐器，徐徐自壁龛走下，徐徐向四方瞻望。

女神之一　自从炼就五色彩石
曾把天孔补全，
把黑暗驱逐了一半
向那天球外边；

在这优美的世界当中，
吹奏起无声的音乐雝融。
不知道月儿圆了多少回，
照着这生命底音波吹送。

女神之二　可是，我们今天的音调，
为什么总是不能和谐？
怕在这宇宙之中，
有什么浩劫要再！——
听呀！那喧嚷着的声音，
愈见高，愈见逼近！
那是海中的涛声？空中的风声？
可还是——罪恶底交鸣？

女神之三　刚才不是有武夫蛮伯之群
打从这不周山下经过？
说是要去争做什么元首……
哦，闹得真是过火！
姊妹们呀，我们该做什么？
我们这五色天球看看要被震破！
倦了的太阳只在空中睡眠，
全也不吐放些儿炽烈的光波。

女神之一　我要去创造些新的光明，
不能再在这壁龛之中做神。

女神之二　我要去创造些新的温热，
好同你新造的光明相结。

女神之三　姊妹们，新造的葡萄酒浆
不能盛在那旧了的皮囊。
为容受你们的新热、新光，
我要去创造个新鲜的太阳！

其他全体　我们要去创造个新鲜的太阳，
不能再在这壁龛之中做甚神像！

全体向山阙后海中消逝。

山后争帝之声。

颛　顼　我本是奉天承命的人，

上天特命我来统治天下，
共工，别教死神来支配你们，
快让我做定元首了吧！

共　工　我不知道夸说什么上天下地，
我是随着我的本心想做皇帝。
若有死神时，我便是死神，
老颛，你是否还想保存你的老命？

颛　顼　古人说：天无二日，民无二王。
你为什么定要和我对抗？

共　工　古人说：民无二王，天无二日。
你为什么定要和我争执？

颛　顼　啊，你才是个呀——山中的返响！

共　工　总之我要满足我的冲动为帝为王！

颛　顼　你到底为什么定要为帝为王？

共　工　你去问那太阳：为什么要亮？

颛　顼　那么，你只好和我较个短长！

共　工　那么，你只好和我较个长短！

群众大呼声　战！战！战！

喧呼杀伐声，武器斫击声，血喷声，倒声，步武杂沓声起。

农叟一人　（荷耕具穿场而过）
我心血都已熬干，
麦田中又见有人宣战。
黄河之水几时清？
人的生命几时完？

牧童一人　（牵羊群穿场而过）
啊，我不该喂了两条斗狗，
时常只解争吃馒头；
馒头尽了吃羊头，
我只好牵着羊儿逃走。

野人之群　（执武器从反方向穿场而过）
得寻欢时且寻欢，
我们要往山后去参战。
毛头随着风头倒，

两头利禄好均沾！

山后闻“颛顼万岁！皇帝万岁！”之声，步武杂沓声，追呼声：“叛逆徒！你们想往哪儿逃走？天诛便要到了！”

共　工　（率其党徒自山阙奔出，断发文身，以蕉叶蔽下体，体中随处受伤，所执铜刀石器亦各鲜血淋漓）

啊啊！可恨呀，可恨！
可恨我一败涂地！
恨不得把那老狯底头颅
切来做我饮器！（舔吸武器上血液，作异常愤怒之态）
这儿是北方的天柱，不周之山，
我的命根已同此山一样中断。
党徒们呀！我虽做不成元首，
我不肯和那老狯甘休！
你们平常仗我为生，
我如今要用你们的生命！

党徒们拾山下坠果而啗食。

共　工　啊啊，饿痨之神在我的肚中饥叫！
这不周山上的奇果，听说是食之不劳。
待到宇宙全体破坏时还有须臾，
你们尽不妨把你们的皮囊装饱。

追呼之声愈迫。

共　工　敌人底呼声如像海里的怒涛，
只不过逼着这破了的难船早倒！
党徒们呀，快把你们的头颅借给我来！
快把这北方的天柱碰坏！碰坏！

群以头颅碰山麓岩壁，雷鸣电火四起。少时发一大雷电，山体破裂，天盖倾倒，黑烟一样的物质四处喷涌，共工之徒倒死于山麓。

颛　顼　（裸身披发，状如猩猩，率其党徒执同样武器出场）

叛逆徒！你们想往那儿逃跑？
天诛快……呢呀！呢呀！怎么了？
天在飞砂走石，地在震摇，山在爆，
啊啊啊啊！浑沌！浑沌！怎么了？怎么了？……

雷电愈激愈烈，电火光中照见共工、颛顼及其党徒之尸骸狼藉地上。移时雷电渐渐弛缓，渐就止息。舞台全体尽为黑暗所支配。沉默五分钟。

水中游泳之声由远而近。

黑暗中女性之声　——雷霆住了声了！
——电火已经消灭了！
——光明同黑暗底战争已经罢了！
——倦了的太阳呢？
——被胁迫到天外去了！
——天体终竟破了吗？
——那被驱逐在天外的黑暗不是都已逃回了吗？
——破了的天体怎么处置呀？
——再去炼些五色彩石来补好他罢？
——那样五色的东西此后莫中用了！
我们尽他破坏不用再补他了！
待我们新造的太阳出来，
要照彻天内的世界，天外的世界！
天球底界限已是莫中用了！
——新造的太阳不怕又要疲倦了吗？
——我们要时常创造新的光明、新的温热去供给她呀！

——哦，我们脚下到处都是男性的残骸呀！
——这又怎么处置呢？
——把他们抬到壁龛之中做起神像来吧！
——不错呀，教他们也奏起无声的音乐来吧！
——新造的太阳，姐姐，怎么还不出来？
——她太热烈了，怕她自行爆裂；
还在海水之中浴沐着在！
——哦，我们感受着新鲜的暖意了！
——我们的心脏，好像些鲜红的金鱼，
在水晶瓶里跳跃！
——我们什么都想拥抱呀！

——我们唱起歌来欢迎新造的太阳吧！

合　唱　太阳虽还在远方，
太阳虽还在远方，
海水中早听着晨钟在响：
丁当，丁当，丁当。

万千金箭射天狼①，
天狼已在暗悲哀，
海水中早听着葬钟在响：
丁当，丁当，丁当。

我们欲饮葡萄觥，
愿祝新阳寿无疆，
海水中早听着酒钟在响：
丁当，丁当，丁当。

此时舞台突然光明，只现一张白幕。舞台监督登场。

舞台监督　（向听众一鞠躬）诸君！你们在乌烟瘴气的黑暗世界当中怕已经坐倦了吧！怕在渴慕着光明了吧！作这幕诗剧的诗人做到这儿便停了笔，他真正逃往海外去造新的光明和新的热力去了。诸君，你们要望新生的太阳出现吗？还是请去自行创造来！我们待太阳出现时再会！

〔**附白**〕此剧取材于下引各文中：

天地亦物也，物有不足，故昔者女娲氏炼五色石以补其缺，断鳌之足以立四极。其后共工氏与颛顼争为帝，怒而触不周之山。折天柱，绝地维。故天倾西北，日月星辰就焉；地不满东南，故百川水潦归焉。（《列子·汤问篇》）

女娲氏古之神圣女，化万物者也。——始制笙簧。（《说文》）

不周之山北望诸毗之山，临彼岳崇之山，东望泑泽（别

① 星名，在大犬星座。

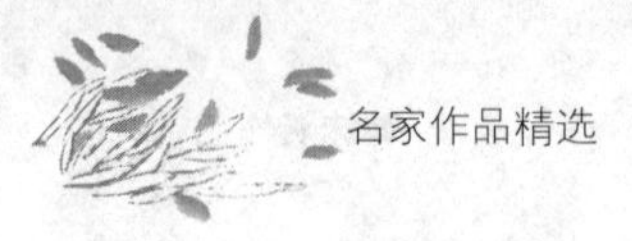

名蒲昌海），河水所潜也；其源浑浑泡泡。爰有嘉果，其实如桃，其叶如枣，黄华而赤柎，食之不劳。（《山海经·西次三经》）

本篇最初发表于上海《民铎》杂志，1921 年 2 月 25 日。

湘 累

女须之婵媛兮，
申申其詈予。
曰，鲧婞直以亡身兮，
终然殀乎羽之野。
汝何博謇而好修兮，
纷独有此姱节？
薋菉葹以盈室兮，
判独离而不服！

——《离骚》

序幕：洞庭湖。早秋，黄昏时分。

君山前横，上多竹林芦薮。有银杏数株，参差天际。时有落叶三五，戏舞空中如金色蛱蝶。

妙龄女子二人，裸体，散发，并坐岸边岩石上，互相偎倚。一吹“参差”（洞箫），一唱歌。

女 子 （歌）泪珠儿要流尽了，
爱人呀，
还不回来呀？
我们从春望到秋，
从秋望到夏，
望到水枯石烂了！
爱人呀，
回不回来呀？

棹舟之声闻，二女跳入湖中，潜水而逝。

此时帆船一只，自左棹出。船头饰一龙首，帆白如雪。老翁一人，银发椎髻，白须髯，袒上身，在船之此侧往来撑篙，口中漫作欸乃之声。

屈原立船头展望，以荷叶为冠，玄色绢衣，玉带，颈上挂一莲瓣花环，长垂至脐；颜色憔悴，形容枯槁。其姐女须扶持之。鬒发如云，簪以象揥。耳下垂碧玉之瑱。白衣碧裳，俨如朝鲜女人装束。

屈　原　这儿是什么地方，这么浩淼迷茫地！前面的是什么歌声？可是谁在替我招魂吗？

女　须　嗳！你总是爱说这样疯癫识倒的话，你不知道你姐姐底心中是怎样痛苦！你的病，嗳！难道便莫有好的希望了吗？

老　翁　三闾大夫！这儿便是洞庭湖了。前面的便是君山。我们这儿洞庭湖里，每到晚来，时时有妖精出现，赤条条地一丝不挂，永远唱着同一的歌词，吹着同一的调子。她们倒吹得好，唱得好，她们一吹，四乡的人都要流起眼泪。她们唱倦了，吹倦了，便又跳下湖水里面去深深藏着。出现的时候，总是两个女身。四乡的人都说她们是女英与娥皇，都来拜祷她们：祈祷恋爱成功的也有，祈祷生儿育女的也有；还有些痴情少年，为了她们跳水死的真是不少呢。

屈　原　哦，我知道了。我知道她们在望我，在望我回去。唉，我要回去！我的故乡在那儿呀？我知道你们望得我苦，我快要回来了。哦，我到底是什么人？三闾大夫吗？哦，我记起来了。我本是大舜皇帝呀！从前大洪水的时候，他的父亲把水治坏了，累得多死了无数的无辜百姓，所以我才把他逐放了，把他杀了。但是我又举了他的儿子起来，我祈祷他能够掩盖他父亲底前愆。他倒果然能够，他辛勤了八年，果然把洪水治平了。天下的人都赞奖他的功劳，我也赞奖他的功劳，所以我才把帝位禅让给了他。啊，他却是为了什么？他，他为什么反转又把我逐放了呢？我曾杀过一个无辜的百姓吗？我有什么罪过？啊，我流落在这异乡，我真好苦呀！苦呀！……鸨呀，我的姐姐！你又在哭些什么？

女　须　你总是爱说你那样疯癫识倒的话，你不知道你姐姐底心中是怎么地痛苦!

屈　原　姐姐，你却怪不得我，你只怪得我们所处的这个混浊的世界!我并不曾疯，他们偏要说我是疯子。他们见了凤凰要说是鸡，见了麒麟要说是驴马，我也把他们莫可奈何。他们见了圣人要说是疯子，我也把他们莫可奈何。他们既不是疯子，我又不是圣人，我也只好疯了，疯了，哈哈哈哈哈，疯了!疯了!

(歌)

惟天地之无穷兮，
哀人生之长勤。
往者余弗及兮，
来者吾不闻。
吾将纠思心以为纕兮，
编愁苦以为膺，
折若木以蔽光兮，
随飘风之所仍!

啊啊!我倦了，我厌了!这漫漫的长昼，从早起来，便把这混浊的世界开示给我，他们随处都叫我是疯子，疯子。他们要把我这美洁的莲佩扯去，要把我这高岌的危冠折毁，要投些粪土来攻击我。从早起来，我的脑袋便成了一个灶头;我的眼耳口鼻就好像一些烟筒的出口，都在冒起烟雾，飞起火星，我的耳孔里还烘烘地只听着火在叫;灶下挂着的一个土瓶——我的心脏——里面的血水沸腾着好像干了的一般，只迸得我的土瓶不住地跳跳跳。哦，太阳往那儿去了?我好容易才盼到，我才望见他出山，我便盼不得他早早落土，盼不得我慈悲的黑夜早来把这浊世遮开，把这外来的光明和外来的口舌通同掩去。哦，来了，来了，慈悲的黑夜渐渐走来了。我看见她，她的头发就好像一天的乌云，她有时还戴着一头的珠玉，那却有些多事了;她的衣裳是黑绢做成的，和我的一样;她戴着一身不知名的无形的香花，把我的魂魄都香透了。她一来便紧紧地拥抱着我，我便到了一个绝妙的境地，哦，好寥廓的境地呀!

(歌)

下峥嵘而无地兮，

上寥廓而无天。
视倏忽而无见兮，
听惝怳而无闻。
超无为以至清兮，
与泰初而为邻。

嗳！这也不过是一个梦罢了！我周围的世界其实何曾改变过来！便到晚来，我睡在床席上又何尝能一刻安寝？我怕，我怕我睡了去又来些梦魔来苦我。他来诱我上天，登到半途，又把梯子给我抽了。他来诱我去结识些美人，可他时常使我失恋。我所以一刻也不敢闭眼，我翻来覆去，又感觉着无限的孤独之苦。我又盼不得早到天明，好破破我深心中不可言喻的寥寂。啊，但是，我这深心中海一样的哀愁，到头能有破灭的一天吗？哦，破灭！破灭！我欢迎你！我欢迎你！我如今什么希望也莫有，我立在破灭底门前只待着死神来开门。啊啊！我，我要想到那“无”底世界里去！（作欲跳水势）

女　须　（急挽勒之）你究竟何苦呢？你这么任性，这么激烈，对于你的病体真是不好呀！夏禹王底父亲正像你这样性情激烈的人，所以他终竟……

屈　原　不错，不错，他①终竟被别人家拐骗了！他把国家弄坏了，自以为去谄媚下子邻国便可以保全他的位置，他终竟被敌国拐骗了去了。这正是他“愚而好自用”底结果。于我有什么相干？他们为什么又把我放逐了呢？他们说我害了楚国，害了他的父亲；皇天在上，后土在下，这样的冤狱，要你们才知道呀！

女　须　你精神太错乱了，你总要自行保重才行。只要留得你健康，什么冤枉都会有表白的一天，你何以定要自苦呢？我知道你的心中本有无量的涌泉，想同江河一样自由流泻。我知道你的心中本有无限的潜热，想同火山一样任意飞腾。但是你看湘水、沅水，遇着更大的势力扬子江，他们也不得不隐忍相让，才汇成这样个汪洋的洞庭。火山也不是时常可以喷火，

① 指楚怀王熊槐。

我们姐弟生长了这么多年，几曾见过山岳们喷火一次呢？我想山岳们底潜热，也怕是受了崖石底压制，但他们能常常地流泻些温泉出来。你权且让他们一时，你自由的意志，不和他们在那膻秽的政界里驰骋，难道便莫有向别方面发展的希望了吗？

屈　原　哦，我知道了！我知道了！我知道你要叫我把这莲佩扯坏，你要叫我把这荷冠折毁，这我可能忍耐吗？你怎见得我便不是扬子江，你怎见得我只是些湘沅小流？我的力量只能汇成个小小的洞庭，我的力量便不能汇成个无边的大海吗？你怎这么小视我？哦，你是要叫我去做个送往迎来的娼妇吗？娼妇——唔，她！她，郑袖！是她一人害了我！但是，我，我知道她的心中却是在恋慕我，她并且很爱诵我的诗歌。唔，那倒怕是个好办法。我如做首诗去赞美她，我想她必定会叫楚王来把我召回去。不错，我想回去呀！但是，啊！但是，那个是我所能忍耐的吗？我不是上天底宠儿？我不是生下地时便特受了一种天惠？我不是生在寅年寅月寅日的人？我这么正直通灵的人，我能忍耐得去学娼家惯技？我的诗，我的诗便是我的生命！我能把我的生命，把我至可宝贵的生命，拿来自行蹂躏，任人蹂躏吗？我效法造化底精神，我自由创造，自由地表现我自己。我创造尊严的山岳、宏伟的海洋，我创造日月星辰，我驰骋风云雷雨，我萃之虽仅限于我一身，放之则可泛滥乎宇宙。我一身难道只是些胭脂、水粉底材料，我只能学做些胭脂、水粉来，把去替女儿们献媚吗？哼！你为什么要小视我？我有血总要流，有火总要喷，不论在任何方面，我都想驰骋！你为什么要叫我"哫訾栗斯，喔咿儒儿，如脂如韦，突梯滑稽"以偷生全躯呢？连你也不能了解我，啊！我真不幸！我想不到才有这样一位姐子！

女　须　（掩泣）……

屈　原　（倾听）哦，刚才的歌声又唱起来了呀！

水中歌声：

我们为了他——泪珠儿要流尽了，
我们为了他——寸心儿早破碎了。
层层锁着的九嶷山上的白云哟！

微微波着的洞庭湖中的流水哟！
你们知不知道他？
知不知道他的所在哟？

屈　原　哦，她们在问我的所在！我站在这儿，你们怎么看不见呀？

水中歌声：

九嶷山上的白云有聚有消。
洞庭湖中的流水有汐有潮。
我们心中的愁云呀，啊！
我们眼中的泪涛呀，啊！
永远不能消！
永远只是潮！

屈　原　哦，好悲切的歌词！唱得我也流起泪来了。流吧！流吧！我生命底泉水呀！你一流了出来，好像把我全身底烈火都浇熄了的一样。我感觉着我少年时分，炎天烈日之中，在长江里面游泳着一样的快活。你这不可思议的内在的灵泉，你又把我苏活转来了！哦，我的姐姐！你也在哭吗？你听见了刚才的那样哀婉的歌声吗？

女　须　我也听见的，怕是些渔家娘子在唱晚歌呢！

屈　原　不然，不然，我不相信人们底歌声有那样泪晶一样地莹澈。

屈原自语时，老翁时时驻篙倾听，舟行甚缓。

老　翁　这便是娥皇、女英底哀歌了。这歌儿似乎还长，我在湖中生活了这么一辈子，听了不知道有多少次。我虽是不知道是些什么意思，但是我听了总也不知不觉地要流下泪来。

屈　原　能够流眼泪的人，总是好人。能够使人流眼泪的诗，总是好诗。诗之感人有这么深切，我如今才知道诗歌底真价了。幽婉的歌声呀！你再唱下去吧。我把我的莲佩通同赠你，（投莲瓣花环入湖中）你请再唱下去吧！

水中歌声：

太阳照着洞庭波，
我们魂儿战栗不敢歌。
待到日西斜，
起看篁中昨宵泪
已经开了花！

啊，爱人呀！
泪花儿怕要开谢了，
你回不回来哟？

老　翁　呢呀！天色看看便阴了下来，我们不能再拖延了！我怕达不到目的地方，天便会黑了！我要努力撑去！我要努力撑去！……

老翁尽力撑篙，从君山右侧，转入山后。花环在水上飘扬、帆影已不可见，远远犹闻欸乃之声。

——幕下

1920年12月27日

棠棣之花

人物： 聂政（年二十岁）

其姐嫈（年二十二岁）

布景： 一望田畴半皆荒芜，间有麦秀青青者，远远有带浅山环绕。山脉余势在左近田畴中形成一带高地，上多白杨。白杨树上归鸦噪晚；树下一墓，碑题“聂母之墓”四字，侧向右。右手一条陇道，远远斜走而来，与墓地相通。

聂嫈荷桃花一巨枝，聂政旅装佩剑，手提一竹篮，自陇道上登场。

聂 政 （指点）姐姐，你看这一带田畴荒芜到这么个田地了！

聂 嫈 （叹息）嗳嗳！今年望明年太平，明年望后年丰收，望了将近十年，这目前的世界成为了乌鸦与乱草底世界。（指点）你听，那白杨树上的归鸦噪得煞是逆耳，好像在嘲弄我们人类底运命一样呢！

聂 政 人类底肺肝只供一些鸦鹊加餐，人类底膏血只供一些乱草滋荣，——乱草呀，乌鸦呀，你们究竟又能高兴得到几时呢？

聂 嫈 （指点）你看，那不是母亲底墓碑吗？母亲死去不觉满了三年。死而复生的只有这些乱杂的败草。永逝不返的却是我们相依为命的慈母。我们这几年来久已饥渴着生命底源泉了呀！

聂 政 战争不熄，生命底泉水只好日就消逝。这几年来今日合纵，明日连衡，今日征燕，明日伐楚，争城者杀人盈城，争地者杀人盈野，我不知道他们究竟为的是什么。近来虽有人高唱弭兵，高唱非战，然而唱者自唱，争者自争。不久之间，连唱的人也自行争执起来了。

聂　婴　自从夏禹传子，天下为家；井田制废，土地私有；已经种下了永恒争战底根本。根本坏了，只在枝叶上稍事剪除，怎么能够济事呢？

此时欲圆未圆的月儿自远山升上。姐弟二人已步入墓场。聂政置篮墓前，拔剑斫白杨一枝，在墓之周围打扫。聂婴分桃枝为二，分插碑之左右。插毕，自篮中取酒食陈布，篮底取出洞箫一支来。

聂　婴　呢呀，你把洞箫也带来了吗？

聂　政　唉，我三年不吹了，今晚想在母亲墓前吹弄一回。

聂　婴　很好，我也很想倾听你的雅奏呢。（陈设毕，在墓前拜跪）

聂政也来拜跪。拜跪毕，聂婴立倚墓旁一株白杨树下。

聂　政　（取箫，坐墓前碧草上）姐姐，月轮已升，群鸦已静，茫茫天地，何等清寥呀！

聂　婴　你听，好像有种很幽婉的哀音在这天地之间流漾。你快请吹箫和我，我的歌词要和眼泪一齐迸出了！（唱。聂政吹箫和之）

别母已三载，
母去永不归。
阿依姐与弟，
愿随阿母来。

春桃花两枝，
分插母墓旁。
桃枝花谢时，
姐弟知何往？

不愿久偷生，
但愿轰烈死。
愿将一己命，
救彼苍生起！

苍生久涂炭，
十室无一完。

既遭屠戮苦，
又有饥馑患。

饥馑匪自天，
屠戮咎由人。
富者余粮肉，
强者斗私兵。

侬欲均贫富，
侬欲茹强权，
愿为施瘟使，
除彼害群遍！

聂　政　姐姐，你的歌词很带些男性的音调，倘若母亲在时，听了定会发怒呢。

聂　嫈　母亲在时，每每望我们享得人生底真正的幸福。我想此刻天下底姐妹兄弟们一个个都陷在水深火热之中，假使我们能救得他们，便牺牲却一己底微躯，也正是人生底无上幸福。所以你今晚远赴濮阳，我明知前途有多大的牺牲，但我却是十分地欢送你。我想没有牺牲，不见有爱情；没有爱情，不会有幸福的呀！

聂　政　（吹箫）姐姐，你还请唱下去吧！

聂　嫈　（唱）

明月何皎皎，
白杨声萧萧。
阿侬姐与弟，
离别在今宵。

今宵离别后，
相会不可期。
多看姐两眼，
多听姐歌词。

聂　政　（拭泪）姐姐，你怎这么悲抑呀？

聂　嫈　（唱而不答）

汪汪泪湖水，
映出四轮月。
俄顷即无疆，
月轮永不灭。

聂　政　（拭泪）姐姐，夜分已深，你请回去了吧。

聂　嫈　（唱而不答）

姐愿化月魂，
幽光永照弟。
何处是姐家？
将回何处去？

聂　政　（起立）姐姐，你这么悲抑，使我烈火一样的雄心，好像化为了冰冷。姐姐，我不愿去了呀！（挥泪）

聂　嫈　二弟呀，这不是你所说的话呀！我所以不免有些悲抑之处，不是不忍别离，只是自恨身非男子。……二弟，我也不悲抑了，你也别流泪吧！我们的眼泪切莫洒向此时，你明朝途中如遇着些灾民流黎、骷髅骴骨，你请替我多多洒雪些吧！我们贫民没有金钱、粮食去救济同胞，有的只是生命和眼泪。……二弟，我不久留你了，你快努力前去！莫辜负你磊落心怀，莫辜负姐满腔勖望，莫辜负天下苍生，莫辜负严仲子知遇①，你努力前去吧！我再唱曲歌来壮你的行色。

（唱）

去吧，二弟呀！
我望你鲜红的血液，
迸发成自由之花，
开遍中华！
二弟呀，去吧！

月轮突被一朵乌云遮去，舞台全体暗黑如漆，只闻歌词尾声。

1920 年 9 月 23 日脱稿

① 作者原注：严仲子名遂，战国时韩人，痛恶韩相侠累无道；严仲子与聂政交善，聂政受其委托，前去刺侠累。

〔**附白**〕此剧本是三幕五场之计划，此为第一幕中之第二场，曾经单独地发表过一次，又本有独幕剧之性质，所以我就听它独立了。①

① 作者原注：此“附白”中所谓“三幕五场之计划”是原有计划，并未完成。最后完成者为五幕剧，此为第一幕，但内容略有不同。请参看同名剧本《棠棣之花》。

凤凰涅槃

天方国古有神鸟名“菲尼克司”(Phoenix),满五百岁后,集香木自焚,复从死灰中更生,鲜美异常,不再死。

按此鸟殆即中国所谓凤凰:雄为凤,雌为凰。《孔演图》①云:“凤凰火精,生丹穴。”《广雅》云:“凤凰……雄鸣曰即即,雌鸣曰足足。”

序 曲

除夕将近的空中,
飞来飞去的一对凤凰,
唱着哀哀的歌声飞去,
衔着枝枝的香木飞来,
飞来在丹穴山上。

山右有枯槁了的梧桐,
山左有消歇了的醴泉,
山前有浩茫茫的大海,
山后有阴莽莽的平原,
山上是寒风凛冽的冰天。

天色昏黄了,
香木集高了,

① 应为《演孔图》。

凤已飞倦了，
凰已飞倦了，
他们的死期将近了。

凤啄香木，
一星星的火点迸飞。
凰扇火星，
一缕缕的香烟上腾。

凤又啄，
凰又扇，
山上的香烟弥散，
山上的火光弥满。

夜色已深了，
香木已燃了，
凤已啄倦了，
凰已扇倦了，
他们的死期已近了！

啊啊！
哀哀的凤凰！
凤起舞，低昂！
凰唱歌，悲壮！
凤又舞，
凰又唱，
一群的凡鸟，
自天外飞来观葬。

凤　歌

即即！即即！即即！
即即！即即！即即！

茫茫的宇宙，冷酷如铁！
茫茫的宇宙，黑暗如漆！
茫茫的宇宙，腥秽如血！

宇宙呀，宇宙，
你为什么存在？
你自从哪儿来？
你坐在哪儿在？
你是个有限大的空球？
你是个无限大的整块？
你若是有限大的空球，
那拥抱着你的空间
他从哪儿来？
你的外边还有些什么存在？
你若是无限大的整块，
这被你拥抱着的空间
他从哪儿来？
你的当中为什么又有生命存在？
你到底还是个有生命的交流？
你到底还是个无生命的机械？

昂头我问天，
天徒矜高，莫有点儿知识。
低头我问地，
地已死了，莫有点儿呼吸。
伸头我问海，
海正扬声而鸣唈。

啊啊！
生在这样个阴秽的世界当中，
便是把金刚石的宝刀也会生锈！
宇宙呀，宇宙，
我要努力地把你诅咒：

你脓血污秽着的屠场呀！
你悲哀充塞着的囚牢呀！
你群鬼叫号着的坟墓呀！
你群魔跳梁着的地狱呀！
你到底为什么存在？

我们飞向西方，
西方同是一座屠场。
我们飞向东方，
东方同是一座囚牢。
我们飞向南方，
南方同是一座坟墓。
我们飞向北方，
北方同是一座地狱。
我们生在这样个世界当中，
只好学着海洋哀哭。

凰　歌

足足！足足！足足！
足足！足足！足足！
五百年来的眼泪倾泻如瀑。
五百年来的眼泪淋漓如烛。
流不尽的眼泪，
洗不净的污浊，
浇不熄的情焰，
荡不去的羞辱，
我们这缥缈的浮生
到底要向哪儿安宿？

啊啊！
我们这缥缈的浮生
好像那大海里的孤舟。

左也是漶漫，
右也是漶漫，
前不见灯台，
后不见海岸，
帆已破，
樯已断，
楫已飘流，
柁已腐烂，
倦了的舟子只是在舟中呻唤，
怒了的海涛还是在海中泛滥。

啊啊！
我们这缥缈的浮生
好像这黑夜里的酣梦。
前也是睡眠，
后也是睡眠，
来得如飘风，
去得如轻烟，
来如风，
去如烟，
眠在后，
睡在前，
我们只是这睡眠当中的
一刹那的风烟。

啊啊！
有什么意思？
有什么意思？
痴！痴！痴！
只剩些悲哀，烦恼，寂寥，衰败，
环绕着我们活动着的死尸，
贯串着我们活动着的死尸。

啊啊！
我们年青时候的新鲜哪儿去了？
我们年青时候的甘美哪儿去了？
我们年青时候的光华哪儿去了？
我们年青时候的欢爱哪儿去了？
去了！去了！去了！
一切都已去了，
一切都要去了。
我们也要去了，
你们也要去了，
悲哀呀！烦恼呀！寂寥呀！衰败呀！

凤凰同歌

啊啊！
火光熊熊了。
香气蓬蓬了。
时期已到了。
死期已到了。
身外的一切！
身内的一切！
一切的一切！
请了！请了！

群鸟歌

岩　鹰

哈哈，凤凰！凤凰！
你们枉为这禽中的灵长！
你们死了吗？你们死了吗？
从今后该我为空界的霸王！

孔　雀

哈哈，凤凰！凤凰！

你们枉为这禽中的灵长！
你们死了吗？你们死了吗？
从今后请看我花翎上的威光！

鸱　枭

哈哈，凤凰！凤凰！
你们枉为这禽中的灵长！
你们死了吗？你们死了吗？
哦！是哪儿来的鼠肉的馨香？

家　鸽

哈哈，凤凰！凤凰！
你们枉为这禽中的灵长！
你们死了吗？你们死了吗？
从今后请看我们驯良百姓的安康！

鹦　鹉

哈哈，凤凰！凤凰！
你们枉为这禽中的灵长！
你们死了吗？你们死了吗？
从今后请听我们雄辩家的主张！

白　鹤

哈哈，凤凰！凤凰！
你们枉为这禽中的灵长！
你们死了吗？你们死了吗？
从今后请看我们高蹈派①的徜徉！

凤凰更生歌

鸡　鸣

听潮涨了，
听潮涨了，
死了的光明更生了。

---

① 高蹈派，十九世纪中期法国诗歌的一个流派，宣扬“为艺术而艺术”。

春潮涨了，
春潮涨了，
死了的宇宙更生了。

生潮涨了，
生潮涨了，
死了的凤凰更生了。

凤凰和鸣①

我们更生了。
我们更生了。
一切的一，更生了。
一的一切，更生了。
我们便是他，他们便是我。
我中也有你，你中也有我。
我便是你。
你便是我。
火便是凰。
凤便是火。
翱翔！翱翔！
欢唱！欢唱！

我们新鲜，我们净朗，
我们华美，我们芬芳，
一切的一，芬芳。
一的一切，芬芳。
芬芳便是你，芬芳便是我。
芬芳便是他，芬芳便是火。
火便是你。
火便是我。

---

① “凤凰和鸣”各节歌词与《女神》初版本有较大不同，今本仅五节，初版则有十五节。

火便是他。
火便是火。
翱翔！翱翔！
欢唱！欢唱！

我们热诚，我们挚爱。
我们欢乐，我们和谐。
一切的一，和谐。
一的一切，和谐。
和谐便是你，和谐便是我。
和谐便是他，和谐便是火。
火便是你。
火便是我。
火便是他。
火便是火。
翱翔！翱翔！
欢唱！欢唱！

我们生动，我们自由，
我们雄浑，我们悠久。
一切的一，悠久。
一的一切，悠久。
悠久便是你，悠久便是我。
悠久便是他，悠久便是火。
火便是你。
火便是我。
火便是他。
火便是火。
翱翔！翱翔！
欢唱！欢唱！

我们欢唱，我们翱翔。
我们翱翔，我们欢唱。

一切的一，常在欢唱。
一的一切，常在欢唱。
是你在欢唱？是我在欢唱？
是他在欢唱？是火在欢唱？
欢唱在欢唱！
欢唱在欢唱！
只有欢唱！
只有欢唱！
欢唱！
  欢唱！
    欢唱！

1920 年 1 月 20 日初稿
1928 年 1 月 3 日改削

天　狗

我是一条天狗呀！
我把月来吞了，
我把日来吞了，
我把一切的星球来吞了，
我把全宇宙来吞了。
我便是我了！

我是月底光，
我是日底光，
我是一切星球底光，
我是 X 光线底光，
我是全宇宙底 Energy① 底总量！

我飞奔，
我狂叫，
我燃烧。
我如烈火一样地燃烧！
我如大海一样地狂叫！
我如电气一样地飞跑！
我飞跑，
我飞跑，
我飞跑，

① 物理学所研究的“能”。

我剥我的皮，
我食我的肉，
我吸我的血，
我啮我的心肝，
我在我神经上飞跑，
我在我脊髓上飞跑，
我在我脑筋上飞跑。

我便是我呀！
我的我要爆了！

1920年2月初作

心　灯

连日不住的狂风，
吹灭了空中的太阳，
吹熄了胸中的灯亮。
炭坑中的炭块呀，凄凉！

空中的太阳，胸中的灯亮，
同是一座公司底电灯一样：
太阳万烛光，我是五烛光，
烛光虽有多少，亮时同时亮。

放学回来我睡在这海岸边的草场上，
海碧天青，浮云灿烂，衰草金黄。
是潮里的声音？是草里的声音？
一声声道：快向光明处伸长！

有几个小巧的纸鸢正在空中飞放，
纸鸢们也好像欢喜太阳：
一个个恐后争先，争先恐后，
不断地努力、飞扬、向上。

更有只雄壮的飞鹰在我头上飞航，
他在闪闪翅儿，又在停停桨，
他从光明中飞来，又向光明中飞往，

我想到我心地里翱翔着的凤凰。

1920 年 2 月初作

炉中煤

啊，我年青的女郎！
我不辜负你的殷勤，
你也不要辜负了我的思量。
我为我心爱的人儿
燃到了这般模样！

啊，我年青的女郎！
你该知道了我的前身？
你该不嫌我黑奴卤莽？
要我这黑奴的胸中，
才有火一样的心肠。

啊，我年青的女郎！
我想我的前身
原本是有用的栋梁，
我活埋在地底多年，
到今朝总得重见天光。

啊，我年青的女郎！
我自从重见天光，
我常常思念我的故乡，
我为我心爱的人儿
燃到了这般模样！

1920 年 1~2 月间作

无烟煤

“轮船要煤烧，
我的脑筋中每天至少要
三四立方尺的新思潮。”①

Stendhal② 哟！
Henri Beyle 哟！
你这句警策的名言，
便是我今天装进了脑的无烟煤了！

夹竹桃底花，
石榴树底花，
鲜红的火呀！
思想底花，
可要几时才能开放呀？

云衣灿烂的夕阳
照过街坊上的屋顶来笑向着我，
好像是在说：
“沫若哟！你要往哪儿去哟？”

---

① 这三句是司汤达 1834 年 11 月 1 日在被任命为驻罗马教廷辖区契维塔韦基亚（Civitavecchia，现属意大利）领事时致狄·费奥尔（Di Fiore）信中的话。

② 即司汤达，原名亨利·贝尔（Henri Beyle，1783—1842），法国小说家，著有长篇小说《红与黑》等。

我悄声地对她说道：

“我要往图书馆里去挖煤去哟!”

本篇最初发表于上海《时事新报·学灯》，1920 年 7 月 11 日。

日　出

哦哦，环天都是火云！
好像是赤的游龙，赤的狮子，
赤的鲸鱼，赤的象，赤的犀。
你们可都是亚坡罗①的前驱？

哦哦，摩托车前的明灯！
你二十世纪底亚坡罗！
你也改乘了摩托车吗？
我想做个你的助手，你肯同意吗？

哦哦，光的雄劲！
玛瑙一样的晨鸟在我眼前飞腾。
明与暗，刀切断了一样地分明！
这正是生命和死亡的斗争！

哦哦，明与暗，同是一样的浮云。
我守看着那一切的暗云……
被亚坡罗的雄光驱除干净！
是凯旋的鼓吹呵，四野的鸡声！

1920 年 3 月间作

---

① 即 Apollo，现通译为阿波罗，是希腊神话中的太阳神。

晨　安

晨安！常动不息的大海呀！
晨安！明迷恍惚的旭光呀！
晨安！诗一样涌着的白云呀！
晨安！平匀明直的丝雨呀！诗语呀！
晨安！情热一样燃着的海山呀！
晨安！梳人灵魂的晨风呀！
晨风呀！你请把我的声音传到四方去吧！

晨安！我年青的祖国呀！
晨安！我新生的同胞呀！
晨安！我浩荡荡的南方的扬子江呀！
晨安！我冻结着的北方的黄河呀！
黄河呀！我望你胸中的冰块早早融化呀！
晨安！万里长城呀！
啊啊！雪的旷野呀！
啊啊！我所畏敬的俄罗斯呀！
晨安！我所畏敬的 Pioneer① 呀！
晨安！雪的帕米尔呀！
晨安！雪的喜玛拉雅呀！
晨安！Bengal 的泰戈尔翁②呀！

---

① 先驱者。

② 作者原注：泰戈尔（Tagore，1861—1941），印度诗人和哲学家，曾在孟加拉省显替尼克丹森林中创设和平大学，主张将生活与教育融化在自然中，并以为调和东西文化可以为国际和平制造基础。

晨安！自然学园里的学友们呀！
晨安！恒河呀！恒河里面流泻着的灵光呀！
晨安！印度洋呀！红海呀！苏彝士的运河呀！
晨安！尼罗河畔的金字塔呀！
啊啊！你早就幻想飞行的达·芬奇呀！
晨安！你坐在万神祠前面的“沉思者”① 呀！
晨安！半工半读团的学友们呀！
晨安！比利时呀！比利时的遗民呀！
晨安！爱尔兰呀！爱尔兰的诗人呀！
啊啊！大西洋呀！
晨安！大西洋呀！
晨安！大西洋畔的新大陆呀！
晨安！华盛顿的墓呀！林肯的墓呀！惠特曼的墓呀！
啊啊！惠特曼呀！惠特曼呀！太平洋一样的惠特曼呀！
啊啊！太平洋呀！
晨安！太平洋呀！太平洋上的诸岛呀！太平洋上的扶桑呀！
扶桑呀！扶桑呀！还在梦里裹着的扶桑呀！
醒呀！Mésamé② 呀！
快来享受这千载一时的晨光呀！

1920 年 1 月间作

---

① 作者原注：法国近代雕刻家罗丹的作品，安置在巴黎万神祠前。
② 日文汉字“目觉”的读音，意为醒。

笔立山[①]头展望

大都会的脉搏呀!
生的鼓动呀!
打着在, 吹着在, 叫着在, ……
喷着在, 飞着在, 跳着在, ……
四面的天郊烟幕朦胧了!
我的心脏呀, 快要跳出口来了!
哦哦, 山岳的波涛, 瓦屋的波涛,
涌着在, 涌着在, 涌着在, 涌着在呀!
万籁共鸣的 Symphony[②],
自然与人生的婚礼呀!
弯弯的海岸好像 Cupid[③] 的弓弩呀!
人的生命便是箭, 正在海上放射呀!
黑沉沉的海湾, 停泊着的轮船, 进行着的轮船, 数不尽的轮船,
一支支的烟筒都开着了朵黑色的牡丹呀!
哦哦, 二十世纪的名花!
近代文明的严母呀!

1920 年 6 月间作

---

① 作者原注: 笔立山在日本门司市西。登山一望, 海陆船廛, 了如指掌。
② 交响乐。
③ 丘比特, 罗马神话中的爱神, 手持弓箭, 背生双翼的童子。

浴　海

太阳当顶了！
无限的太平洋鼓奏着男性的音调！
万象森罗，一个圆形舞蹈！
我在这舞蹈场中戏弄波涛！
我的血和海浪同潮，
我的心和日火同烧，
我有生以来的尘垢、秕糠
早已被全盘洗掉！
我如今变了个脱了壳的蝉虫，
正在这烈日光中放声叫：

太阳的光威
要把这全宇宙来熔化了！
弟兄们！快快！
快也来戏弄波涛！
趁着我们的血浪还在潮，
趁着我们的心火还在烧，
快把那陈腐了的旧皮囊
全盘洗掉！
新社会的改造
全赖吾曹！

1919 年 9 月间作

立在地球边上放号

无数的白云正在空中怒涌，
啊啊！好幅壮丽的北冰洋的情景哟！
无限的太平洋提起他全身的力量来要把地球推倒。
啊啊！我眼前来了的滚滚的洪涛哟！
啊啊！不断的毁坏，不断的创造，不断的努力哟！
啊啊！力哟！力哟！
力的绘画，力的舞蹈，力的音乐，力的诗歌，力的律吕哟！

1919 年 9~10 月间作

三个泛神论者

一

我爱我国的庄子，
因为我爱他的 Pantheism①，
因为我爱他是靠打草鞋吃饭的人。

二

我爱荷兰的 Spinoza②，
因为我爱他的 Pantheism，
因为我爱他是靠磨镜片吃饭的人。

三

我爱印度的 Kabir③，

---

① 作者原注：Pantheism 即泛神论。这种学说认为自然界是本体的表相，本体是无处不在的，不受时空的限制。有所谓神，那就是这个本体。在十六、十七世纪，泛神论曾起过积极的作用，成为无神论和唯物论的先导。

② 作者原注：斯宾诺莎（Spinoza，1632—1677），著名的荷兰唯物论哲学家。本为犹太人，犹太教会以其背叛教义，驱逐出境；后卜居于海牙，过着艰苦的生活。他不承认神是自然的创造主，认为自然本身就是神。他的唯物论学说，对十八世纪法国的唯物论者和德国的启蒙运动有着颇大的影响。

③ 作者原注：加皮尔（Kabir，1440—1518），印度的禅学家和诗人。

因为我爱他的 Pantheism，
因为我爱他是靠编鱼网吃饭的人。

本篇最初发表于上海《时事新报·学灯》，1920 年 1 月 5 日。

电火光中

一　怀古——贝加尔湖畔之苏子卿

电灯已着了光，
我的心儿却怎这么幽暗？
我孤独地在市中徐行，
想到了苏子卿在贝加尔湖湖畔。
我想象他披着一件白羊裘，
毡履，毡裳，毡巾覆首，
独立在苍茫无际的西比利亚①荒原当中，
有雪潮一样的羊群在他背后。
我想象他在个孟春的黄昏时分，
待要归返穹庐，
背景中贝加尔湖上的冰涛，
与天际的白云波连山竖。
我想象他向着东行，
遥遥地正望南翘首；
眼眸中含蓄着无限的悲哀，
又好像燃着希望一缕。

---

① 西比利亚（Сибирь），现通译为西伯利亚。

二　观画——Millet[①]的《牧羊少女》

电灯已着了光，
我的心儿却怎这么幽暗？
我想象着苏子卿的乡思，
我步进了街头的一家画馆。
我赏玩了一回四林湖畔的日晡，
我又在加里弗尼亚州观望瀑布——
哦，好一幅理想的画图！理想以上的画图！
画中的人！你可不便是胡妇吗？胡妇！
一个野花烂缦的碧绿的大平原，
在我的面前展放。
平原中立着一个持杖的女人，
背后也涌着了一群归羊。
那怕是苏武归国后的风光，
他的弃妻，他的群羊无恙；
可那牧羊女人的眼中，眼中，
那含蓄的是悲愤？怨望？凄凉？

三　赞像——Beethoven[②]的肖像

电灯已着了光，
我的心儿却怎这么幽暗？
我望着那弥勒的画图，
我又在《世界名画集》中寻检。
圣母，耶稣的头，抱破瓶的少女……

① Millet，通译米勒。作者原注：弥勒（Millet，1814—1875），法国名画家。大部分作品描绘农民生活，充满对劳动的赞美。

② 作者原注：贝多芬（Beethoven，1770—1827），德国伟大音乐家。家贫，幼年以善奏钢琴著名。三十岁后，耳渐聋。他一生创作了许多名曲，对后来的音乐界影响很大。

在我面前翩舞。
哦，贝多芬！贝多芬！
你解除了我无名的愁苦！
你蓬蓬的乱发如像奔流的海涛，
你高张的白领如像戴雪的山椒。
你如狮的额，如虎的眼，
你这如像“大宇宙意志”自身的头脑！
你右手持着铅笔，左手持着原稿，
你那笔尖头上正在倾泻着怒潮。
贝多芬哟！你可在倾听什么？
我好像听着你的 symphony 了！

1919 年年末初稿
1928 年 2 月 1 日修改

地球，我的母亲！

地球，我的母亲！
天已黎明了，
你把你怀中的儿来摇醒，
我现在正在你背上匍行。

地球，我的母亲！
你背负着我在这乐园中逍遥。
你还在那海洋里面，
奏出些音乐来，安慰我的灵魂。

地球，我的母亲！
我过去，现在，未来，
食的是你，衣的是你，住的是你，
我要怎么样才能够报答你的深恩？

地球，我的母亲！
从今后我不愿常在家中居住，
我要常在这开旷的空气里面，
对于你，表示我的孝心。

地球，我的母亲！
我羡慕你的孝子，田地里的农人，
他们是全人类的褓姆，
你是时常地爱抚他们。

地球，我的母亲！
我羡慕你的宠子，炭坑里的工人，
他们是全人类的普罗美修士①，
你是时常地怀抱着他们。②

地球，我的母亲！
我羡慕那一切的草木，我的同胞，你的儿孙，
他们自由地，自主地，随分地，健康地，
享受着他们的赋生。

地球，我的母亲！
我羡慕那一切的动物，尤其是蚯蚓——
我只不羡慕那空中的飞鸟：
他们离了你要在空中飞行。

地球，我的母亲！
我不愿在空中飞行，
我也不愿坐车，乘马，著袜，穿鞋，
我只愿赤裸着我的双脚，永远和你相亲。

地球，我的母亲！
你是我实有性的证人，
我不相信你只是个梦幻泡影，
我不相信我只是个妄执无明③。

地球，我的母亲！
我们都是空桑中生出的伊尹，
我不相信那缥缈的天上，
还有位什么父亲。

---

① 普罗美修士（Prometheus），通译普罗米修斯，古希腊神话中的神。
② 1921 年《女神》初版本在这一节下尚有一节诗句。
③ 妄执，虚妄的意念。无明，心地痴暗。

地球，我的母亲！
我想这宇宙中的一切都是你的化身：
雷霆是你呼吸的声威，
雪雨是你血液的飞腾。

地球，我的母亲！
我想那缥缈的天球，是你化妆的明镜，
那昼间的太阳，夜间的太阴，
只不过是那明镜中的你自己的虚影。

地球，我的母亲！
我想那天空中一切的星球
只不过是我们生物的眼球的虚影；
我只相信你是实有性的证明。

地球，我的母亲！
已往的我，只是个知识未开的婴孩，
我只知道贪受着你的深恩，
我不知道你的深恩，不知道报答你的深恩。

地球，我的母亲！
从今后我知道你的深恩，
我饮一杯水，纵是天降的甘霖，
我知道那是你的乳，我的生命羹。

地球，我的母亲！
我听着一切的声音言笑，
我知道那是你的歌，
特为安慰我的灵魂。

地球，我的母亲！
我眼前一切的浮游生动，

我知道那是你的舞，
特为安慰我的灵魂。

地球，我的母亲！
我感觉着一切的芬芳彩色，
我知道那是你给我的玩品，
特为安慰我的灵魂。

地球，我的母亲！
我的灵魂便是你的灵魂，
我要强健我的灵魂，
用来报答你的深恩。

地球，我的母亲！
从今后我要报答你的深恩，
我知道你爱我还要劳我，
我要学着你劳动，永久不停！①

1919 年 12 月末作

① 本篇 1920 年在《时事新报·学灯》发表时，最后尚有两节诗句。

雪　朝

——读 Carlyle[①]：*The Hero as Poet*[②] 的时候

雪的波涛！
一个银白的宇宙！
我全身心好像要化为了光明流去，
Open-secret[③] 哟！

楼头的檐霤……
那可不是我全身的血液？
我全身的血液点滴出律吕的幽音，
同那海涛相和，松涛相和，雪涛相和。

哦哦！大自然的雄浑哟！
大自然的 Symphony 哟！
Hero-poet[④] 哟！
Proletarian poet[⑤] 哟！

1919 年 12 月作

---

① 卡莱尔，英国十九世纪的散文家和历史学家。
② 卡莱尔所作论文《作为诗人的英雄》。
③ 公开的秘密。
④ 英雄诗人。
⑤ 无产阶级诗人。

登　临

终久怕要下雨吧，
我快登上山去！
山路儿淋漓，
把我引到了山半的庙宇，
听说是梅花的名胜地。

哦，死水一池！
几匹游鳞，
喁喁地向我私语：
“阳春还没有信来，
梅花还没有开意。”

庙中的铜马，
还带着夜来的清露。
驯鸽儿声声叫苦。
驯鸽儿！你们也有什么苦楚？

口箫儿吹着，
山泉儿流着，
我在山路儿上行着，
我要登上山去。
我快登上山去！
山顶上别有一重天地！

血潮儿沸腾起来了！
山路儿登上一半了！
山路儿淋漓，
粘蜕了我脚上的木履。
泥上留个脚印，
脚上印着黄泥。

脚上的黄泥！
你请还我些儿自由，
让我登上山去！
我们虽是暂时分手，
我的形骸终久是归你所有。

唉，泥上的脚印！
你好像是我灵魂儿的象征！
你自陷了泥涂，
你自会受人蹂躏。
唉，我的灵魂！
你快登上山顶！

口箫儿吹着，
山泉儿流着，
伐木的声音丁丁着。
山上的人家早有鸡声鸣着。
这不是个交响乐团么？
司乐的人！你在哪儿藏着？

啊啊！
四山都是白云，
四面都是山岭，
山岭原来登不尽。
前山脚下，有两个行人，
好像是一男一女，

好像是兄和妹。
男的背着一捆柴，
女的抱的是什么？
男的在路旁休息着，
女的在兄旁站立着。
哦，好一幅画不出的画图！

山顶儿让我一人登着，
我又感觉着凄楚，
我的安娜！我的阿和！①
你们是在家中吗？
你们是在市中吗？
你们是在念我吗？
终久怕要下雨了，
我要归去。

本篇发表于上海《时事新报·学灯》，1920 年 3 月 6 日。

① 安娜，作者的日本妻子佐藤富子；阿和，作者的儿子郭和夫。

光　海

无限的大自然，
成了一个光海了。
到处都是生命的光波，
到处都是新鲜的情调，
到处都是诗，
到处都是笑：
海也在笑，
山也在笑，
太阳也在笑，
地球也在笑，
我同阿和，我的嫩苗，
同在笑中笑。

翡翠一样的青松，
笑着在把我们手招。
银箔一样的沙原，
笑着待把我们拥抱。
我们来了。
你快拥抱！
我们要在你怀儿的当中，
洗个光之澡！

一群小学的儿童，
正在沙中跳跃：

你撒一把沙，
我还一声笑；
你又把我推翻，
我反把你揎倒。
我回到十五年前的旧我了。

十五年前的旧我呀，
也还是这么年少，
我住在青衣江上的嘉州，
我住在至乐山下的高小。
至乐山下的母校呀！
你怀儿中的沙场，我的摇篮，
可还是这么光耀？
唉！我有个心爱的同窗，
听说今年死了！

我契己的心友呀！
你蒲柳一样的风姿，
还在我眼底留连，
你解放了的灵魂，
可也在我身旁欢笑？
你灵肉解体的时分，
念到你海外的知交，
你流了眼泪多少？……

哦，那个玲珑的石造的灯台，
正在海上光照，
阿和要我登，
我们登上了。
哦，山在那儿燃烧，
银在波中舞蹈，
一只只的帆船，
好像是在镜中跑，

哦，白云也在镜中跑，
这不是个呀，生命底写照！

阿和，哪儿是青天？
他指着头上的苍昊。
阿和，哪儿是大地？
他指着海中的洲岛。
阿和，哪儿是爹爹？
他指着空中的一只飞鸟。
哦哈，我便是那只飞鸟！
我便是那只飞鸟！
我要同白云比飞，
我要同明帆赛跑。
你看我们哪个飞得高？
你看我们哪个跑得好？

本篇发表于上海《时事新报·学灯》，1920年3月19日。

梅花树下醉歌
——游日本太宰府

梅花！梅花！
我赞美你！我赞美你！
你从你自我当中
吐露出清淡的天香，
开放出窈窕的好花。
花呀！爱呀！
宇宙的精髓呀！
生命的泉水呀！
假使春天没有花，
人生没有爱，
到底成了个什么世界？
梅花呀！梅花呀！
我赞美你！
我赞美我自己！
我赞美这自我表现的全宇宙的本体！
还有什么你？
还有什么我？
还有什么古人？
还有什么异邦的名所？
一切的偶像都在我面前毁破！
破！破！破！
我要把我的声带唱破！

演奏会上

Violin 同 Piano① 的结婚,
Mendelssohn 的《仲夏夜的梦》② 都已过了。
一个男性的女青年
独唱着 Brahms 的《永远的爱》③,
她那 Soprano④ 的高音,
唱得我全身的神经战栗。
一千多听众的灵魂都已合体了,
啊, 沉雄的和雝, 神秘的渊默, 浩荡的爱海哟!
狂涛似的掌声把这灵魂的合欢惊破了,
啊, 灵魂解体的悲哀哟!

本篇发表于上海《时事新报·学灯》, 1920 年 1 月 8 日。

---

① Violin, 小提琴。Piano, 钢琴。

② 作者原注: 门德尔松 (Felix Mendelssohn-Bartholdy, 1809—1847), 是德国的音乐名家, 其曲品典雅而富诗趣。《仲夏夜的梦》(A Midsummer Night's Dream), 本诸莎士比亚, 其序曲一阕, 乃门氏十七岁时 (1826 年 8 月 6 日) 所作。

③ 作者原注: 波拉牟士 (Johannes Brahms, 1833—1897), 十九世纪后半叶德国乐坛之名家, 且兼长文艺。生平作曲在五百品以上, 曲品以理智胜, 而伟丽的感情复洋溢于其中, 歌词多取材于传说与情话, 其颂美恋爱之悃忱, 三昧, 可称古今独步云。《永远的爱》原文是 "Von ewiger Liebe"。

④ 女高音。

夜步十里松原

海已安眠了。
远望去，只看见白茫茫一片幽光，
听不出丝毫的涛声波语。
哦，太空！怎么那样地高超，自由，雄浑，清寥！
无数的明星正圆睁着他们的眼儿，
在眺望这美丽的夜景。
十里松原中无数的古松，
都高擎着他们的手儿沉默着在赞美天宇。
他们一只只的手儿在空中战栗，
我的一支支的神经纤维在身中战栗。

本篇发表于上海《时事新报·学灯》，1919 年 12 月 20 日。

我是个偶像崇拜者

我是个偶像崇拜者哟！
我崇拜太阳，崇拜山岳，崇拜海洋；
我崇拜水，崇拜火，崇拜火山，崇拜伟大的江河；
我崇拜生，崇拜死，崇拜光明，崇拜黑夜；
我崇拜苏彝士、巴拿马、万里长城、金字塔，
我崇拜创造的精神，崇拜力，崇拜血，崇拜心脏；
我崇拜炸弹，崇拜悲哀，崇拜破坏；
我崇拜偶像破坏者，崇拜我！
我又是个偶像破坏者哟！

1920 年 5~6 月间作

太阳礼赞

青沉沉的大海，波涛汹涌着，潮向东方。
光芒万丈地，将要出现了哟——新生的太阳！

天海中的云岛都已笑得来火一样的鲜明！
我恨不得，把我眼前的障碍一概划平！

出现了哟！出现了哟！耿晶晶的白灼的圆光！
从我两眸中有无限道的金丝向着太阳飞放。

太阳哟！我背立在大海边头紧觑着你。
太阳哟！你不把我照得个通明，我不回去！

太阳哟！你请永远照在我的面前，不使退转！
太阳哟！我眼光背开了你时，四面都是黑暗！

太阳哟！你请把我全部的生命照成道鲜红的血流！
太阳哟！你请把我全部的诗歌照成些金色的浮沤！

太阳哟！我心海中的云岛也已笑得来火一样的鲜明了！
太阳哟！你请永远倾听着，倾听着，我心海中的怒涛！

沙上的脚印

一

太阳照在我右方，
把我全身的影儿
投在了左边的海里；
沙岸上留了我许多的脚印。

二

太阳照在我左方，
把我全身的影儿
投在了右边的海里；
沙岸上留了我许多的脚印。

三

太阳照在我后方，
把我全身的影儿
投在了前边的海里；
海潮哟，别要荡去了沙上的脚印！

四

太阳照在我前方，

太阳哟！可也曾把我全身的影儿
投在了后边的海里？
哦，海潮儿早已荡去了沙上的脚印！

本篇发表于上海《时事新报·学灯》，1920 年 2 月 7 日。

新阳关三叠

一

我独自一人，坐在这海岸边的石梁上，
我要欢送那将要西渡的初夏的太阳。
汪洋的海水在我脚下舞蹈，
高伸出无数的臂腕待把太阳拥抱。
他，太阳，披着件金光灿烂的云衣，
要去拜访那四方的同胞兄弟。
他眼光耿耿，不转睛地，紧觑着我。
你要叫我跟你同路去吗？太阳哟！

二

我独自一人，坐在这海岸边的石梁上，
我在欢送那正要西渡的初夏的太阳。
远远的海天之交涌起蔷薇花色的紫霞，
中有黑雾如烟，仿佛是战争的图画。
太阳哟！你便是颗热烈的榴弹哟！
我要看你“自我”的爆裂，开出血红的花朵。
你眼光耿耿，不转睛地，紧觑着我，
我也想跟你同路去哟！太阳哟！

三

我独自一人，坐在这海岸边的石梁上，
我已欢送那已经西渡的初夏的太阳。
我回过头来，四下地观望天宇，
西北南东到处都张挂着鲜红的云旗。
汪洋的海水全盘都已染红了！
Bacchus① 之群在我面前舞蹈！
你眼光耿耿，可还不转睛地紧觑着我？
我恨不能跟你同路去哟！太阳哟！

1920 年 4~5 月间作

---

① 巴克科斯，罗马神名，即古希腊神话中的狄俄倪索斯（Dionysus），是酒神与欢乐之神。

金字塔

其　一

一个，两个，三个，三个金字塔的尖端
排列在尼罗河畔——是否是尼罗河畔？——
一个高，一个低，一个最低，
塔下的河岸刀截断了一样地整齐，
哦，河中流泻着的涟漪哟！塔后汹涌着的云霞哟！
云霞中隐约的一团白光，恐怕是将要西下的太阳。
太阳游历了地球东半，又要去游历地球西半，
地球上的天工人美怕全盘都已被你看完！
否，否，不然！是地球在自转，公转，
就好像一个跳舞着的女郎将就你看。
太阳哟！太阳的象征哟！金字塔哟！
我恨不能飞随你去哟！飞向你去哟！

其　二

左右蓊郁着两列森林，
中间流泻着一个反写的“之”字，
流向那晚霞重叠的金字塔底。
伟大的寂寥哟，死的沉默哟，
我凝视着，倾听着……
三个金字塔的尖端

好像同时有宏朗的声音在吐：
创造哟！创造哟！努力创造哟！
人们创造力的权威可与神祇比伍！
不信请看我，看我这雄伟的巨制吧！
便是天上的太阳也在向我低头呀！
哦哦，渊默的雷声！我感谢你现身的说教！
我心海中的情涛也已流成了个河流流向你了！
森林中流泻着的“之”江可不是我吗？

1920年6~7月间作

巨炮之教训

博多湾的海岸上，
十里松原的林边，
有两尊俄罗斯的巨炮，
幽囚在这里已十有余年，
正对着西比利亚的天郊，
比着肩儿遥遥望远。

我戴着春日的和光，
来在他们的面前，
横陈在碧荫深处，
低着声儿向着他们谈天：

“幽囚着的朋友们呀，
你们真是可怜！
你们的眼儿恐怕已经望穿？
你们的心中恐怕还有烟火在燃？
你们怨不怨恨尼古拉斯①？
忏不忏悔穷兵黩战？
思不思念故乡？
想不想望归返？

“幽囚着的朋友们呀，

① 指沙皇尼古拉二世。

你们为什么都把面皮红着？
你们还是羞？
你们还是怒？
你们的故乡早已改换了从前的故步。
你们往日的冤家，
却又闯进了你们的门庭大肆屠刳，
可怜你们西比利亚的同胞
于今正血流漂杵。
……”

我对着他们的话儿还未说完，
清凉的海风吹来了些睡眠，
轻轻地吻着我的眉尖。
我刚才垂下眼帘，
有两个奇异的人形前来相见：
一个好像托尔斯泰，
一个好像列宁，
一个涨着无限的悲哀，
一个凝着坚毅的决心。

“托尔斯泰呀，哦！
你在这光天化日之中，
可有什么好话教我？”

“年轻的朋友呀，你可好？
我爱你是中国人。
我爱你们中国的墨与老。
他们一个教人兼爱，节用，非争；
一个倡道慈，俭，不敢先的三宝。
一个尊‘天’，一个讲‘道’，
据我想来，天便是道！”
“哦，你的意见真是好！”

“我还想全世界便是我们的家庭，
全人类都是我们的同胞。
我主张朴素，慈爱的生涯；
我主张克己，无抗的信条。
也不要法庭；
也不要囚牢；
也不要军人；
也不要外交。
一切的人能如农民一样最好！”
“哦，你的意见真是好！”

“唉！我可怜这岛邦①的国民，
他们的眼见未免太小！
他们只知道译读我的糟糠，
不知道率循我的大道。
他们就好像一群猩猩，
只好学着人的声音叫叫！
他们就好像一群疯了的狗儿，
垂着涎，张着嘴，
到处逢人乱咬！”

“同胞！同胞！同胞！”
列宁先生却只在一旁喊叫，
“为阶级消灭而战哟！
为民族解放而战哟！
为社会改造而战哟！②
至高的理想只在农劳！
最终的胜利总在吾曹！
同胞！同胞！同胞！……”
他这霹雳的几声，

① 指日本。
② 以上四句与1921年《女神》初版本有较大不同。

把我从梦中惊醒了。

1920 年 4 月初作

匪徒颂

匪徒有真有假。

《庄子·胠箧》篇里说："故跖之徒问于跖曰：'盗亦有道乎？'跖曰：'何适而无有道耶？夫妄意室中之藏，圣也；入先，勇也；出后，义也；知可否，智也；分均，仁也。五者不备而能成大盗者，天下未之有也。'"

像这样身行五抢六夺，口谈忠孝节义的匪徒是假的。照实说来，他们实在是军神武圣的标本。

物各从其类，这样的假匪徒早有我国的军神武圣们和外国的军神武圣们赞美了。小区区非圣非神，一介"学匪"，只好将古今中外的真正的匪徒们来赞美一番吧。

一

反抗王政的罪魁，敢行称乱的克伦威尔呀！
私行割据的草寇，抗粮拒税的华盛顿呀！
图谋恢复的顽民，死有余辜的黎塞尔①呀！
西北南东去来今，
　　一切政治革命的匪徒们呀！
　　　　万岁！万岁！万岁！

---

① 黎塞尔（J. Rizal，1861—1896），现通译为黎萨尔，菲律宾的爱国诗人和民族独立运动领袖。

二

鼓动阶级斗争的谬论，饿不死的马克思呀！
不能克绍箕裘，甘心附逆的恩格斯呀！
亘古的大盗，实行共产主义的列宁呀！①
西北南东去来今，
　　一切社会革命的匪徒们呀！
　　　　万岁！万岁！万岁！

三

反抗婆罗门的妙谛，倡导涅槃邪说的释迦牟尼呀！
兼爱无父、禽兽一样的墨家巨子呀！
反抗法王的天启，开创邪宗的马丁·路德呀！
西北南东去来今，
　　一切宗教革命的匪徒们呀！
　　　　万岁！万岁！万岁！

四

倡导太阳系统的妖魔，离经叛道的哥白尼呀！
倡导人猿同祖的畜生，毁宗谤祖的达尔文呀！
倡导超人哲学的疯癫，欺神灭像的尼采呀！
西北南东去来今，
　　一切学说革命的匪徒们呀！
　　　　万岁！万岁！万岁！

五

反抗古典三昧的艺风，丑态百出的罗丹呀！

① 以上三句与1921年《女神》初版本有较大不同。

反抗王道堂皇的诗风，饕餮粗笨的惠特曼呀！
反抗贵族神圣的文风，不得善终的托尔斯泰呀！
西北南东去来今，
　　一切文艺革命的匪徒们呀！
　　　　万岁！万岁！万岁！

六

不安本分的野蛮人，教人“返自然”的卢梭呀！
不修边幅的无赖汉，擅与恶疾儿童共寝的丕时大罗启①呀！
不受约束的亡国奴，私建自然学园的泰戈尔呀！
西北南东去来今，
　　一切教育革命的匪徒们呀！
　　　　万岁！万岁！万岁！

1919年年末作

① 丕时大罗启（J. H. Pestalozzi，1746—1827），通译裴斯泰洛齐，瑞士教育家。

胜利的死

爱尔兰独立军领袖，新芬党员马克司威尼，自八月中旬为英政府所逮捕以来，幽囚于剥里克士通监狱中，耻不食英粟者七十有三日，终以一千九百二十年十月二十五日死于狱。

其　一

Oh! once again to Freedom's cause return,
The patriot Tell—the Bruce of Bannockburn!
爱国者兑尔—邦诺克白村的布鲁士①，
哦，请为自由之故而再生！

——Thomas Campbell②

哦哦！这是张“眼泪之海”的写真呀！
森严阴耸的大厦——可是监狱的门前？可是礼拜
　堂的外面？
一群不可数尽的儿童正在跪着祈祷呀！
“爱尔兰独立军的领袖马克司威尼，
投在英格兰，剥里克士通监狱中已经五十余日了，
入狱以来耻不食英粟；
爱尔兰的儿童——跪在大厦前面的儿童
感谢他爱国的至诚，

---

① 兑尔，即威廉·退尔。作者原注：威廉·兑尔是十四世纪瑞士的爱国者。布鲁士是十四世纪苏格兰的爱国者，原诗在此是直喻十八世纪波兰爱国志士珂斯修士哥。

② 即本篇“附白”中的康沫尔，通译坎贝尔。

正在为他请求加护，祈祷。”

可敬的马克司威尼呀！
可爱的爱尔兰的儿童呀！
自由之神终会要加护你们，
因为你们能自相加护，
因为你们是自由神的化身故！

10月13日

其　二

Hope, for a season, bade the world farewell,
And Freedom shrieked—as Kosciuszko fell!
希望，暂时向世界告别了，
自由也发出惊叫——当珂斯修士哥死了！
——Thomas Campbell

爱尔兰的志士！马克司威尼！
今天是十月二十二日了！（我壁上的日历永不曾引
　我如此注意）
你囚在剥里克士通监狱中可还活着在吗？
十月十七日伦敦发来的电信
说你断食以来已经六十六日了，
然而容态依然良好；
说你十七日的午后还和你的亲人对谈了须臾，
然而你的神采比从前更加光辉；
说你身体虽日渐衰颓，
然而今天是十月二十二日了！
爱尔兰的志士！马克司威尼呀！
此时此刻的有机物汇当中可还有你的生命存在吗？
十月十七日你的故乡——可尔克市——发来的电信
说是你的同志新芬党员之一人，匪持谢乐德，

囚在可尔克市监狱中断食以来已六十有八日，
终以十七日之黄昏溘然长逝了。
——啊！有史以来罕曾有的哀烈的惨死呀！
爱尔兰的首阳山！爱尔兰的伯夷、叔齐哟！
我怕读得今日以后再来的电信了！

10月22日

其　三

Oh! sacred Truth! thy triumph ceased a while,
And Hope, thy sister, ceased with thee to smile.
哦，神圣的真理！你的胜利暂停了一忽，
你的姊妹，希望，也同你一道停止了微笑。

——Thomas Campbell

十月二十一日伦敦发来的电信又到了！
说是马克司威尼已经昏死了去三回了！
说是他的妹子向他的友人打了个电报：
望可尔克的市民早为她的哥哥祈祷，
祈祷他早一刻死亡，少一刻痛伤！
不忍卒读的伤心人语哟！读了这句话的人有不流眼泪的吗？
猛兽一样的杀人政府哟！你总要在世界史中添出一个永远不能磨灭的污点！
冷酷如铁的英人们呀！你们的血管之中早没有拜伦、康沫尔的血液循环了吗？
你暗淡无光的月轮哟！我希望我们这阴莽莽的地球，就在这一刹那间，早早同你一样冰化！

10月24日

其　四

Truth shall restore the light by Nature given,
And, like Prometheus, bring the fire of Heaven!
真理，你将恢复自然所给予的光，
如像普罗美修士带来天火一样！

——Thomas Campbell

汪洋的大海正在唱着他悲壮的哀歌，
穹隆无际的青天已经哭红了他的脸面，
远远的西方，太阳沉没了！——
悲壮的死哟！金光灿烂的死哟！凯旋同等的死哟！
　胜利的死哟！
兼爱无私的死神！我感谢你哟！你把我敬爱无暨的
　马克司威尼早早救了！
自由的战士，马克司威尼，你表示出我们人类意志的权威如此伟大！
我感谢你呀！赞美你呀！"自由"从此不死了！
夜幕闭了后的月轮哟！何等光明呀！……

10月27日

〔**附白**〕这四节诗是我数日间热泪的结晶体。各节弁首的诗句都是从苏格兰诗人康沫尔（Thomas Campbell，1777—1844）二十二岁时所作《哀波兰》（The Downfall of Poland）一诗引出，此诗余以为可与拜伦的《哀希腊》一诗并读。拜伦助希腊独立，不得志而病死；康氏亦屡捐献资金以惠助波兰，两诗人义侠之气亦差堪伯仲。如今希腊、波兰均已更生，而拜伦、康沫尔均已逝世；然而西方有第二之波兰，东方有第二之希腊，我希望拜伦、康沫尔之精神"Once again to Freedom's cause return!"（请为自由之故而再生！）

辍了课的第一点钟里

一

“先生辍课了！”
我的灵魂拍着手儿叫道：好好！
我赤足光头，
忙向自然的怀中跑。

二

我跑到松林里来散步，
头上沐着朝阳，
脚下濯着清露，
冷暖温凉，
一样是自然生趣！

三

我走上了后门去路，
后门儿……呀！你才紧紧锁着！
咳！我们人类为什么要自作囚徒？
啊！那门外的海光远远地在向我招呼！

四

我要想翻出墙去；
我监禁久了的良心，
他才有些怕惧。
一对雪白的海鸥正在海上飞舞，
啊！你们真是自由！
咳！我才是个死囚！

五

我踏只脚在门上，
我正要翻出监墙，
“先生！你别忙！”
背后的人声
叫得我面皮发烧，心发慌。

六

一个扫除的工人，
挑担灰尘在肩上，
慢慢地开了后门，
笑嘻嘻地把我解放……

七

工人！我的恩人！
我在这海岸上跑去跑来，
我真快畅！
工人！我的恩人！
我感谢你的深深，
同那海心一样！

夜

夜！黑暗的夜！
要你才是“德谟克拉西！”①
你把这全人类来拥抱：
再也不分甚么贫富、贵贱，
再也不分甚么美恶、贤愚，
你是贫富、贵贱、美恶、贤愚一切乱根苦蒂的大熔炉。
你是解放、自由、平等、安息，一切和胎乐蕊的大工师。
黑暗的夜！夜！
我真正爱你，
我再也不想离开你。
我恨的是那些外来的光明：
他在这无差别的世界中
硬要生出一些差别起。

1919 年间作

① 德谟克拉西（Democracy），民主。

死

嗳！
　　要得真正的解脱吓，
　　还是除非死！
死！
　　我要几时才能见你？
　　你譬比是我的情郎，
　　我譬比是个年轻的处子。
　　我心儿很想见你，
　　我心儿又有些怕你。
我心爱的死！
　　我到底要几时才能见你？

1919 年间作

Venus[①]

我把你这张爱嘴，
比成着一个酒杯。
喝不尽的葡萄美酒，
会使我时常沉醉！

我把你这对乳头，
比成着两座坟墓。
我们俩睡在墓中，
血液儿化成甘露！

1919 年间作

① 维纳斯，罗马神话中司美与恋爱的女神。

别　离

残月黄金梳，
我欲掇之赠彼姝。
彼姝不可见，
桥下流泉声如泫。

晓日月桂冠，
掇之欲上青天难。
青天犹可上，
生离令我情惆怅。

〔**附白**〕此诗内容余曾改译如下：
一弯残月儿
　还高挂在天上。
一轮红日儿
　早已出自东方。
我送了她回来，
　走到这旭川桥上；
应着桥下流水的哀音，
　我的灵魂儿
　向我这般歌唱：

月儿啊！
　你同那黄金梳儿一样。

我要想爬上天去，
把你取来；
用着我的手儿，
插在她的头上。
咳！
天这样的高，
我怎能爬得上？
天这样的高，
我纵能爬得上，
我的爱呀！
你今儿到了哪方？

太阳呀！
你同那月桂冠儿一样。
我要想爬上天去，
把你取来；
借着她的手儿，
戴在我的头上。
咳！
天这样的高，
我怎能爬得上？
天这样的高，
我纵能爬得上，
我的爱呀！
你今儿到了哪方？

一弯残月儿
还高挂在天上。
一轮红日儿
早已出自东方。
我送了她回来

　　走到这旭川桥上；
应着桥下流水的哀音，
　　我的灵魂儿
　　向我这般歌唱。

1919 年 3~4 月间作

春　愁

是我意凄迷？
是天萧条耶？
如何春日光，
惨淡无明辉？
如何彼岸山，
低头不展眉？
周遭打岸声，
海兮汝语谁？
海语终难解，
空见白云飞。

1919 年 3~4 月间作

司健康的女神

Hygeia[①] 哟!
你为什么弃了我?
我若再得你蔷薇花色的脸儿来亲我,
我便死——也灵魂安妥。
Hygeia 哟,
你为什么弃了我?

本篇发表于上海《时事新报·学灯》,1920 年 10 月 17 日。

① 希腊文为 Hygieia(许癸厄亚),古希腊神话中司健康的女神。

新月与白云

月儿呀！你好像把镀金的镰刀。
你把这海上的松树斫倒了，
哦，我也被你斫倒了！

白云呀！你是不是解渴的凌冰？
我怎得把你吞下喉去，
解解我火一样的焦心？

1919 年夏秋之间作

死的诱惑

一

我有一把小刀
倚在窗边向我笑。
她向我笑道：
沫若，你别用心焦！
你快来亲我的嘴儿，
我好替你除却许多烦恼。

二

窗外的青青海水
不住声地也向我叫号。
她向我叫道：
沫若，你别用心焦！
你快来入我的怀儿，
我好替你除却许多烦恼。

〔**附白**〕这是我最早的诗，大概是 1918 年初夏作的。

火葬场

我这瘟颈子上的头颅
好像那火葬场里的火炉；
我的灵魂呀，早已被你烧死了！
哦，你是哪儿来的凉风？
你在这火葬场中
也吹出了一株——春草。

本篇发表于上海《时事新报·学灯》，1919 年 10 月 23 日。

鹭　鸶

鹭鸶！鹭鸶！
你自从哪儿飞来？
你要向哪儿飞去？
你在空中画了一个椭圆，
突然飞下海里，
你又飞向空中去。
你突然又飞下海里，
你又飞向空中去。
雪白的鹭鸶！
你到底要飞向哪儿去？

1919 年夏秋之间作

鸣　蝉

声声不息的鸣蝉呀！
秋哟！时浪的波音哟！
一声声长此逝了……

本篇发表于上海《时事新报·学灯》，1920年10月17日。

晚 步

松林呀！你怎么这样清新！
我同你住了半年，
从也不曾看见
这沙路儿这样平平！

两乘拉货的马车从我面前经过，
倦了的两个车夫有个在唱歌。
他们那空车里载的是些什么？
海潮儿应声着：平和！平和！

本篇发表于上海《时事新报·学灯》，1919 年 10 月 23 日。

春　蚕

蚕儿呀，你在吐丝……
哦，你在吐诗！
你的诗，怎么那样地
纤细、明媚、柔腻、纯粹！
那样地……嗳！我已形容不出你。

蚕儿呀，你的诗
可还是出于有心？无意？
造作矫揉？自然流泻？
你可是为的他人？
还是为的你自己？

蚕儿呀，我想你的诗
终怕是出于无心，
终怕是出于自然流泻。
你在创造你的“艺术之宫”，
终怕是为的你自己。

本篇最初见于上海《新的小说》二卷一期，1920年9月7日。

蜜桑索罗普[1]之夜歌

无边天海呀!
一个水银的浮沤!
上有星汉湛波,
下有融晶泛流,
正是有生之伦睡眠时候。
我独披着件白孔雀的羽衣,
遥遥地,遥遥地,
在一只象牙舟上翘首。

啊,我与其学做个泪珠的鲛人②,
返向那沉黑的海底流泪偷生,
宁在这缥缈的银辉之中,
就好像那个坠落了的星辰,
曳着带幻灭的美光,
向着"无穷"长殒!
前进!……前进!
莫辜负了前面的那轮月明!

1920 年 11 月 23 日

---

① 作者原注:蜜桑索罗普(Misanthrope),厌世者。
② 神话中的人鱼,泣泪成珠。

霁　月

淡淡地，幽光
浸洗着海上的森林。
森林中寥寂深深，
还滴着黄昏时分的新雨。

云母面就了般的白杨行道
坦坦地在我面前导引，
引我向沉默的海边徐行。
一阵阵的暗香和我亲吻。

我身上觉着轻寒，
你偏那样地云衣重裹，
你团圞无缺的明月哟，
请借件缟素的衣裳给我。

我眼中莫有睡眠，
你偏那样地雾帷深锁。
你渊默无声的银海哟，
请提起幽渺的波音和我。

本篇发表于上海《时事新报·学灯》，1920 年 9 月 7 日。

晴　朝

池上几株新柳，
柳下一座长亭，
亭中坐着我和儿，
池中映着日和云。

鸡声、群鸟声、鹦鹉声，
溶流着的水晶一样！
粉蝶儿飞去飞来，
泥燕儿飞来飞往。

落叶蹁跹，
飞下池中水。
绿叶蹁跹，
翻弄空中银辉。

一只白鸟
来在池中飞舞。
哦，一湾的碎玉！
无限的青蒲！

本篇发表于上海《时事新报·学灯》，1920 年 9 月 7 日。

岸　上

其　一

岸上的微风
早已这么清和！
远远的海天之交，
只剩着晚红一线。
海水渊青，
沉默着断绝声哗。
青青的郊原中，
慢慢地移着步儿，
只惊得草里的虾蟆四窜。
渔家处处，
吐放着朵朵有凉意的圆光。
一轮皓月儿
早在那天心孤照。
我吹着支
小小的哈牟尼笳①，
坐在这海岸边的破船板上。
一种寥寂的幽音
好像要充满那莹洁的寰空。
我的身心

① 哈牟尼笳（Harmonica），口琴。

好像是——融化着在。

1920 年 7 月 26 日

其　二

天又昏黄了。
我独自一人
坐在这海岸上的渔舟里面，
我正对着那轮皓皓的月华，
深不可测的青空！
深不可测的天海呀！
海湾中喧豗着的涛声
猛烈地在我背后推荡！
Poseidon① 呀，
你要把这只渔舟
替我推到那天海里去？

1920 年 7 月 27 日

其　三

哦，火！
铅灰色的渔家顶上，
昏昏的一团红火！
鲜红了……嫩红了……
橙黄了……金黄了……
依然还是那轮皓皓的月华！
“无穷世界的海边群儿相遇。
无际的青天静临，

① 波塞冬，希腊神话中的海神。

不静的海水喧豗。
无穷世界的海边群儿相遇，叫着，跳着。”①
我又坐在这破船板上，
我的阿和
和着一些孩儿们
同在沙中游戏。
我念着泰戈尔的一首诗，
我也去和着他们游戏。
嗳！我怎能成就个纯洁的孩儿？

1920 年 7 月 29 日

① 这是泰戈尔的长诗《吉檀迦利》中的诗句。

晨　兴

月光一样的朝暾
照透了这蓊郁着的森林，
银白色的沙中交横着迷离的疏影。

松林外海水清澄，
远远的海中岛影昏昏，
好像是，还在恋着他昨宵的梦境。

携着个稚子徐行，
耳琴中交响着鸡声、鸟声，
我的心琴也微微地起了共鸣。

春之胎动

独坐北窗下举目向楼外四望：
春在大自然的怀中胎动着在了！

远远一带海水呈着雌虹般的彩色，
俄而带紫，俄而深蓝，俄而嫩绿。

暗影与明辉在黄色的草原头交互浮动，
如像有探海灯在转换着的一般。

天空最高处作玉蓝色，有几朵白云飞驰；
白云的缘边色如乳糜，叫人微微炫目。

楼下一只白雄鸡，戴着鲜红的柔冠，
长长的声音叫得已有几分倦意了。

几只杂色的牝鸡偃伏在旁边的沙地中，
那些女郎们都带着些娇慵无力的样儿。

海上吹来的微风才在鸡尾上动摇，
早悄悄地偷来吻我的颜面，又偷跑了。

空漠处时而有小鸟的歌声。
几朵白云不知飞向何处去了。

海面上突然飞来一片白帆……
不一刹那间也不知飞向何处去了。

2 月 26 日

日暮的婚筵

夕阳，笼在蔷薇花色的纱罗中，
如像满月一轮，寂然有所思索。

恋着她的海水也故意装出个平静的样儿，
可他嫩绿的绢衣却遮不过他心中的激动。

几个十二三岁的小姑娘，笑语娟娟地，
在枯草原中替他们准备着结欢的婚筵。

新嫁娘最后涨红了她丰满的庞儿，
被她最心爱的情郎拥抱着去了。

2 月 28 日

新　生

紫罗兰的，
圆锥。
乳白色的，
雾帷。
黄黄地，
青青地，
地球大大地
呼吸着朝气。
火车
高笑
向……向……
向……向……
向着黄……
向着黄……
向着黄金的太阳
飞……飞……飞……
飞跑，
飞跑，
飞跑。
好！好！好！……

1921年4月1日

海舟中望日出

铅的圆空，
　蓝靛的大洋，
四望都无有，
　只有动乱，荒凉，
黑汹汹的煤烟
　恶魔一样！

云彩染了金黄，
　还有一个爪痕露在天上。
那只黑色的海鸥
　可要飞向何往？

我的心儿，好像
　醉了一般模样。
我倚着船栏，
　吐着胆浆……

哦！太阳！
　白晶晶地一个圆珰！
在那海边天际
　黑云头上低昂。
我好容易才得盼见了你的容光！
　你请替我唱着凯旋歌哟！

我今朝可算是战胜了海洋！

4 月 3 日

黄浦江口

平和之乡哟！
　我的父母之邦！
岸草那么青翠！
　流水这般嫩黄！

我倚着船栏远望，
　平坦的大地如像海洋，
除了一些青翠的柳波，
　全没有山崖阻障。

小舟在波上簸扬，
　人们如在梦中一样。
平和之乡哟！
　我的父母之邦！

4 月 3 日

上海印象

我从梦中惊醒了！
　　Disillusion[①] 的悲哀哟！

游闲的尸，
　　淫嚣的肉，
长的男袍，
　　短的女袖，
满目都是骷髅，
　　满街都是灵柩，
乱闯，
　　乱走。
我的眼儿泪流，
　　我的心儿作呕。

我从梦中惊醒了。
　　Disillusion 的悲哀哟！

4 月 4 日

① 幻灭。

西湖纪游

沪杭车中

一

我已几天不见夕阳了，
那天上的晚红
不是我焦沸着的心血吗？
我本是“自然”的儿，
我要向我母怀中飞去！

二

巨朗的长庚
照在我故乡的天野，
啊！我所渴仰着的西方哟！
紫色的煤烟
散成了一朵朵的浮云
向空中消去。
哦！这清冷的晚风！
火狱中的上海哟！
我又弃你去了。

三

火车向着南行，

我的心思和他成个十字：
我一心念着我西蜀的娘，
我一心又念着我东国的儿，
我才好像个受着磔刑的耶稣哟！

四

唉！我怪可怜的同胞们哟！
你们有的只拼命赌钱，
有的只拼命吸烟，
有的连倾啤酒几杯，
有的连翻番菜几盘，
有的只顾酣笑，
有的只顾乱谈。
你们请看哟！
那几个肃静的西人
一心在勘校原稿哟！
那几个骄慢的东人
在一旁嗤笑你们哟！
啊！我的眼睛痛呀！痛呀！
要被百度以上的泪泉涨破了！
我怪可怜的同胞们哟！

4 月 8 日

雷峰塔下

其　一

雷峰塔下
一个锄地的老人
脱去了上身的棉衣
挂在一旁嫩桑的枝上。
他息着锄头，

举起头来看我。
哦，他那慈和的眼光，
他那健康的黄脸，
他那斑白的须髯，
他那筋脉隆起的金手。
我想去跪在他的面前，
叫他一声：“我的爹！”
把他脚上的黄泥舔个干净。

其　二

菜花黄，
湖草平，
杨柳毵毵，
湖中生倒影。

朝日曛，
鸟声温，
远景昏昏，
梦中的幻境。

好风轻，
天宇莹，
云波层层，
舟在天上行。

4 月 9 日

赵公祠畔

钟声，
鸦鸟鸣，
赵公祠畔
朝气氤氲。

儿童的歌声远闻。

醉红的新叶,
青嫩的草藤,
高标的林树
都含着梦中幽韵。
白堤前横,
湖中柳影青青。
两张明镜!

草上的雨声
打断了我的写生。
红的草叶不知名,
摘去问问舟人。

雨打平湖点点,
舟人相接殷勤。
登舟问草名,
我才不辨他的土音。
汲取一杯湖水,
把来当作花瓶。

三潭印月

一

沿堤的杨柳
倒映潭心,
苍黄、绿嫩。
不须有月来,
已自可人。

二

缓步潭中曲径，
烟雨溟溟，
衣裳重了几分。

雨中望湖

——湖畔公园小御碑亭上

雨声这么大了，
湖水却染成一片粉红。
四围昏蒙的天
也都带着醉容。

浴沐着的西子哟，
裸体的美哟！
我的身中……
这么不可言说的寒噤！
哦，来了几位写生的姑娘，
可是，unschoeh①。

4月10日

司春的女神歌

司春的女神来了。
提着花篮来了。
散着花儿来了。
唱着歌儿来了。

---

① 不美丽、不漂亮。

“我们催着花儿开，
我们散着花儿来，
我们的花儿
只许农人簪戴。”

红的桃花，白的李花，
黄的菜花，蓝的豆花，
还有许多不知名的草花，
散在树上，散在地上，
散在农人们的田上。
沿路走，沿路唱：

“花儿也为诗人开，
我们也为诗人来，
如今的诗人
可惜还在吃奶。”

司春的女神去了。
提着花篮去了。
散完花儿去了。
唱着歌儿去了。

4月11日，游西湖归，沪杭车中作。

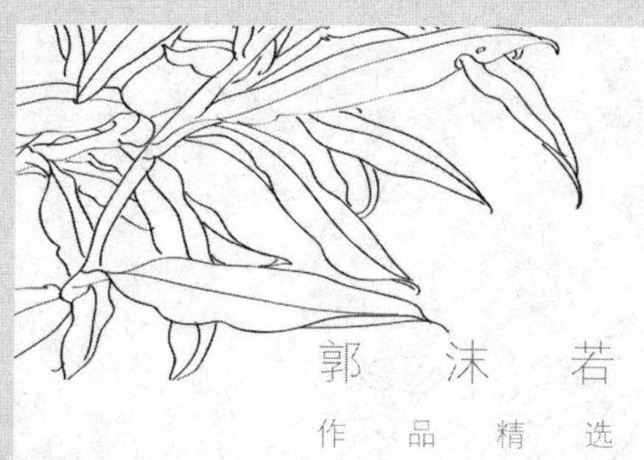

郭　沫　若

作　品　精　选

戏剧

戏剧

屈　原

人　物

三闾大夫屈原——年四十左右。
宋玉——屈原之弟子，年二十左右。
婵娟——屈原之侍女，年可十六。
上官大夫靳尚——楚怀王之佞臣，年三十以往。
子兰——楚怀王之稚子，年十六七。
南后郑袖——子兰之母，怀王宠姬。年三十以往。
楚怀王——年五十岁。
张仪——秦之丞相，连横家，年四十以往。
令尹子椒——昏庸老朽之佞臣，年六十左右。
招魂老人——年可七十左右。
阿汪——屈原之老阍人，年可六十左右。
阿黄——屈原之老灶下婢，年可五十余。
钓者河伯——年可三十左右。
渔父——年可五十左右。
卫士仆夫——年可二十以往。
太卜郑詹尹——郑袖之父，年七十以往。
老妪、更夫各一人。
女官、女史、群众、卫士、歌舞及奏乐者各若干人。

时　间

楚怀王十六年（公元前三一三年）。

地　点

楚国郢都（今湖北江陵县）。

第一幕

清晨的橘园，暮春，尚有若干残橘，剩在枝头。园后为篱栅，有门在正中偏右，园外一片田畴。左前别有园门一道通内室。园中右侧有凉亭一，离园地可高数段。亭中有琴桌石凳之类。亭之阶段正向左，阶上各陈兰草一盆。阶下置一竹帚。园中除橘树外，可任意配置其它竹木。

婵娟年可十六，抱琴由左首出场，置于亭中琴桌上，略加整饬，即由原径退下。

屈原年四十左右，着白色便衣，巾帻，亦由左首出场。左手执帛书一卷，在橘林中略作逍遥，时复攀弄残橘，闻其香韵。最后于不经意之间摘其一枚置于右手掌上把玩。徐徐步上亭阶，坐在阶之最上段。一时闻橘香韵，一时复举首四望。有间置橘于阶上，展开帛书，乃用古体篆字所写之《橘颂》。字系红色。用朱写成。

屈　原　（徐徐地放声朗诵。读时两手须一舒一卷）

辉煌的橘树呵，枝叶纷披。
生长在这南方，独立不移。
绿的叶，白的花，尖锐的刺。
多么可爱呵，圆满的果子！
由青而黄，色彩多么美丽！
内容洁白，芬芳无可比拟。
植根深固，不怕冰雪雰霏。
赋性坚贞，类似仁人志士。

（读至此中辍，置书膝上，复取橘置掌中把玩，闭目玩味。终复张目，若有意若无意将橘劈为两半，但无食意，仅只把玩而已。）

此时宋玉抱一小黄犬由外园门入，年二十左右，着短衣，头上挽两卷鬟。见屈原，即奔至其前。

宋　玉　（立阶下）先生，你出来了。

屈　原　啊，我正在找你。你到什么地方去来？

宋　玉　我把园子打扫了之后，便抱着阿金①到外边去跑了一趟回来。

屈　原　那很好，你们年青人有起早的习惯，更能够时时把筋骨勤劳一下，是很好的事。（徐徐将两半橘子合而为一，一手握橘，一手执书，起立）我为你写了一首诗啦，我们到亭子上去坐坐吧。（步入亭中，就琴桌而坐，随手将橘置于桌上。）

宋玉随上，立于左侧。

屈　原　你把阿金放下，念念我这首新诗。（将书卷授宋玉。）

宋玉将黄犬放下，任其自由动作。屈原开始抚琴。

宋　玉　（展开书卷前半，默念一次，举首）先生，你是在赞美橘子啦。

屈　原　是的，前半是那样，后半可就不同了，你再读下去看。

宋　玉　（继续展读，发出声来）

呵，年青的人，你与众不同。
你志趣坚定，竟与橘树同风。
你心胸开阔，气度那么从容！
你不随波逐流，也不故步自封。
你谨慎存心，决不胡思乱想。
你至诚一片，期与日月同光。
我愿和你永做个忘年的朋友。
不挠不屈，为真理斗到尽头！
你年纪虽小，可以为世楷模。
足比古代的伯夷，永垂万古！

（读罢有些惶恐，复十分喜悦）先生，你这真是为我写的吗？

屈　原　是，是为你写的。（以下在对话中，仍不断抚琴，时断时续。）

---

① 作者原注：小犬名。

宋　玉　我怎么当得起呢？

屈　原　我希望你当得起。（以右手指园中橘树）你看那些橘子树吧，那真是多好的教训呀！它们一点也不骄矜，一点也不怯懦，一点也不懈怠，而且一点也不迁就。（稍停）是的，它们喜欢太阳，它们不怕霜雪。它们那碧绿的叶子，就跟翡翠一样，太阳光愈强愈使它们高兴，霜雪愈猛烈，它们也丝毫不现些儿愁容。时候到了便开花，那花是多么的香，多么的洁白呀。时候到了便结实，它们的果实是多么的圆满，多么的富于色彩的变换呀。由青而黄，由黄而红，而它们的内部——你看却是这样的有条理，又纯粹而又清白呀。（随手将劈开了的橘子分示其内部）它们开了花，结了实，任随你什么人都可以欣赏，香味又是怎样的适口而甜蜜呀。有人欣赏，它们并不叫苦，没有人欣赏，它们也不埋怨，完全是一片的大公无私。但你要说它们是——万事随人意，丝毫也没有一点骨鲠之气的吗？那你是错了。它们不是那样的。你先看它们的周身，那周身不都是有刺的吗？（又向橘树指示）它们是不容许你任意侵犯的。它们生长在这南方，也就爱这南方，你要迁移它们，不是很容易的事。这是一种多么独立难犯的精神！你看这是不是一种很好的榜样呢？

宋　玉　是。经先生这一说，我可感受了极深刻的教训。先生的意思是说：树木都能够这样，难道我们人就不能够吗？（思索一会）人是能够的。

屈　原　是，你是了解了我的意思，你是一位聪明的孩子。你年纪青青就晓得好学，也还专心，不怕就有好些糊涂的人要引诱你去跟着他们胡混，你也不大随波逐流，这是使我很高兴的事。（稍停）所以我希望你要能够像这橘子树一样，独立不倚，凛冽难犯。要虚心，不要作无益的贪求。要坚持，不要同乎流俗。要把你的志向拿定，而且要抱着一个光明磊落、大公无私的心怀。那你便不会有什么过失，而成为顶天立地的男子了。（再停）你能够这样，我愿意永远和你做一个忘年的朋友。你能够这样，不怕你年纪还轻，你也尽可以做一般人的师长了。（略停）不过也不要过分的矜持，总要耿直而通情理。但遇到大节临头的时候，你却要丝毫也不苟且，不迁就。你要学那位古时候的贤人，饿死在首阳山上的伯夷，就饿死也不要失节。我这些话你是明白的吧？

宋　玉　是，我很明白。我的志向就是一心一意要学先生，先生的学问文章我要学，先生的为人处世我也要学；不过先生的风度太高，我总是学不像呢。

屈　原　你不要把我做先生的看得太高，也不要把你做学生的看得太低，这是很要紧的。我自己其实是很平凡的一个人，不过我想任何人生来怕都是一样的平凡吧？要想不平凡，那就要靠自己努力。（稍停）我们应该把自己的模范悬得高一些；最好是把历史上成功了的人作为自己的模范，尽力去追赶他，或者甚至存心去超过他。那样不断地努力，一定会有成就的。北方有一位学者颜渊，是孔仲尼的得意门生，我最近听到他的一句话，我觉得很有意思。他说："舜，何人也？余，何人也？有为者亦若是。"这真是很好的一个教条。我们谁都知道大舜皇帝是了不起的人，但他是什么呢？不是人吗？我们自己又是什么呢？不也是人吗？他能够做到那样了不起的地步，我们难道就做不到吗？做得到的，做得到的，凡事都在人为。雨水都还可以把石头滴穿，绳子都还可以把木头锯断呢！总要靠自己努力，靠自己不断地努力才行。

婵娟抱水瓶入场，至亭下，挹水一尊，捧至琴台前献于屈原，俟屈原呷毕，复拾尊荷瓶而下。

宋　玉　先生的话我是要牢牢记着的。不过我时常感觉到，要学习古人，苦于不知道从什么地方下手。古人已经和我们隔得太远，他的声音笑貌已经不能够恢复转来，我们要学他，应该从什么地方学起呢？我时常在先生的身边，先生的声音笑貌我天天都在接近，但我存心学先生，学先生，却丝毫也学不像呢。

屈　原　（微笑）你要学我的声音笑貌做什么？专学人的声音笑貌，岂不是个猴子？（起立在亭中徘徊）学习古人是要学习古人的精神，是要学习那种不断努力的精神。始终要鞭策着自己，总要存心成为一个好人。（稍停）我们每一个人生来都是一样平凡的，而且在我们的身上还随带着很多不好的东西。譬如我们每一个人都爱争强斗狠，但是又爱贪懒好闲，在这儿便种下了堕落的种子。争强斗狠也并不就坏，认真说这倒是

学好的动机。因为你要想比别人强，或者比最强的人更强，那你就应该拼命地努力，实际上做到比别人家更强的地步。要你的本领真正比人强，你才能够强得过别人，这是毫无问题的。

宋　玉　是，真是不成问题的。

屈　原　但是问题却在这儿出现了。能强过别人是很高兴的事，但努力却又是吃苦的事，因此便想来取巧，不是自己假充一个强者，虚张声势，便是更进一步去陷害别人，陷害比自己更强的人。这就是虚伪，这就是罪恶，这就是堕落！（声音一度提高之后，再放低下来）人的贪懒好闲的这种根性，便是自己随身带来的堕落的陷阱！我们先要尽量地把这种根性除掉，天天拔除它，时时拔除它，毫不容情地拔除它。能够这样，你的学问自然会进步，你的本领自然会强起来，你的四肢筋骨也自然会健康了。你说，你苦于无从下手，其实下手的地方就在你自己的身上。（稍停）当然我们也应该向别人学习，向我们身外的一切学习。我们生来是一无所有，不仅身子是赤条条，心子也是赤条条，随身带来的一点好东西，就是——能够学习。我们能够学习，就靠着能够学习，使我们身心两方逐渐地充实了起来。可以学习的东西，四处都是。譬如我们刚才讲到的那些橘子树，（向树林指示）不是我们很好的老师吗？又譬如立在我面前的你，我也是时常把你当成老师的。……

宋　玉　（有些惶恐）先生，你这样说，我怎么受得起？

屈　原　不，我不是在同你客气。凡是你们年青一辈的人都是我的老师。人在年青的时候，好胜的心强，贪懒的心还没有固定，因此年青人总是天真活泼，慷慨有为，没有多么大的私心。这正是我所想学习的。（复就座于亭栏上）就拿做诗来讲吧，我们年纪大了，阅历一多了，诗便老了。在谋章布局上，在造句遣辞上，是堂皇了起来；但在着想的新鲜、纯粹、素朴上，便把少年时分的情趣失掉了。这是使我时时感觉着发慌的事。在这一点上，仿佛年纪愈老便愈见糟糕。（稍停）所以我尽力地在想向你们年青的人学，尽力地在想向那纯真、素朴的老百姓们学，我要尽力保持着我年青时代的新鲜、纯粹、素朴。这些话，我对你说过不仅一次，你应该记得的吧？

宋　玉　是，我是时常记着的。

屈　原　所以有许多人说我的诗太俗，太放肆了，失掉了“雅颂”的正声，我是一点也不介意的。我在尽量地学老百姓，学小孩子，当然会俗。我在尽量地打破那种“雅颂”之音，当然会放肆。那种“雅颂”之音，古古板板的，让老百姓和小孩子们听来，就好像在听天书。那不是真正把人性都失掉干净了吗？不过话又得说回来，我自己究竟比你们出世得早一些，我的年青时代是受过“典谟训诰”“雅颂”之音的熏陶，因此我的文章一时也不容易摆脱那种格调。这就跟奴隶们头上的烙印一样，虽然奴隶籍解除了，而烙印始终除不掉。到了你们这一代就不同了，你们根本就没有受过烙印，所以你们的诗，彻内彻外，都是自己在作主人。这些地方是使我羡慕你们这一代的。

宋　玉　这正是先生的不断努力、不断学习的精神，我今天实在领受了最可宝贵的教训。先生这首《橘颂》是可以给我的吧？

屈　原　当然是给你的。我为你写的诗，怎么会不给你？

宋　玉　（拱手）我实在多谢先生，从今以后我每天清早起来便要朗诵它一遍。

屈　原　倒也不必那样拘泥。就诗论诗的话，实在也并不怎么好，不过你存心学做好人好了，做到像伯夷那样啦。

宋　玉　多谢先生的指示。但我总想学先生，像伯夷那样的人我觉得又像古板了一点。殷纣王本来是极残忍的暴君，为什么周武王不好去征伐他呢？诛锄了一个暴君，为什么一定要去饿死呢？这点我有些不大了解。

屈　原　讲起真正的史事上来的话，这里倒是有问题的。我们到园子里去走走，一面走，一面和你细谈吧。（步下亭阶。）

宋玉随后。

屈　原　照真正的史事来讲，殷纣王并不是怎样坏的人。特别是我们楚国人，本来是应该感谢他的。我们楚国，在前本是殷朝的同盟。殷纣王和他的父亲帝乙，他们父子两代费了很大的力量来平定了这南方的东南夷，周人便趁着机会强大了起来，终竟乘虚而入，把殷朝灭了。我们的祖先和宋人、徐人在那

时都受着压迫，才逐渐从北方迁移到南方来。北方有个地方叫着楚丘，你应该是知道的吧，那就是我们祖先所在的地方了。假使没有殷纣王的平定东南夷，我们恐怕还找不到地方来安身，我们的祖先怕已经都化为周人的奴隶了。周朝的人把殷朝灭了自然要把殷纣王说得很坏，造了些莫须有的罪恶来加在他身上，其实他并不是那么坏的。伯夷要反对周武王，也就是证明了。

宋　玉　啊，先生这样的说法，我真是闻所未闻，真是太新鲜，太有意义了。

屈　原　这些古事，本来用不着多管，不过像伯夷那种气节，实在是值得我们景仰、学习的。他本来是可以做孤竹国的国君的人，但他把那种安富尊荣的地位抛弃了。因为他明白，在我们人生中还有比做国君更尊贵的东西。假使你根本不像一个人，做了国君又有什么荣耀？是，在周朝的人把殷朝灭了的时候，伯夷也尽可以不必死，敷敷衍衍地过活下去，别人也不会说什么话。假使他迁就一下，周朝的人也许还会拿些高官厚禄给他。但他知道，那种的高官厚禄、那种的苟且偷生，是比死还要可怕。所以他宁愿饿死，不愿失节。这实在是值得我们学习的。你懂得我的意思么？

宋　玉　我此刻弄明白了。尤其是史事的背景弄明白了，更加觉得伯夷这个人值得尊敬。

屈　原　在这战乱的年代，一个人的气节很要紧。太平时代的人容易做，在和平里生，在和平里死，没有什么波澜，没有什么曲折。但在大波大澜的时代，要做成一个人实在不是容易的事。重要的原因也就是每一个人都是贪生怕死。在应该生的时候，只是糊里糊涂地生。到了应该死的时候，又不能够慷慷慨慨地死。一个人就这样被糟蹋了。（稍停）我们目前所处的时代也正是大波大澜的时代，所以我特别把伯夷提了出来，希望你，也希望我自己，拿来做榜样。我们生要生得光明，死要死得磊落。你懂得我的话么？

宋　玉　我懂得了，先生。

屈　原　好的，我的话也说得太多。今天的天气实在太好，我们再到外面的田野里去走一会儿吧。

宋　玉　我愿意追随先生。(抱琴在左胁下。)

二人徐徐向外园门走去。

婵娟匆匆入场。

婵　娟　(趋前，呼屈原) 先生，先生，刚才上官大夫靳尚来过，他留了几句话要我告诉你，便各自走了。

屈　原　他留了什么话?

婵　娟　他说：张仪要到魏国去了。国王听信了先生的话，不接受张仪的建议，不愿和齐国绝交。因此，张仪觉得没有面目再回秦国，他要回到他的故乡魏国去了。上官大夫他顺便来通知你。

屈　原　(带喜色) 好的，这的确是很好的消息。(回顾宋玉) 宋玉，我有件事情要你赶快去办。

宋　玉　是，先生，请你吩咐。

屈　原　我的书案上有一篇文稿，是国王昨天要我写的致齐国国王敦睦邦交的国书，我希望你去赶快把它誊写一遍。张仪既已决心离开，说不定国王很快就要派人把国书送到齐国去。

宋　玉　是，我抄好了，再送来请先生看。(向婵娟) 这琴请你抱着。(把琴授与婵娟，由左门下场。)

婵　娟　(迟疑地) 先生。刚才上官大夫走的时候，他还告诉了我一句话。

屈　原　他告诉你什么?

婵　娟　他说：南后曾经对他说过，准备调我进宫去服侍她。

屈　原　南后也曾对我说过，但她说得不太认真，所以我还不曾告诉你啦。婵娟，如果南后真的要调你进宫去，你是不是愿意?

婵　娟　(果断地) 不，先生，婵娟不愿意。婵娟不能离开先生。

屈　原　你不喜欢南后吗? 她是那样聪明、美貌，而又有才干的人。

婵　娟　不，我不喜欢她。我相信，她也不喜欢我。

屈　原　不喜欢你? 怎么要调你进宫去呢?

婵　娟　那可不知道是什么打算了。我每一次看见她，都有点害怕。她那一双眼睛就跟蛇的眼睛一样，凶煞煞地、冰冷冷地死盯着你，你就禁不住要打寒噤。先生，我在你面前，我自己感觉着，我安详得就像一只鸽子。但我一到了南后面前，我就会可怜得像老鹰脚爪下的一只小麻雀了。先生，我希望你不

要让我去受罪。

屈　原　(含笑) 你形容得很好。是的，南后是有权威的人。你如果不愿进宫，等她认真提到的时候，我替你婉谢好了。(步至亭前踯躅，复不经意地走上亭阶，顺手将适才放置在栏杆上的两半橘子拿起，在手中把玩，合之分之者数次，但无食意。)

此时婵娟亦步上凉亭，把琴放在琴桌上，又静静地步下凉亭。

公子子兰由右侧后园门入场。子兰年十六七，左脚微跛。

婵　娟　先生，公子子兰来了。

屈原回身，子兰趋至亭前，敬立阶下行拱手礼。

子　兰　先生，早安!

屈　原　(略略答礼) 早安，你们可以到亭子上来坐坐。

婵娟导子兰入亭。

屈　原　你们随意坐坐，不必拘礼。

二人因屈原未坐，亦不敢就座。

屈　原　我这里有一个橘子，是刚从树上摘下来的，我送给你们。

二人接受。

子　兰　多谢你。先生，你近来好吗?

屈　原　很好，我近来很愉快的。好几天不见你来了，是在家里用功吗?

子　兰　我没有，先生。因为这几天我有点儿伤风咳嗽，妈妈要我休息一下。我今天来，是妈妈要我来请先生的。(微微咳了几声。)

屈　原　南后在叫我吗? 有什么事，你可知道?

子　兰　不，我也不十分知道。不过我想，恐怕是为的张仪要走的事情吧。爸爸在今天中午要替他饯行呢。……我妈妈为了张仪要走，很有点着急。昨天下午张仪同上官大夫一道突然来向我爸爸辞行。他说：秦国的国王尊敬爸爸，不满意齐国的不友好的态度，所以愿意奉献商於之地六百里，请求楚国也和齐国绝交。爸爸既然听信三闾大夫的话，不愿和齐国绝交，他没有面目再回到秦国去了。他要回到他的故乡魏国。又说他们魏国的美人很多，一个个就跟神仙一样，他准备找一位很好看的人来献给我爸爸啦。

屈　原　嗯，张仪说过那样的话吗？

子　兰　是啦，所以弄得我妈妈很着急。她昨天夜里还叫上官大夫靳尚送了一千五百个大钱去做路费呢。

屈　原　一千五百个大钱？

子　兰　是啦，一千是送给张仪，五百是送给他的随从。

屈　原　张仪收了吗？

子　兰　详细的情形我不知道，我想是收了的，那样多的钱啦！

屈　原　哼，这样说来，那些鬼家伙是在作怪啦！

子　兰　我也感觉着是有点蹊跷。大约就是因为这样，所以妈妈要请先生去帮忙的吧。

屈　原　好的，你等我去把衣服换好来同你去。你就留在这儿。（向婵娟）婵娟，你也陪着公子在这儿，不过我希望你们不要折损花木。

子　兰　先生，你请放心。我是最爱惜花木的人。

屈　原　那很好，我回头就可以转来的。（徐徐步下亭阶，向左侧园门下）

二人在亭口鹄立。

子　兰　（见屈原去后，立即放肆起来，以手携婵娟手，向亭内引去）婵娟，我们坐着谈谈心吧。

婵　娟　（缩回其手）你不要这样拉我，我自己晓得坐。

子　兰　好的。我是怕你站累了呢。（自行就亭阶口上坐下，面侧向前左。）

婵　娟　（坐于亭阶上）公子，你也请吃橘子。（取出一瓣来嚼食。）

子　兰　不，这橘子我不想吃。先生把这橘子一个人给我们一半，我觉得很有意思。我是半边，你是半边，合拢来，不就是整个儿的吗？

婵　娟　你总爱说这些没有意思的话。

子　兰　你说没有意思，满有意思呢。婵娟，我倒要问你：先生这几天说过我什么坏话没有？

婵　娟　先生没有说过你什么坏话，不过也没有说过你什么好话。

子　兰　当然喽，先生哪里会说我的好话！他喜欢的就是那位专会在人面前讨好，比你还要媚态的宋玉小哥儿啦！一定又是怎样

的纯真喽，勤勉喽，规矩喽。先生所喜欢的就是那种女性十足的漂亮小哥儿啦。

婵　娟　你一转身就要说朋友的坏话！

子　兰　婵娟，我伤到了你心上的人，是不是？

婵　娟　（微微生怒）谁个是我心上的人！你瞎说！

子　兰　我才不瞎说呢，你怕我不明白！那女性十足的漂亮小哥儿，就是你心上的人！

婵　娟　哼，我才不喜欢他呢。

子　兰　（起立）你不喜欢他！喜欢谁？

婵　娟　我喜欢我喜欢的人。

子　兰　（俯身以颜面就之）喜欢我吧，是不是？

婵　娟　我喜欢你，喜欢你受罪。（以手推之。）

子　兰　（欲拥抱之）我就让你受罪！

婵娟一闪身跑下台阶，子兰扑空倒地，几跌至阶下。

婵　娟　（捧腹憨笑）呵哈哈哈……跛脚公子，真是受罪！真是受罪！

子　兰　（起来，生怒地）你这黄毛丫头！你怕我不能惩治你！（曳着微跛的脚急骤下阶，于阶下复失足倒地。）

婵　娟　（已作势欲逃，见子兰倒地，复大笑）呵哈哈哈……跛脚公子，你再来吧！你再来吧！有胆量？

子　兰　（慢慢爬起来，坐在最低一段的阶段上，揉着右膝，表示无再追逐之意）唉，我的脚不方便，反正我也调皮不过你。

婵　娟　（微露怜悯意，但也不想近身）恭喜你，恭喜你啦。右脚又跌着了吗？两只脚都跛起来，岂不就扯平了吗？（又笑。）

子　兰　（可怜地）你这刻薄鬼！我的脚不方便，你不晓得同情，偏要幸灾乐祸，加倍的嘲笑。你晓得不？你们女人们爱笑，是不祥的事啦。从前周幽王宠褒姒，在烽火台上戏弄诸侯，褒姒一笑而失天下。齐顷公的母亲，萧同叔子笑了晋大夫郤克，萧同叔子一笑而使齐国遭兵灾。你笑我嘛，我看你是得不到好死的！

婵　娟　（庄重了起来）是你自己不好啦。

子　兰　好的，好的，就算我不好吧。我是受了惩罚了。我现在连站都站不起来了。（作欲起立而不能之势）婵娟，好姑娘，好姐姐，请你来扶我一下好不？

婵　娟　(踌躕) 我来扶你。你可不要再胡闹了。

子　兰　我不再胡闹了，我央求你啦。先生不要出来了？

婵　娟　(稍存警戒意，步至子兰身边) 好的，我就扶你起来吧。(扶之起立。)

子　兰　(脚方立定，复反身拥抱婵娟而欲亲其吻) 你这次总逃不掉了！好家伙！

婵　娟　(挣扎) 你这骗子！你这跛脚骗子！(用力将子兰推开，反身向橘林中逃避。)

子兰追婵娟，二人在橘林中穿插追逐。

屈原由左门出场。

屈　原　你们在干什么？

子　兰　(故意做出可怜相) 先生，婵娟欺侮我。她把我摔翻了，还骂我“跛脚骗子”。

婵　娟　不，是他先欺侮我的。

屈　原　(向婵娟，和婉地) 婵娟，我看还是你的不是。他有残疾，行动不大方便，你应该照拂他，为什么反而欺侮他？(停一忽) 一个人要有反抗性，但也要有同情心。尤其是你们年青一代的人，不能以欺侮弱者来显示自己的英勇。这是我经常告诉你们的话。

婵　娟　(表示自歉) 先生，我错了。我要永远记着你的指示，不再忘记。

屈　原　(牵动子兰) 好，子兰，我同你去见南后。

屈原与子兰向右首走去。

——幕　下

第二幕

楚宫内廷。

正面四大圆柱并列，中为明堂内室，左右有房，房前各有阶，右为宾阶，左为阼阶。室后壁有奇古之壁画。左右房与室之间及前侧二面均垂帘幕，可透视，房之后壁正中有门，门上有金兽含环，门及壁上均有彩画。(此在南面，柱用深

红色，帘幕用黄色。）

右翼为总章内室之右房，亦有阶有柱有帘有壁画等事，与正面同。（此在正西面，柱色同，帘幕用白色。）

左翼为青阳内室之左房，布置同。（此在正东面，柱色同，帘幕用青色。）

正前隙地为中霤。正中及左右建构不相衔接，其间有侧道可通中霤。

明堂内室中设有王位，较高大，左右两侧各设一位。

幕开，南后郑袖立正中阶上指挥女史数人在室中布置。于王位面以虎皮，其前亦以虎皮席地。于左右位面以豹皮，其前亦以豹皮席地。另有女史数人在左右房中拂拭编钟编磬琴瑟等陈设。

南后年三十四五，美艳而矫健。俟布置停当后，略加巡视，表示满意。

南　后　你们倒还敏捷。我还怕你们来不及啦，现在算好，一切都停当了。

女史甲　启禀南后，那前面两房的帘幕，是不是就揭开来？

南　后　不，那等开筵之后再行揭开。歌舞的人都已经准备停当了吧？

女史乙　都早已准备停当了，西边是准备唱歌的，东边是准备跳舞的。

南　后　那很好，还要叫他们注意一下，不要耽误了时刻，不要弄乱了次序。

众女史　是，我们一定要严格地督率着他们。

南　后　我看，你们应该把职守分一下才好。（指女史甲）你管堂上奏乐和行酒的事。（指女史乙）你管堂下歌舞的事。你们两个各自选几个得力的人做帮手。今天的事情假使办得很好，我一定要奖赏你们的。假使办得不好，那你们可晓得我的脾气！

众女史　（表示惶恐，但亦显得光耀）是，我们一定要尽我们的全力办理。

南　后　要能够那样，就好。此外一些琐碎的事用不着我吩咐了，你们都是有经验的。总之要能够临机应变，一呼百诺，说要什么就有什么。在预定的节目内的，固然要准备，就是在预定的节目外的，也要有见机的准备。国王的脾气你们也是很清楚的！万一有什么差池，责任是要落在你们的头上。

众女史　是，我们知道。

南　后　好的，那么你们可以下去了，假使上官大夫到了，赶紧把他引到这儿来，说我在等他。

众女史　(应命) 是。(分别由左右阶下堂，再行鞠躬，复向左右首侧道下场。)

南后一人由阼阶下堂，在中霤中来回踯躅，若有所思。有间，女史甲引靳尚由左翼侧道上。靳尚是一位瘦削的中年人，鹰鼻鹞眼，两颊洼陷，行动颇敏捷。

女史甲　启禀南后，上官大夫到了。

南后回顾，靳尚趋前行礼。

靳　尚　敬请南后早安！

南　后　(略略答礼，向女史甲) 你可以下去。

女史甲应命，鞠躬由原道下。

南　后　(登上右翼总章右房之阶段上) 上官大夫，我昨天晚上托你的事情，怎么样了？

靳　尚　启禀南后，我是早就应该来禀报的。昨天晚上太迟，今天清早又奉了命令要准备中午的宴会，竟抽不出时间来。刚才国王出宫外去了，我疑心他是去找三闾大夫，所以我特地跑到屈原那里去探望了一下。好在国王并不在那儿，恐怕是到令尹子椒那里去了！

南　后　(略有愠色) 你怎这样的啰唆！我是在问你昨天晚上去会张仪的事情啦！

靳　尚　是的，南后，你听我慢慢地向你陈述吧。我跑到屈原那里去，是怕国王到了他那里，又受了他一番鼓吹。国王如果要他今天中午来陪客，那事情就不大好办。好在我跑去看，国王并不在他那儿，我是刚从那儿跑回来的。我想国王一定是到令尹子椒那里去了。要那样就毫无问题，即使国王要叫令尹子椒来陪客，也是很好商量的。令尹子椒，那位昏庸老朽，简直是活宝贝啦……

南　后　哎，你赶快把我所问的事直截了当地回答吧，你到底要兜好多圈子！

靳　尚　是，是，很快就要说到本题了。因为事体很复杂，也很要紧，要慢慢把头绪理清楚，说来才不费事。南后，慢工出细货啦。

南　后　（生气，愈着急）哎，我看你这个人的话，真是大牯牛的口水，太长！

靳　尚　（故意，略呈惶恐）是，是，是，我就说到本题了。（向四下回顾了一下，把声音放低了些）我昨天晚上到张仪那里去，我把南后送给他的礼物，亲手交给了他。我说："阁下，南后命我来向阁下问安，送了这点菲薄的礼物，以备阁下和阁下的舍人们回魏国去的路费，真是菲薄得很，希望阁下笑纳。……"

南　后　你不必把我当成张仪，不要这样重皮叠髓地说！张仪到底表示了些什么态度？

靳　尚　张仪的态度吗？是，我看他接受了你的礼物，他很高兴。他说："请你回去禀报南后，我张仪实在是万分感激。这次由秦国来，没有多带盘费，舍人们的衣冠都破烂了，简直不能成个体统，得到南后这般的厚爱，实在是万分感激。望你多多在南后面前为我致谢。……"

南　后　哎呀呀，你又把你自己当成张仪了，真是糟糕！到底张仪对于我所要求的事，他表示了什么意见？

靳　尚　他表示了很多意见啦，南后，你听我说吧。我对他说："南后问你是不是很快地便要到魏国去？"他说："是呀。"我又说："南后听说你到魏国去，有意思替敝国的国王选些周郑的美女回来，南后是非常感激的。……"

南　后　我怎么会感激？谁要你这样对他说？

靳　尚　唉，南后，你怎的聪明一世……唉，不好说得。

南　后　你说我"糊涂一时"吧！我没有你糊涂！

靳　尚　你想，我在张仪面前，怎好直说出你不高兴？你从前对待魏美人的办法，我是记得的，你恕我再唠叨一下吧。从前我们的国王有一次喜欢那位魏国送来的美人，你对她也不表示你的嫉妒，反而特别加以优待，显示得你比国王还要喜欢她。因此国王也照常地喜欢你，说你丝毫也不嫉妒。后来你就对那位魏美人说："国王什么都喜欢你，只是不喜欢你的鼻子。你以后见国王的时候，最好把鼻子掩着。"那魏美人公然也就听了你的话。到后来国王问你："那魏美人见了我为什么一定要掩着鼻子？"你就说："她是嫌国王有股臭气。"这样就使得我们的国王把那魏美人的鼻子给割掉了。你那个办法是多么精明呀！

南 后 哼，谁要你来恭维！我现在的年纪已经不比当年了，我急于要知道张仪的态度，而且急于要想方法来挽救，你偏偏在那儿兜圈子。你是有意和我作弄吗？

靳 尚 南后，你用不着那么着急，事情已经有了把握，所以我才这样按部就班地告诉你。假使没有把握，我实在是比你还要着急呢。

南 后 哼，你讲，你究竟有什么把握？你讲！你直截了当地讲！

靳 尚 那张仪毕竟是个聪明人，他经我那么一提，倒有点出乎意外。他问我："那真是南后的意思吗？"我说："南后确实是那样告诉我的，大概总不会是假的吧。"他踌躇了好一会，接着又说：他往魏国倒并不是本意。因为他从秦国带来的要求，国王不肯接受：国王不肯和齐国绝交，不肯接受秦国的土地，他就没有面目再回到秦国去，所以也就只得跑回魏国了。（稍停）他就这样把他的真心话说了出来，所以这个问题据我看来，倒不在乎他到不到魏国去找中原的美人，而是我们要设法使他能够回到秦国。

南 后 你反正还是啰唆，这算得有什么把握呢？国王已经听信了屈原的话，要和齐国重申和亲的盟约，已经叫你们在草拟国书了。而且国王回头就要给张仪饯行送他回到魏国，你有什么把握能够使他回到秦国呢？

靳 尚 把握是有的。我们所当争取的也就是这个中午了。我同张仪商量过一下，我们的意见是应该就在这短期间之内打破国王对于屈原的信用！（口舌带着热情地流利了起来）这件事情，须得我同你两个内外夹攻。国王的性情和脾味我们是摸得很熟的。我自己是早有成竹在胸，不过在你这一方面，要望你把你的聪明多多发挥一下啦！

南 后 （呈出适意的神气）哼，你有什么成竹在胸，你不妨讲给我听听。（步下阶来。）

靳 尚 南后，我希望你把耳朵借给我。

南后以耳就靳尚，靳尚与之低语有间。

南　后　(略略摇首) 可是，你这把握并不十分可靠。

靳　尚　所以要希望你后援啦。

南　后　哼，我老实告诉你，我也早就有我的把握的。我所关心的就是张仪的态度。只要他和我们扣在一起，有心回秦国，那问题就好解决了。

靳　尚　是，南后，你的把握，好不也让我知道一些？

南　后　那可不必。“机事不密则害成”，你回头慢慢看好了。三闾大夫是很快就会到我这儿来的。

靳　尚　(惊异) 怎么？屈原会到这儿来？

南　后　是的，我叫子兰去请他去了，他是一定会来的。

靳　尚　(狐疑地) 那么，南后，我简直不明白你的意思了。

南　后　我的意思，我也并不想要你明白。我认真告诉你：国王确实是到令尹子椒那里去了。去的时候我同他说过，回头我要派你去请他回来。你到子椒那里，一方面也正好趁着机会，把你想要说的话对他说。你等子兰回来，便可以走了。(突生警觉) 外面已经有人的脚步声，你留意听。(又低声补说) 还有，你引国王回来的时候从那边进来，(指着左翼) 一定要叫两名女官先把门打开，再揭开帘幕，转身下去，你们再走进来。千万照着我所吩咐的做，不准有误。

靳尚点头，二人缄默倾听，向左翼侧道方面注视。

屈　原　(内声) 子兰，南后是在什么地方等我？

子　兰　(内声) 妈说，在青阳内室呢，你跟定我来吧。

二人由左翼侧道出场。见南后，即远远伫立。

子　兰　妈，我把三闾大夫请来了。

南　后　(呈出极喜悦的面容，向屈原迎去) 啊，三闾大夫，你来得真好。我等了你好一会了。

屈　原　(敬礼) 敬请南后早安，南后有什么事需要我？

南　后　大大地需要你帮忙啦。国王听信了你的话，不和齐国绝交，张仪是决心回魏国去了。回头国王要替他饯行，我们准备了一些歌舞来助兴，这是非请你来指示不可的。我们慢慢商量吧。(回向靳尚) 上官大夫，你的任务，主要是在外面周旋，你须得叫膳夫庖人作好好的准备。说不定国王还要歃血为盟呢，珠檗玉敦的准备也是不可少的。

靳　尚　（鞠躬）是，我一定要样样都准备得很周到。我便先行告退。（向南后行礼，又向屈原略略拱手）三闾大夫，我刚才到你府上去来。

屈　原　（还礼）遗憾，有失迎迓。

靳　尚　你那可爱的婵娟姑娘把我的话告诉了你吗？

屈　原　婵娟已经传达了，谢谢你。

南　后　（向子兰）子兰，你去把那扮演《九歌》的十位舞师给我叫到这儿来，要他们通统都装扮好。

子　兰　知道了，妈。（向南后及屈原打拱，随靳尚由右翼侧道下。）

南　后　（向屈原）三闾大夫，你听我说。我这个孩子真是难养呢，左脚不方便，身体又衰弱，稍一不注意便要生出毛病。这一向又病了几天，先生那儿的功课又荒废了好久啦。

屈　原　那是不要紧的。公子子兰很聪明，只要身体健康，随后慢慢学都可以学得来。

南　后　做母亲的人一般总是抱着过高过大的希望，一面要孩子的身体好，一面又要孩子的学问好。不过有时候这两件事情实在也难得兼顾。所以我在一般人看来，恐怕对于我的孩子不免有点娇养吧？好在先生是他的老师，有你这样一位好老师，他将来一定可以成器。

屈　原　多承南后的奖励。子兰公子，我是把他当成兄弟一样在看待，我只希望他身体健康，心神愉快，将来能够更加用功。我自己是要尽自己的全力来帮助他的。

南　后　多谢你啦，三闾大夫，那孩子真真是幸福，得到你这样一位道德文章冠冕天下的人做他的老师。事实上连我做母亲的人也真真感觉着幸福呢。

屈　原　多承南后的奖励。

南　后　子兰的父亲也时常在说，我们楚国产生了你这样一位顶天立地的人物，真真是列祖列宗的功德啊。

屈　原　（愈益恭谨）臣下敢当不起，敢当不起！

南　后　屈原先生，你实在用不着客气，现在无论是南国北国，关东关西，哪里还找得到第二个像你这样的人呢？文章又好，道德又高，又有才能，又有操守，我想无论哪一国的君长怕都

愿意你做他的宰相，无论哪一位少年怕都愿意你做他的老师，而且无论哪一位年青的女子怕都愿意你做她的丈夫啦。

屈　原　（有些惶惑）南后，我实在有点惶恐。我要冒昧地请求南后的意旨，你此刻要我来，究竟要我做些什么事？

南　后　啊，我太兴奋了，你怕嫌我过于唠叨了吧？我请你来，刚才已经说过，就是为了歌舞的事情。我是已经叫他们把你的《九歌》拿来歌舞的。经你改编过的那些歌辞，实在是很优美。我是这样布置的，你看怎么样呢？（指点）在那明堂内室的左右二房里面陈列乐器，让乐师们在那儿奏乐。唱歌的就在这西边的总章右房，跳神的就从那东边的青阳左房出现。单独的跳舞在房中各舞一遍，一共十遍；最后的轮回舞在这中霤跳舞，把《礼魂》那首歌返复歌唱，唱到适度为止。你觉得这办法好不好呢？

屈　原　那是再好也没有。

南后与屈原对话中，子兰引舞者十人由右翼侧道登场。舞者均奇装异服，头戴面具，与青海人跳神情景相仿佛。舞者第一人为东皇太一，男像，面色青，极猛恶，右手执长剑，左手持爵。第二人为云中君，女像，面色银灰，星眼，衣饰极华丽，左手执日，右手执月。第三人为湘君，女像，面白，眼极细，周身多以花草为饰，两手捧笙。第四人为湘夫人，女像，面色绿，余与湘君相似，手执排箫。第五人为大司命，男像，面色黑，头有角，手执青铜镜。第六人为少司命，女像，面色粉红，手执扫帚，司情爱之神也。第七人为东君，太阳神，男像，面色赤，手执弓矢，青衣白裳。第八人为河伯，男像，面色黄，手执鱼。第九人为山鬼，女像，面色蓝，手执桂枝。第十人为国殇，男像，面色紫，手执干戈，身披甲。十人步至明堂内室前，整列阶下，身转向外。

子　兰　（俟南后与屈原对话告一段落）妈，这十个人我把他们引来了。

南　后　好的。（略作考虑）我看索性叫那些唱歌的、奏乐的，也通统就位，预先来演习一遍。三闾大夫，你觉得怎样？

屈　原　那是很好的，待我下去吩咐女官们，叫他们就位好了。

南　后　（急忙拦住他）不，不好要你去。子兰，你去好了。还要叫没有职务的文官们都不准进来！你也不准进来了！

屈　原　子兰走路太辛苦……

但屈原话犹未说完时，子兰已跛着由右首侧道跑下。

南　后　小孩子还是让他勤劳一下的好，这不是你素常的教条吗？(回顾十人）我看，你们坐下去好了，站着不大美观。本来是要让你们由那东边的青阳左房出场的，你们现在已经出来了，就坐在那儿好了。

十人坐下。

南　后　每一个人的独舞是要在房中跳舞的，时间不够，我看就只跳那最后的一轮合舞好了。（又回顾屈原）三间大夫，你觉得怎样？

屈　原　那样要好些，的确时间是不够了。

南　后　是的，国王恐怕也快回来了。他是到令尹子椒家里去了。你是知道他的，他平常每每喜欢做些出其不意的事。有好些回等你苦心孤诣地把什么都准备周到了，他会突然中止。但有时在你毫无准备的时候，他又会突然要你搞些什么。真是弄得你心急火急。我看他的毛病就是太随自己高兴，不替别人着想。就说今天的宴会吧，也是昨晚上才说起的。说要就要，一点也不能转移。你看，这教人吃苦不吃苦？

屈　原　南后，你实在太辛苦了。我在家里丝毫风声也不知道。刚才上官大夫到我家里来，才把消息传到了。我丝毫也没有出点力，心里很惶恐。

南　后　三间大夫，你不必那样客气啦。我本来也想早些通知你的，请你来指导我们。不过我又想这样琐碎的事情不好来麻烦你。你们做诗的人，我自信是能够了解的，精神要愈恬淡，就愈好。你说是不是？

屈　原　有时候呢……（想说“有时候是这样”，但未说完。）

南　后　所以我决心不想麻烦你。我想到你的《九歌》，那调子是多么的活泼，多么的轻松，多么的愉快，多么的委婉呀！那里面有好些辞句是多么的芬芳，多么的甜蜜，多么的优美，多么的动人呀！我想你做出了那样的好诗，一定是很高兴的。你使我们大家都高兴了，我们也应该使你更加高兴一下。因此我也就决心自己亲自来编排一次，让你看看你所给予我们

的快乐是多么的大呀。

屈　原　啊，南后，你实在是太使我感激了。你请让我冒昧地说几句话吧：我有好些诗，其实是你给我的。南后，你有好些地方值得我们赞美，你有好些地方使我们男子有愧须眉。我是常常得到这些感觉，而且把这些感觉化成了诗的。我的诗假使还有些可取的地方，容恕我冒昧吧，南后，多是你给我的！

南　后　（表示极其喜悦）哦，真是那样吗？我真高兴，我真幸福，我真感激你啦！不过我自己是明白的，你不一定完全满意我。像我这样的人，你怕感觉着不太纯真，不太素朴，不太悠闲贞静吧？是不是？

屈原踌躕着，苦于回答。

南　后　你不说，你的心我也是知道的。不过这是我的性格。我喜欢繁华，我喜欢热闹，我的好胜心很强，我也很能够嫉妒，于我的幸福安全有妨害的人，我一定要和他斗争，不是牺牲我自己的生命，便是牺牲他的生命。这，便是我自己的性格。（略停）三闾大夫，你怕会觉得我是太自私了吧？

屈原仍苦于回答。

南　后　我看你不要想什么话来答复我吧，你不答复我，我是最满意的。你的性格，认真说，也有好些地方和我相同，你是不愿意在世间上作第二等人的。是不是？（略停）就说你的诗，也不比一般诗人的那样简单，你是有深度，有广度。你是洞庭湖，你是长江，你是东海，你不是一条小小的山溪水，你不是一个人造的池水啦。你看，我这些话是不是把你说准确了？

屈　原　（颇觉不安）南后，我实在不知道怎样回答你的好。不过我自己的缺点很多，我是知道的，我是很想尽量地减少自己的缺点。

南　后　也好。或许你能够甘于寂寞，但我是不能够甘于寂寞的。我要多开花，我要多发些枝叶，我要多多占领阳光，小草、小花就让它在我脚下阴死，我也并不怜悯。这或许是我们的性格不同的地方吧。

在二人对话之中，唱歌及奏乐者已全部由内门入房就位，透过帘幕，隐约可见。

南　后　（转过意念）哦，这样的话说得太多了，歌舞的人都已经准备停当了，三闾大夫，我看我们就叫他们开始跳神吧。

屈　原　好的，就让他们跳《礼魂》。

南　后　（向房中奏乐及歌唱者）你们听见了吧！要你们试奏《礼魂》之歌。（又向舞者）你们可以站起来了。等我站到明堂的台阶上去，用手给你们一挥，你们的歌、乐、舞三种便一齐开始。要你们停止的时候也是这样。（向屈原）三闾大夫，我们上阶去。

南后先由西阶（右首宾阶）上，屈原改由东阶（左首阼阶）上，相会于正中之阶上。舞者十人前进至舞台前，向后转。房中人均整饬作准备，注视南后。

南后将左手高举，一挥，于是歌舞乐一齐动作。舞者在中霤呈圆形旋转，渐集拢，又渐散开。歌者在房中返复歌《礼魂》之歌。

唱着歌，打着鼓，
手拿着花枝齐跳舞。
我把花给你，你把花给我，
心爱的人儿，歌舞两婆娑。
春天有兰花，秋天有菊花，
馨香百代，敬礼无涯。

歌舞中左侧青阳左房之正中后门被推开，女官甲、乙走出，将房前帘幕向左右分揭套于柱上。对歌舞若无闻见者然，复由后门退下。

南后复将左手高举，一挥，歌舞乐三者一齐停止。

南　后　啊，我头晕，我要倒。（作欲倒状）三闾大夫，三闾大夫，你快，你快……（倒入屈原怀中。）

屈原因事起仓猝，且左右无人，亦急将南后扶抱。

楚怀王偕张仪、子椒、上官大夫出现于青阳左房，诸人已见屈原扶抱南后在怀，但屈原未觉，欲将南后挽至室中之座位。

南　后　（口中不断高呼）三闾大夫，三闾大夫，你快、你快……（及见楚怀王已见此情景，乃忽翻身用力挣脱）你快放手！你太出乎我的意外了！你这是怎样的行为！啊，太使我出乎意外了！太使我出乎意外了！（飞奔向楚怀王跑去。）

屈原一时茫然，不知所措。

楚怀王及余人由东房急骤下阶，迎接南后。

南　后　（由左阶奔下，投入楚怀王怀抱）太出乎我的意外了！太出乎我的意外了！

楚怀王　你把心放宽些，不要怕！郑袖呀！

南　后　啊，幸亏你回来得恰好，不然是太危险了！我想三闾大夫怕是发了疯吧？他在大庭广众之中，便做出那样失礼的举动！

屈　原　（此时始感觉受欺，略含怒意地）南后，你，你，你怎么……

楚怀王　（大怒）疯子！狂妄的人！我不准你再说话！

屈原怒形于色，无言。

南　后　（气稍放平）啊，我真没有料到，在这样大庭广众当中，而且三闾大夫素来是我所钦佩的有道德的人。

楚怀王　（拥扶着南后）你再放宽心些，用不着害怕，用不着害怕。

楚怀王扶南后上阼阶，余人亦随后上阶。

屈　原　（见楚怀王走近身来，拱手敬礼）大王，请容许我申诉！

楚怀王　（傲然地）我不能再容许你狂妄！唬，你这人真也出乎我的意外！我是把你当成为一位顶天立地之人，原来你就是这样顶天立地的！你在人前夸大嘴，说我怎样的好大喜功，变换无常，我都可以容恕你。你说楚国的大事大计、法令规章，都出于你一人之手，我都可以容恕你。你说别人都是谗谄奸佞，只有你一个人是忠心耿耿，我都可以容恕你。但你在大庭广众之中，在我和外宾的面前，对于南后竟做出这样狂妄滔天的举动，我怎么也不能容恕！

屈　原　（毅然）大王，这是诬陷！

楚怀王　（愈怒）诬陷？我诬陷你？南后她诬陷你？我还能够相信得过我自己的眼睛啦。假使方才不是我自己亲眼看见，我也不敢相信。哼，你简直是疯子，简直是疯子！我从前误听了你许多话，幸好算把你发觉得早。你以后永远不准到我宫廷里来，永远不准和我见面！

屈　原　（沉着而沉痛地）大王，我可以不再到你宫廷里来，也可以不再和你见面。但你以前听信了我的话一点也没有错。你要多替楚国的老百姓设想，多替中国的老百姓设想。老百姓都想过人的生活，老百姓都希望中国结束分裂的局面，形成大一统的山河。你听信了我的话，爱护老百姓，和关东诸国和亲，你是一点也没有错。你如果照着这样继续下去，中国的大一统是会在你的手里完成的。

楚怀王屡欲爆发，但被南后从旁制止。

南后、张仪及余人均采取冷笑态度。

屈　原　（愈益沉痛）但你假如要受别人的欺骗，那你便要成为楚国的罪人。

楚怀王　（怒不可遏）简直是一片疯话！……这……这……这……

南　后　（从旁制止）你让他把疯话说够吧。

屈　原　（愈益沉痛）你假如要受别人的欺骗，一场悲惨的前景就会呈现在你的面前。你的宫廷会成为别国的兵营，你的王冠会戴在别人的马头上。楚国的男男女女会大遭杀戮，血水要把大江染红。你和南后都要受到不能想象的最大耻辱。……

楚怀王　（暴怒至不能言）这……这……这……

南　后　（奚落地）南国的圣人，不能再让你这样疯狂下去了。（回顾令尹子椒及靳尚）你们两人把他监督着带下去，不然他在宫廷里面不知道还要闹出什么乱子。

楚怀王　（怒不可遏）把他的左徒官职给免掉！

子　椒　（鞠躬）是。

靳　尚　（同时）我们遵命。

子椒及靳尚上前挟持屈原。

屈　原　（愤恨地）唉，南后！我真没有想出你会这样的陷害我！皇天在上，后土在下，先王先公，列祖列宗，你陷害了的不是我，是我们整个儿的楚国呵！（被挟持至西阶，将由右翼侧道下场，仍亢声斥责）我是问心无愧，我是视死如归，曲直忠邪，自有千秋的判断。你陷害了的不是我，是你自己，是我们的国王，是我们的楚国，是我们整个儿的赤县神州呀！……

南后闻屈原言，为之切齿，似恨复似畏。

楚怀王　唉，简直是发了疯，简直是发了疯。（扶南后坐左席）你不用害怕，好生休息一下。

南　后　（振作起来）不，大王。我并不怕他，我怕的是对于张仪先生太失礼了。

楚怀王　（此时仿佛才忽然记起张仪在自己身边）啊，是的，张先生，真是太失礼了。请坐，请坐。（肃张仪就右席。）

张　仪　（拱手谦让）岂敢，岂敢。（就座。）

楚怀王亦就正中座位。

张　仪　请恕客臣冒昧，这位高贵的人就是南后郑袖吗？（对南后作拱手状。）

楚怀王　（忙作介绍）呵，是的，是的，这就是我的爱妃郑袖。（向南后）这位就是秦国的丞相张仪先生啦。我们在子椒那里碰了头，所以便把他拉来了。

南后、张仪相互目礼。

张　仪　我今天第一次拜见了南后，要请南后和大王再恕客臣的冒昧，我才明白……（欲语，但又踌躕。）

南　后　张仪先生，你有什么话就请不客气地说吧，反正我是南国的女人，不懂中原的礼节的。

张　仪　（再作道歉状）要请恕我的冒昧，我今天拜见了南后，我才明白——屈原为什么要发疯了。

楚怀王　（大喜，狂笑）呵，哈哈哈……真会说话，真会说话。

南　后　（微笑）张仪先生，你真是善于辞令。

张　仪　真的，客臣走过了不少的地方，凡是南国北国、关东关西，我们中国的地方差不多都走遍了。而且也过过各种各样的生活，以一介的寒士做到一国的丞相，公卿大夫、农工商贾，皁隶台舆、蛮夷戎狄，什么样的人差不多我都看过了。但要再请恕臣的冒昧。（又作一次道歉状）我实在没有看见过，南后，你这样美貌的人呵！

楚怀王　（愈见高兴）呵，哈哈哈……我原说过，天地间实在是不会有第二个的。

张　仪　没有，没有，实在没有。

楚怀王　昨天你还在替中原的女子鼓吹，你不是说“周郑之女，粉白黛黑，立于街衢，见者人以为神”吗？

张　仪　唉，那是客臣的井蛙之见喽，所谓“情人眼里出西施”啦。我自己是周郑之间的人，我所见到的多是周郑之间的女子，可我今天是开了眼界了。（又向南后告罪）南后，请你再再恕我的冒昧，你怕是真正的巫山神女下凡吧？

南　后　（微笑）张仪先生，你真是善于辞令。

楚怀王　好了，好了，你们两位不必再互相标榜了。（起立，执张仪手一同起立）总之，张仪先生，我很佩服你。你说凡是一口仁义道德的人，都是些伪君子，真是一点也不错。我看你是用不着到魏国去了，我也不希望你去给我找什么美人。我是不再听那个疯子屈原的话了，你能够使秦王听信你的话，对于我特别表示尊敬，我很满意。我一定要和齐国绝交，要同秦国联合起来，接受秦国商於之地六百里。

张　仪　那真是秦、楚两国的万幸！

楚怀王　（又至南后前执其手，使之起立）今天你实在是辛苦了。疯子屈原做的东西，我现在再也不能忍耐。今天的跳神可以作罢。（稍停又一转念）就是今天的宴会也可以作罢。我们同张仪先生此刻到东门外去散步，也不要车马，我们到东皇太一庙去用中饭，那倒是满好玩儿的。（回向张仪）好，张仪先生我们就走吧。这些鬼鬼怪怪的东西（指中霤中之跳神者，见他们仍因未奉命不能退场，只三三两两或坐或立，散布于庭中——东皇太一与云中君坐东房阶上，山鬼立于其侧；大司命与少司命坐西房阶上，国殇立于其侧；东君与河伯倚东房之柱而立；湘君与湘夫人倚西房之柱而立）就尽他们来收拾好了。

三人行至阶前。

令尹子椒与靳尚复由右首出场，在阶下向楚怀王敬礼。

子　椒　启禀大王，屈原已经解除了他的职位。放他走了。

靳　尚　他走的时候仍然叫不绝口，把冠带衣裳通统当众撕毁了。

楚怀王　（复厉声大怒）哦，真是疯子！你们把这些鬼鬼怪怪的东西，通统给我撤消下去！

——幕　下

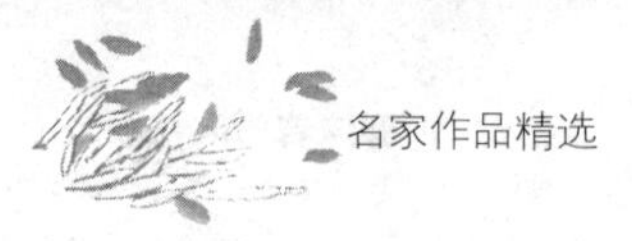

第三幕

景与第一幕同。时间在中午过后不久。

宋玉执竹帚在园中扫除。扫除毕后，复将竹帚倚置亭阶前。

宋　玉　（背倚一株橘树，从怀中取出《橘颂》帛书放声诵读）

辉煌的橘树呵，枝叶纷披。

生长在这南方，独立不移。

绿的叶，白的花，尖锐的刺。

多么可爱呵，圆满的果子！（读至此，闭目暗诵。诵至“独立不移”不能记忆，乃复张目视书，立即闭目暗诵，又将八句重诵一遍。然后再张目视书，继读下文）

由青而黄，色彩多么美丽！

内容洁白，芬芳无可比拟。

植根深固，不怕冰雪雰霏。

赋性坚贞，类似仁人志士。（又闭目暗诵。至“内容洁白”复不能记忆，张目视书，复掉头暗诵。诵毕又从头诵起，虽途中略有停顿，但终于成诵。于是复继读下文）

呵，年青的人，你与众不同。

你志趣坚定，竟与橘树同风。

你心胸开阔，气度那么从容！

你不随波逐流，也不故步自封。（读至此，复行闭目暗诵。）

此时公子子兰偷偷由后门入场，轻脚走至宋玉身边，宋玉未觉。子兰以手抓宋玉左股，学狗叫。

宋　玉　（大惊）啊，你骇了我一大跳。

子　兰　（捧腹而笑）呵，哈哈哈。……

宋　玉　你怎么又跑来了，先生呢？

子　兰　先生在明堂内室和我妈在商量跳舞《九歌》的事啦。《九歌》的跳神我觉得是满好玩儿的，我实在是很想看，但妈不要我看。今天真奇怪，平常凡是有歌舞的时候，都是准我看的。

独于今天连演习都不准我看，所以我就偷着空儿跑到这儿来啦。

宋　玉　你怕你妈吗？

子　兰　哼，不仅是我，连我爸爸都还怕她呢。我看宫廷里面的人恐怕没有一个不怕她。就是上官大夫虽然和她感情很好，也是害怕她的。他在妈的面前，凡事都只有唯唯听命而已。

宋　玉　我看，我们先生似乎不怕她。

子　兰　唉，不错，先生好像不怕她。看来，使人害怕的人，自己总是不怕人的。除我妈而外，先生也是使我害怕的一个。

宋　玉　不过先生是威而不猛，南后恐怕是猛而不威吧？

子　兰　吓，你公然有胆量，说我妈的坏话啦！

宋　玉　（拱手谢罪）我是说顺了口，有罪有罪。

子　兰　你在我面前说说倒没有什么，不过你倒要谨慎些，担心你的脖子呢。你在读什么？

宋　玉　（以《橘颂》示之）是先生今早做的一首诗。

子　兰　（略略看看即退还宋玉）唔，《橘颂》。为什么不写首《兰颂》呢？那样的时候，我就占便宜了。

宋　玉　先生的诗里面，有很多地方是咏到兰花上来的，我看你占的便宜已经不少了。

子　兰　那倒不错，先生是很喜欢兰花的，只可惜不大喜欢我这一个“兰”。他常常说我不肯用功，他挖苦我，说我会变成萧茅草，使我怪难为情的。我有时候倒很想改名字呢。

宋　玉　你不肯用功，倒也是实在情形。我看你也用不着用功吧，你是王孙公子，反正也是变不成萧茅草的。

子　兰　对喽，兰为王者之香，说不定我还要变成为楚国的国王呢。

宋　玉　可惜你哥哥在做太子，他现在还在秦国，还没有死！

子　兰　他不会早死，你能够断定吗？况且我爸爸喜欢我妈，我妈又喜欢我，只要我妈是高兴我做国王，你怕我做不成国王吗？

宋　玉　（戏以帛书卷为笏，向子兰敬礼）启禀国王，臣宋玉再拜稽首，对扬王休。

子　兰　（俨然受之）好！我将来假使做了国王的时候，我一定要封你为令尹啦。假使你不会做令尹，也要封你为左徒，就跟先生现在的官职一样，让你专门管文笔上的事情。

宋　玉　不错，这层我倒是很愿意的。文笔上的事情，我觉得很有把握。认真说，就是先生的文章，有好些我也不好佩服。就像他这篇《橘颂》，还不是一套老调子！而且有好些话说了又说，岂不是台上筑台，屋上架屋吗？先生的脾气总有些大刀阔斧的地方。他是名气大了，写出来的东西人家总说好，假使这《橘颂》换来是我写的，人家一定要说是幼稚了。

子　兰　你的见解，我不能全部同意。这《橘颂》，我觉得在先生的诗里倒还要算雅致一些。他的好些诗，总爱把老百姓的话掺在里面，我就有点看不惯。上官大夫和令尹子椒们也不恭维他，说他太粗糙，太鄙俚了。你假如作了我的左徒，那你可不能过于放肆。（心机转变）哦，婵娟呢？怎么不见人呢？

宋　玉　她在前面用功啦，你来是特地找她的吧？

子　兰　假使是那样，又会使得你不高兴，是不是？

宋　玉　我有什么不高兴啦？你不要任意忖度人。你以为我喜欢那种没斤两的吗？哼，我和你的派数不同。你们做王孙公子的人，专爱讨便宜，想尝尝小家碧玉的味道。我们出身寒微的人，老实说是想高攀高攀一下的啦。愈难得到手的东西，才叫愈好吃。

子　兰　唉，你还有这一套见解！那么你是不喜欢婵娟了。

宋　玉　也没有什么特别不喜欢。不过喜欢她又怎么样呢？她那样古古板板的人丝毫也不能帮助我，而且她是丫头出身啦！假使要拿来做老婆的话，岂不是前途的障碍吗？

子　兰　唉，你这个宝贝！原来比我还要势利。你一向装得来那样的清高！好的，我从今天起把你当成好朋友了。我们将来一定要有福同享，有祸同当，你高兴不高兴？

宋　玉　我当然是高兴的。就跟先生目前对于你爸爸是很大的帮助一样，我将来对于你也一定有不小的帮助。特别是文字上的工作我是很有自信的。

屈原散发。着袭衣，以异常愤激的神态由外园门入场。

宋玉与子兰二人见之均大惊，迎接上去。

宋　玉　先生，你怎的？

子　兰　（同时）出了什么事吗？先生！

屈　原　（不加理会，愤愤走至亭阶前停步）哼，真没有想出，你会这样的陷害我！可你陷害的不是我，是我们整个儿的中国呵！

弟子二人畏缩地走至屈原身边，欲有所问。

屈　原　你们不要挨近我，我要爆炸！（以急骤的步伐登上亭阶，在亭栏上任意就座。以两手紧捧其头，时抓散发。默坐有间，复以拳头击膝，愤然而起，在亭中返复回旋。）

弟子二人不敢近身，只虔立于阶下，面面相觑，手足无所措。

屈　原　哼，我是问心无愧，我是视死如归，曲直忠邪，自有千秋的判断。你陷害的不是我，是我们楚国，是我们整个儿的中国呵！

此时篱栅之外已纷纷有人探视，但又不敢进园。屈原见有人在园外探视，乃匆匆步下亭阶，向内园门走去。

宋　玉　（胆怯地）先生，让我来扶你好不？

屈　原　不，我不愿见任何人的面孔。人的面孔使我害怕！（愤愤然下场。）

弟子二人茫然。

园外观众有惋惜、有诧异、亦有嗤笑者。

宋　玉　这是怎么一回事呢？

子　兰　看那样子，先生好像失了本性啦。

宋　玉　怎么没有人跟着他一道回来呢？

子　兰　奇怪，真是奇怪！

宋　玉　我看，你跑回宫里去，探听探听一下情形吧。

子　兰　好的，我正在这样想。我在宫里的时候，看见他同母亲两个人讲得非常投机的。该不是在路上遇着了疯狗吧？

宋　玉　就遇着疯狗也不会有那样快的啦。总之你还是回去探听一下的好。

众人将园门让开，上官大夫入场。宋玉与子兰迎接上去。

靳　尚　（一面前行，一面问）怎么样，子兰公子，你也在这儿？你们先生回来了吗？

宋　玉　刚才回来了。他说，他不愿见任何人的面孔，见了要爆炸。

靳　尚　哎，事情真是出乎意外。

宋　玉
子　兰　（同时）是怎么一回事呢？

靳　尚　真是出乎意外，不是亲眼看见，恐怕任何人都不会相信。

宋　玉
子　兰　到底是什么事情呢？

靳　尚　你们想晓得么？我告诉你们吧。子兰，你来，我先告诉你。（贴耳与子兰私语。）

子　兰　吓？先生会有那样的事？

靳　尚　我原说不是亲眼看见，谁也不会相信的啦。（信步走上台阶，故意选择一地点向园外群众而坐。）

子　兰　（随之而上）详细的情形究竟是怎样的呢？

靳　尚　让我慢慢地同你们讲吧，你不要着急。

宋玉立阶下，此刻返身驱逐群众。

宋　玉　你们这些没事的闲人，请走开吧，没有什么好看的。

靳　尚　（阻止之）宋玉，你让他们听听啦。反正今天的事情在都城里恐怕都已经传遍了，他们早迟也是会晓得的。让我亲眼看见的人对他们说说，也免得以讹传讹。你最好放他们进园子里来！

群众闻靳尚言均拥挤入园，宋玉无法制止，只跑到内园门次，将门掩上。

群　众　三闾大夫是怎样的？请你告诉我们！

靳　尚　（起立步至亭阶）各位邻里，各位乡长，你们都知道三闾大夫是最有德行的人吗？

群　众　一点也不错。——他是我们南国的圣人啦！

靳　尚　你们都知道三闾大夫是最会做文章的人吗？

群　众　是呵。——我们知道。——他是我们楚国最大的文豪！

靳　尚　他把祭神的《九歌》改编了一遍，你们是知道的吗？

群　众　知道的。——他的新的歌词我们都能够唱哪！喏，（零星唱出）

暾将出呵东方，揽余马呵扶桑。……

魂魄毅呵为鬼雄。……抚长剑呵拥少艾。……

靳　尚　那就好了。我现在要把三闾大夫遇着的事情告诉你们。

群　众　好啊！——我们很愿意听。

靳　尚　今天中午，国王要给秦国的丞相张仪饯行，我们的南后亲自把三闾大夫的《九歌》排演起来，要让张仪鉴赏。

一部分群众　南后的本领真不小啦！

靳　尚　南后又请三闾大夫去指导。还是叫这位公子子兰亲自到这儿来恭请的啦。

少数群众　结果又怎样呢？

靳　尚　南后和三闾大夫在宫中导演的时候，叫我到令尹的府上去，把国王请回来；国王是去和令尹商量大事去了的。我到了令尹家里，碰着张仪也在那儿。国王便顺便把张仪、令尹和我一同约回宫里。

少数群众　又怎么样了呢？

靳　尚　吓，真真是出乎意外。在我们回到宫里的时候，《礼魂》歌刚好跳完，再奇怪也没有的就是我们的三闾大夫了。你们猜，他是怎样了？

群　众　怎么能够猜得出呢？——这是苦人所难了。——这怎么猜得着！

老　者　该不是因为过于高兴，便失了本性吧？

群　众　哪里，三闾大夫决不会那样！——三闾大夫不是那样的人！——老头子，你侮辱了三闾大夫！……

靳　尚　没有亲眼看见的人谁也猜不着，而且在说出来之后恐怕是谁也不大相信的。

群　众　究竟是怎样的呢？

靳　尚　（徐徐地）唉，我们跟着国王回到宫里的时候，《礼魂》歌刚刚跳完了，国王走在最前头，张仪第二，令尹子椒第三，我在最后。我们亲眼看见，我们的三闾大夫站在明堂内室的台阶上，紧紧地把我们的南后抱着，要逼着和南后亲嘴啦！

群　众　（哗然）吓？三闾大夫会做出那样？——我们不相信！——谁也不相信！——你侮辱三闾大夫！……

靳　尚　我原说过，没有亲眼看见的人恐怕是谁也不肯相信的。三闾大夫是那样有品行的人，地方呢是极其庄严的宫廷，人呢又是我们举国敬仰的南后，那样的事情怎么会做得出来呢！（瞥见令尹子椒赶至外园门口）哦，令尹也到了，又是一位见证到了。你们赶快把路让开。

群众回头，同时将路径让开。仍然是哗然不安，议论纷纷。

令尹子椒走入，宋玉由内园门次迎接上去。

子　椒　怎么样？三闾大夫没有回来吗？

宋　玉　启禀令尹，先生是回来了的，不过他的精神很不好，他说他不愿意和任何人见面。此刻大概在前面休息吧。

子　椒　（见靳尚与子兰）你们两位也早到这儿来了。你们见到三闾大夫吗？（步上亭阶。）

宋玉随上。

子　兰　我是见到先生的，他的衣服也脱了，帽子也掉了，气愤愤地只是说要爆炸。又说是谁陷害了他，但陷害了的又不是他，是楚国。

子　椒　我看他的病实在很深沉啦。（向靳尚）你来，见到他吗？

靳　尚　我特别关心他，跑来，还是没有见到。

子　椒　（向宋玉）我看怕最好去请位巫师来替他招招魂吧，他是失掉了本性的啦。

宋　玉　令尹，先生对南后有失礼的举动是实在的吗？

子　椒　怎么不实在呢？我同上官大夫都亲眼看见，国王和秦国的丞相张仪也亲眼看见的啦。不过我们幸好回去得早，看见他正搂抱着南后要和南后亲嘴，南后在死死地挣持，喊他快丢手，快丢手。他大约也是看见了国王，也就让南后挣脱了身。结果嘴是没有亲到的。幸好我们回去得早，假使再迟得一刻，恐怕三闾大夫不仅是丢官，而且还会丢命的啦。你想，国王看在公族的份上即使能够容恕他，南后怎能够对他容恕？好在他是作恶未遂，真是不幸中之一幸呢。

宋　玉　（叹息）哎，我再也没有想到，我们的先生会走到这一步！

子　椒　其实我早就劝告过他的。他的太太去世了两年多，我早就劝他再讨一位，他总是拖延着。你想，一个四十岁的鳏夫子，又到了百花烂漫的春天，怎么不出乱子呢？我来本是要看看他的，他现在虽然失掉了官职，但我们是同过事来。不过他现在既不想见人，我也不想去惊动他了。（向宋玉）宋玉，你是聪明的孩子，我看你听我的话，务必要替他招招魂啦，能够使他回复得本性，我也不枉和他做了多年的同事，你们也不枉做了一世的师生。……

老　者　是的，我们也不枉做了一辈子的邻里啦。（向群众）各位邻里们，你们快走两位去扎劄一个茅草人来吧！

群众中有二三人应声下场，其余仍有人表示怀疑，或摇头，或翻白眼。

老　者　（又回向宋玉）宋玉小哥，你快去把你先生用的衣服取一件来。

宋玉颇为迟疑。

子　椒　宋玉，你照他的吩咐做去，你是你先生的得意门生，应该特别尽这一点孝心。

宋　玉　不过我怕先生知道了，会生气的。

子　椒　你悄悄地叫婵娟把衣服给你，不要声张好了。

宋　玉　为尽我的一点孝心，我也就照着这样做吧。

子　椒　那是很好的，我可不能在这儿久留了，我要赶着回去。

靳　尚　我也同你一道去啦，令尹。（回顾子兰）你怎么样？

子　兰　我要留在这儿看招魂啦，我也是要尽我一点儿孝心的。

子　椒　很好，很好。你也是先生的弟子，是应该的，万一南后回来了，我要替你声明啦。好的，各位邻里和这位乡长，一切的事情就请费心了。

群　众　我们是一定要尽心的，请令尹放心。

靳　尚　好，我们可以走了。

子椒前，靳尚后，一面走，一面说，下亭，向园门走去。

子　椒　唉，真是天有不测的风云喽。人太固执了，实在也是招祸的事。

靳　尚　不过你叫三闾大夫再讨一个，也不是容易的事呵。他是悬想过高，不是神女下凡，恐怕是不能满意的。

子　椒　那就是坏事的根本喽。会做文章的人总爱胡思乱想。想到尽头，还是自己害自己啦，何苦来。

靳　尚　真的啦。“嫫母有所美，西施有所丑”，不知道满足的人，实在是自取灭亡呀。

子椒与靳尚下。

老　者　（待二人去后）宋玉小哥，就请你快去，把先生的衣服取来。

宋　玉　（向子兰）公子子兰，那内园门要请你照料一下。

宋玉与子兰向内园门走去。

子　兰　你去好了，我还希望你把婵娟也叫出来啦。

宋　玉　我可以替你叫，不过她出来不出来我就不敢担保。我看你恐怕也要让这位老伯伯替你招招魂吧。

子　兰　你这刻薄鬼，先生疯了，你才高兴啦，现在没有人能够盖得过你了，是不是?

宋　玉　哼！你真聪明！（下。）

老　者　（摇头）哎，这些年青人，真是毫没有点真正的孝心！呵，茅草人也扎来了。你们真快。

扎草人者由后园门跑回，将茅人交与老者。

群众之一　我们能齐心，就干得很快。

老　者　现在是赶急，愈快愈好啦。（接受茅人在手，抱之入亭，倚立栏杆上。又返向群众）你们大家先来做一番法事。你们围成一个圈，等我开始施法的时候，你们就唱《礼魂》，要一面唱，一面跳。

群众围成一圈，但仍有人怀疑。

宋玉抱白衣一袭，婵娟抱黄犬同由内园门入场。老者奔下亭来接去白衣，复奔至亭上。

老　者　还要几珠亲人的血来滴在茅人头上，要童男、童女的才行。三闾大夫没有亲人在场，婵娟姑娘的血是可以用的啦。婵娟姑娘，你请来，把你的指头刺破，滴几珠血在这茅人头上。

群众之一　（见婵娟踌躇）你连这点孝心都没有吗?我们都在帮忙啦。

婵娟将黄犬放下，任其自由动作，奔至亭上。

老　者　（向群众唱）招魂开始，请先唱《礼魂》之歌。（持衣至茅人前行垂拱礼。）

群　众　（唱歌）

唱着歌，打着鼓，
手拿着花枝齐跳舞。
我把花给你，你把花给我，
心爱的人儿，歌舞两婆娑。
春天有兰花，秋天有菊花，
馨香百代，敬礼天涯。（反复三遍，停止，散立亭下。）

老　者　（唱）《礼魂》已毕，再请灌血。（领婵娟至前，取小刀刺破其右手中指，滴血数珠于茅人头上。挥婵娟下亭。）

婵娟下亭步至宋玉处。

老　者　（持衣向空中招展）东皇太一，赫赫明明，大小司命，云中之君，请你们齐来鉴临。今有楚大夫屈原，魂魄离散，邻里乡党，为之招魂。敬求各大明神怜鉴，将其魂魄放还故乡。（祝毕，将衣裹于茅人身上，复行垂拱礼一次，将茅人抱起，先向东方招展。拖长声音唱唤）三闾大夫，你回来呀！

群众同声和之。

老　者　你不要到东方去，东方有十个太阳，把金石都要融掉，又有一千丈长的魔鬼，要把你的灵魂抓去的。（向南方招展）三闾大夫，你回来呀！

群众和之。

老　者　你不要到南方去，南方有吃人的蛮子，头上雕着花，牙齿是漆黑的，又有吃人的蟒蛇，吃人的狐狸精，吃人的九头蛇，都会要把你吃掉的。（向西方招展）三闾大夫，你回来呀！

群众和之。

老　者　你不要到西方去，西方有千里的流沙，你滚进去便会烂掉。又有和象一般大的红蚂蚁，和葫芦一样大的黑马蜂，会把你蛀得精光的。（向北方招展）三闾大夫，你回来呀！

群众和之。

老　者　你不要到北方去，北方是一片的雪海冰山，草也不能生，木也不能长，你去是要冻坏的。（立亭正中向天上招展）三闾大夫，你回来呀！

群众和之。

老　者　你不要到天上去，天上有九重天门，都有虎豹把守。还有九头的怪神，赶着一大群豺狼，专等人去便抓来投进深渊。上帝是不大管事的呀。（走至亭口，将茅人向地下招展）三闾大夫，你回来呀！

群众和之。

老　者　你不要到地下去，地下有土伯把守，三只眼睛两只角，头如老虎身如牛，把人捉去当点心，背脊隆起血满手，你千万不要去吧。（在亭中开始打回旋）三闾大夫，你回来呀！

群众和之。

老　者　回到你的故乡来。你的橘子园在这儿，你的亭台在这儿，你的邻里在这儿，你的婵娟在这儿，你的子兰和宋玉在这儿，

你的小黄狗儿也在这儿呀！（回旋愈转愈急）三闾大夫，你快请回来呀，快请回来呀……（愈唱愈快。）

群众均齐声和之。

屈原身着黑色长衣，披发，突由内园门走出，群众与宋玉、子兰因回旋呼唱，婵娟则因注意众人行动，均未觉察。

屈　原　（愤愤然）你们在这儿闹些什么！

宋玉、婵娟、子兰及群众均大惊，向后退。屈原急急步至亭前。

老　者　（趋下亭，向屈原行拱手礼）三闾大夫，我们在替你招魂呢。

屈　原　谁要你们替我招魂？你们要听那妖精的话，说凤凰是鸡，说麒麟是羊子，说龙是蚯蚓，说灵龟是甲鱼。谁要你们替我招魂！你们要听那妖精的话，说芝兰是臭草，说菊花是毒草，说玉石是瓦块，说西施是嫫母。谁要你们替我招魂！（急由老者手中将茅人夺去。）

老　者　（大惊，抱头鼠窜）呵，真是疯子！真是疯子！要打人啦！

群众急向后门逃窜，或复回顾，仍表示同情或怀疑。

屈　原　（愤愤地望着众人的背影，最后将茅人投掷于地）唉，你陷害我，你陷害我，但你陷害了的不是我，是我们整个儿的楚国呵！（抱头一转身，复急骤地走入内园门，下。）

宋玉、子兰、婵娟三人伫立望门内，默然有顷。宋玉一人拾茅人步上亭中倚之于亭栏上，徘徊，有沉思之态。

子　兰　呵，简直把我骇倒了。这儿我是不敢再待的，我也永远不想再来了。婵娟，你怎么样？

婵　娟　我怎么样？

子　兰　你不怕疯子吗？

婵　娟　要你才是疯子，我不相信你们的话！

子　兰　哼，摆在眼面前的事你都不相信吗？

婵　娟　我说不相信就不相信，我们先生不是明明说遭了陷害吗？不过我还没有问，究竟是怎么一回事罢了。

子　兰　刚才令尹子椒和上官大夫都来过，他们所说的话，可惜你没有听见。

婵　娟　他们说了些什么话？

子　兰　他们本来是来看先生的，因为先生不愿见人，他们便和我们大家说了一些话便走了。

婵　娟　究竟说了些什么话？

子　兰　他们说：他们亲眼看见，先生在宫廷里面抱着我的母亲要亲嘴呢。

婵　娟　瞎说！我才不相信这些鬼话！

子　兰　鬼话？哼。详细说起来呢，恐怕也不由你不相信。今天清早我来请先生进宫里去，你是晓得的。妈妈请他，为的要跳《九歌》神给张仪看。妈妈和先生在宫里作准备。爸爸呢，到令尹子椒家里去了。时间快到了，妈妈叫上官大夫去把爸爸请回来，碰着张仪也到了令尹子椒家里。爸爸便同着张仪、令尹子椒、上官大夫一道回宫。谁个想到他们一走进宫里，便看见先生就这样……（作欲搂抱势。）

婵娟惊退。

子　兰　搂抱着妈妈，妈妈也正在和他死拼。你想，这还成什么体统呢？好在先生一看见爸爸就把妈妈丢了。爸爸生了气，撤了先生的职。令尹子椒刚才说：他们回去得恰好，假使再迟得一刻，恐怕先生仅仅丢官还不能够了事的呢！

婵　娟　他们真是这样说的？

子　兰　谁还骗你？你去问宋玉好了。对不住，我还有点儿要紧的东西要去收拾一下。（入内园门。）

婵　娟　（步至亭前）他们真是那样说的吗？

宋　玉　可不是！而且先后不同时地来，先后不同时地说，两人的话说得来却是完全一致的。

婵　娟　你肯相信？

宋　玉　我现在正在为这件事踌蹰，要想不相信吧也好像不由你不相信。先生鳏居了两年多，又是春天啦。

婵　娟　哼，你也要侮辱先生！我早就晓得你这个人是靠不住的！

宋　玉　你骂我好了，其实我也希望能够不相信啦。你要说不相信的话，你又有什么证据呢？

婵　娟　不是我亲眼看见的，任你怎么说，我也不相信。你说证据吗？我自己就是一个证据啦。你想，我朝夕都在先生近前服侍，先生待我完全就跟自己的嫡亲的女儿一样，丝毫也没有过什么苟且的声色。这不就是铁的证据吗？

宋　玉　（微笑）吓吓，婵娟姑娘，你也未免把你自己太看高了！

婵　娟　什么！你这样说，你简直是先生的叛徒！

宋　玉　抱歉得很，实在也没有办法。我也感觉着在这儿待不下去了。辜负了先生教育了我一场，不过我也算把先生的长处学到了。婵娟，你请上来，我要送你一样东西。

婵　娟　谁要你送我什么东西！

宋　玉　是先生写的东西啦。

婵　娟　（跑上亭去）先生写的？

宋　玉　（自怀中将《橘颂》取出）是今天清早先生写的一首新诗。（授与婵娟。）

婵　娟　（受书展现，呈喜悦色）呵，《橘颂》，赞美橘子的诗，橘子是我顶喜欢的东西。

宋　玉　今天清早就在这座亭子上，先生把这首诗给了我，同时还给了我一席很长的教训话呢。

婵　娟　你把那教训话也给我吧。

宋　玉　太长了，我也记不清楚了。听的时候倒觉得很深刻。现在呢？可又是一番感觉了，不过大意我是还记得的。先生要我把橘子树来做老师，说橘子树是怎样的不怯懦，不懈怠，不迁就，就是把这诗里面的意思来敷衍了一遍的。

婵　娟　还说过什么话没有呢？

宋　玉　还说过一些在大波大澜的时代，要我把饿死在首阳山上的伯夷来做榜样，就是气节要紧。他说我们处在目前的大波大澜的时代，生要生得光明，死要死得磊落。

婵　娟　哦，这话多么好呵！

宋　玉　是好呵。我清早听见的时候，委实是刻骨铭心的。不过我现在是这样感觉着：说话倒还容易，做人实在是太不容易呀。

婵　娟　你的意思是说先生言行不符了？

宋　玉　我只是说我自己的感觉，你不要又扯到先生名下去，不过先生还告诉了我一些话，我实在是受益不浅。

婵　娟　还告诉了些什么话呢？

宋　玉　是关于作诗的经验啦。先生说他是拼命地在向老百姓学，在向小孩子们学。他教我不要把先生看得太高，也不要把自己看得太低。

婵　娟　哼，大约你现在很觉得比先生还要高些吧？

宋　玉　不要尽是那样挑剔吧，婵娟。向老百姓学，实在是一个宝贵的教训。我不瞒你说，我刚才在这儿看见那位老头子在给先生招魂的时候，我得到了一篇很好的文章。停两天我一定要把它写出来，就安它一个《招魂》的题目吧。我相信这一定可以成为一篇杰作，比起先生的《九歌》来，是会毫无愧色的。

婵　娟　真是恭喜你啦，但希望你不是做来招你自己的魂。

宋　玉　你高兴要骂，你就骂吧。（下亭阶）反正我在这儿待不下去了。

此时子兰抱若干古老竹帛卷册复由内园门入场。屈原之老阍人阿汪，及老灶下婢阿黄各负行李随其后。

婵　娟　（在亭上叫出）阿汪，阿黄，你们要到哪里去?!

阿　汪　对不住，我们在这儿待不下去了。

阿　黄　我害怕呢，婵娟姑娘。

婵　娟　你们到底要往哪里去?!

阿　黄　子兰公子同情我们……

阿　汪　要把我们收进楚王宫里去啦。

宋　玉　（下阶，与子兰对面）公子子兰，请你也把我收进宫里去吧。

子　兰　那不成问题。我的妈也喜欢你，她一定是很高兴的。

宋　玉　放在先生这儿的东西，我想一概也不带了。

子　兰　你还带什么，你怕宫里少了你的使用吗？我这些东西（示以所抱卷册）你是晓得的，是从宫里抱出来的楚国的国史《梼杌》啦，我不抱回去，那关系可太大。事实上连阿汪、阿黄我都不要他们带行李的，他们偏偏要带，也就只好听随他们了。

宋　玉　把《梼杌》让我来抱一部分吧。

子　兰　好得很。（分一半与之。）

婵娟一人立于亭口，将牙关紧紧咬定，心中有无限的悲愤、憎恨、凄凉，种种复杂的情绪潮涌，自脸上可以看出。

子　兰　（步近亭阶，故意郑重地向婵娟）婵娟姑娘，我要向你告辞了。不过在我临走之前，我还要奉承你几句，你允许我吧？

婵娟仍鹄立不动，并缄默无言。

子　兰　今天清早我在这座亭子上问过你：你到底喜欢什么人？你答应我说：你喜欢你喜欢的人。现在我算确确实实地弄明白了。你喜欢的不是我这跛了脚的公子，你喜欢的是那失了魂的疯子啦！

婵　娟　（怒极欲涕）你们这些没有灵魂的东西！

子　兰　你也不必那样动怒。我还要告诉你一个使你也失掉灵魂的消息——先生已经失踪了！！！

婵　娟　（大惊）什么？

阿　汪　是的，先生刚才从前门跑出去了！

阿　黄　先生刚才从园子里面转去的时候，便戴上一顶高帽子，佩着那把很长的宝剑，跑出去了！

婵　娟　先生要到什么地方去，没有对你们讲过？

阿　黄　他老是那样气汹汹的，什么也不说。

阿　汪　谁也不敢问他一声啦。

宋　玉　（初闻失踪之说亦略略表示吃惊，继而沉静下来，此刻更沉静地）我看，先生这一出去，不是想杀人，便是自杀啦！

婵　娟　宋玉，你快去追寻先生吧，快请你去啦！

宋　玉　（迟疑）我去有什么用呢？先生疯了，不死比死了还坏。活着有什么好处？我已经决心跟随公子子兰进宫，请你原谅。

婵　娟　宋玉！你们把先生看得那样下贱！先生哪里会疯呢？先生是楚国的栋梁，是顶天立地的柱石，你不知道吗？楚国如果失掉先生，那会是多么大的一个损失？我是一个普通人家的女儿，我是先生的侍女，我的责任是服侍先生，是洒扫庭堂，整理用具，我不像你们一样能够吟诗作赋，谈论国家大事，但我就知道先生一人的存在关系着楚国的安危。先生是我们楚国的灵魂，先生如果死掉，那我们的楚国就会完了。（见宋玉不应，回向众人）你们谁也不去找回先生吗？

余人不应。

婵　娟　你们都这样忍心吗？

余人不应。

婵　娟　呵！先生，你的婵娟是不能离开你的，如果你死，婵娟也要跟着你一道死！（飞奔下亭，向内园门跑去。）

子　兰　呵，快走，快走，又出了一个疯子！

余人均向外园门跑去。

——幕　下

第四幕

楚国郢都之东门外，右首一带城墙，有城门一座，城门上篆书“龙门”二字。以自然之小河为濠，濠上有堤，遍栽杨柳，濠水在舞台上横贯，折向左翼，有桥在左露出，与城门约略正对，桥之彼端隐没。

堤上右翼靠城处有一中年人颇似隐士，在柳荫下垂钓，另有一渔父在桥头近处守着一架四角网，时而举出水面，时复放下。

钓　者　（唱）

农民困在田间，
两腿泥巴糊遍。
一年的收成血和汗，
把主人的仓库填满。

王侯睡在宫殿，
美姬仿佛神仙。
蚊虫和虱子真有眼，
不敢挨近他们身畔。

上帝待在云端，
两旁都是醉汉。
世间有多少灾和难，
他们闭着眼睛不管。

太阳西斜的时候，天上云霞时刻改变颜色。

婵娟仓皇由城门跑出，四下张望，遇老媪一人，由桥头过来，行将入城。

婵　娟　老妈妈，你在桥那头的路上看见我们的先生没有？

老　媪　你的先生是谁？

婵　娟　三闾大夫啦。

老　媪　哦，官家的人都说他疯了，我可没有看见他啦。（入城。）

婵娟伫立路头，踌躕有间，继奔至桥头向渔父发问。

婵　娟　老伯伯，你在这儿看见过三闾大夫没有？

渔　父　我没有看见过啦，听说他发了疯，不晓得是怎么样了。

钓　者　（向渔父）你们都说三闾大夫发了疯，其实真是活天冤枉！

渔　父　先生，我不过是听见路过的人那样说，我并不晓得是怎么一回事咧。

钓　者　大家都在说：三闾大夫发了疯，三闾大夫淫乱宫廷，唉，真真是天晓得！

婵　娟　（向钓者走近）先生，你晓得那详细的情形吗？

钓　者　我是亲眼看见的啦，姑娘。

婵　娟　好不，请你告诉我？

钓　者　（把婵娟打量了一下）姑娘，你是三闾大夫的什么人？

婵　娟　我是服侍先生的婵娟啦。

钓　者　哦，是的，《九歌》里面有你的名字，在《湘君》歌里面，我记得有“女婵娟呵为余太息”的一句啦。

渔　父　（插入）你就是婵娟姑娘吗？你在替你老师太息，你的老师却在替我们老百姓太息啦。他有两句诗多好呵，“长太息以掩涕兮，哀民生之多艰。”能够为我们老百姓所受的灾难，太息而至于流眼泪的人，古今来究竟有好几个呢？

钓　者　那还用问吗？一向的诗人就只晓得用诗歌来歌颂朝廷的功德；用诗歌来申诉人民疾苦的，就只有三闾大夫一人啦。哦，婵娟姑娘，我倒要先问你，三闾大夫从宫廷里回家去之后是怎样了？

婵　娟　先生回到家里很生气，不知道怎的，冠带、衣裳都没有了，任何人也不愿意见。后来后园子里面有很多邻里来替他招魂，都说他是疯了，要把他的魂魄招转来。听说上官大夫和令尹都到过我们的后园来，也都说先生是疯了。先生到园子里来看，更加生气，他便跑到外面来了，不晓得他是到什么地方去了。

钓　者　唉，大家那样没见识，倒真的会把三闾大夫逼疯呢！我是明白的，今天的事情实在够三闾大夫忍受。

婵　娟　先生，请你告诉我吧，那详细的情形我还丝毫也不知道。

钓　者　好的，我就告诉你吧。婵娟姑娘，你可曾知道秦国丞相张仪，到了我们楚国来的这一件事吗？

婵　娟　我是听见先生说过，说他到我们楚国来，要我们和齐国绝交，和秦国要好啦！

钓　者　是的，张仪就是那样的一位连横家，他专门挑拨我们关东诸侯自相残杀，好让秦国来个别击破，并吞六国。但是我们三闾大夫的主张和他恰恰相反，你是知道的啦。

婵　娟　是的，我早知道。我们先生是极力主张和齐国联合的。

钓　者　所以，我们楚国幸亏有三闾大夫，平常我们的国王也很听信三闾大夫的话。这一次张仪来也没有达到他的心愿。我们的国王是听信了三闾大夫的话，不肯和齐国绝交，也不愿和秦国要好，因此张仪便想朝魏国跑了，魏国是他的祖国啦。

渔　父　张仪是魏国的人吗？

钓　者　可不是！他还是魏国的公族余子呢。张仪要到魏国去，国王打算在今天中午替他饯行。

婵　娟　我也听见这样的消息，但不知道详细的情形是怎样。

钓　者　今天中午，国王打算替张仪饯行，南后便命令我们在明堂中庭跳神，就是跳三闾大夫的《九歌》，我扮演的是那河伯。姑娘你要知道，我是一位舞师啦，我是顶喜欢三闾大夫的歌词的一个人。

婵　娟　哦，是那样的，后来怎么样呢？

钓　者　快到中午时分，公子子兰来叫我们到中庭去，准备听南后和三闾大夫的指示。我们到了那儿，看见南后和三闾大夫两人立在那儿。南后回头又叫唱歌的和奏乐的通统就位，便叫我们跳《礼魂》，南后和三闾大夫便立在明堂的阶墀上看我们跳神。我也记不清跳了好几个圈子的时候，东首的青阳左房的后门被推开了，有两位女官走出来又把前面的帘幕揭起了，悄悄地又退了下去。接着南后便命令停止歌舞。我这时候刚跳到明堂阶前，我是听得清清楚楚的。我听见南后对三闾大夫说：“啊，我发晕，我要倒，三闾大夫，三闾大夫，你，

你快，你快！”便倒在三间大夫的怀里去了。

婵　娟　南后病了吗？

钓　者　你听我慢慢地说吧。就在那个时候，国王和张仪、令尹以及上官大夫在青阳左房里出现了。吓，就在那个时候，那南后真凶，真毒辣。一个鹞子翻身，大声喊着：“三间大夫，你快，你快，你快放手！你太使我出乎意外！你太使我出乎意外！在这样大庭广众当中，你敢对于我这样的无礼，你简直是疯子！”

婵　娟　（切齿扼腕）哎，南后竟这样，竟这样的陷害先生！

钓　者　她跑到国王怀里去，国王也就大发雷霆，骂三间大夫是疯子，叫令尹和上官大夫两人把他押下去，撤了他的官职。三间大夫的衣裳、冠带，听说都是当着众人自己撕毁了的。

婵　娟　（愈见切齿，欲泣）这，这，先生一定是很危险。

钓　者　真的啦，那样的毒辣，连我们旁观者的脑子差不多都震昏了。

婵　娟　（愈见切齿，欲泣）先生一定很危险，一定很危险！（飞奔沿着城墙跑下。）

渔　父　唉！想不出竟有这样冤枉的事啦。

钓　者　其实事情也很简单，只要当场问一下便可以弄明了的。但我们的国王在盛怒之下，全然不想问问我们当场的人——当场的人并不少，我们跳神的是十个，还有唱歌的和奏乐的。他不想问问我们，三间大夫申诉了几句，他也全不理会，生抢活夺地便加上了一个淫乱宫廷的疯子的罪名。

渔　父　这怎么受得了呢？不疯也会疯的！

钓　者　你没有当场听见，三间大夫在被押走的时候，说的那几句愤激的话呢。

渔　父　他是怎样说的？

钓　者　他说：“南后，我真没有想出你竟这样的陷害我！我是问心无愧，我是视死如归，曲直忠邪自有千秋的判断。你害了的不是我，是你自己，是我们楚国，是我们整个儿的中原呵！”他这几句话真是把我们全身的骨节脏腑都震撼了。

渔　父　就连我现在都还听得毛骨悚然呢。

钓　者　后边有人来了，回头再讲吧。

二人沉默。

屈原由左首登场，冠切云之高冠，佩陆丽之长剑，玄服披发，颜色憔悴，与清晨在橘园时风度，判若两人。颈上套一花环，为各种花草所编制，口中不断讴吟，时高时低。步至桥头略略伫脚，欲过桥，但又中止，仍沿着濠堤前进。

断续可闻之歌咏乃《九章·惜诵》词句，唯前后参差，不相连贯，盖此时《惜诵》章正在酝酿之中，尚未达到完成境地。

屈　原　我言行一致，表里如一，
事实俱在，我虽死不移。
要九折肱才能成为良医，
我今天知道了这个真理。

晋国的申生，他是孝子，
父亲听信谗言，让他死了。
伯鲧耿直而遭受死刑，
滔滔的洪水，因而未能治好。

吃一堑便能够长一智，
我为什么不改变态度？
丢掉梯子要想攀上天，
我和做梦一样的糊涂。

我忠心耿耿而遭祸，
始终是不曾预料。
我超越流俗而跌跤，
自惹得人们耻笑。（反复讴吟，俯首徐行，行至垂钓者前。）

钓　者　（起立）三闾大夫，你不是三闾大夫吗？

屈　原　（初不加以理会，继乃含愠地）我不是三闾大夫，我已经不是三闾大夫了！

钓　者　是的，屈原先生，请你恕罪，我是知道的，刚才有位婵娟姑娘在这儿来找过你啦。

屈　原　你是什么人？

钓　者　我是黄河的神。

屈　原　（以为受了玩弄）哼，你！没灵魂的！

钓　者　先生别生气，我是今天跳你《九歌》中的河伯的人。

屈　原　今天的事你是在场啦。

钓　者　我最能明白先生，你那一腔的冤屈。

屈　原　唉，我多谢你。（拱手）我算第一次受到了真正的安慰。

钓　者　我扮演河伯正跳到阶前，南后对你说的话我听得最清楚。

屈　原　唉，我真不知道她为什么要那样的陷害我！

钓　者　屈原先生，那原因我倒是很知道的。

屈　原　你知道的？你怎么会知道？

钓　者　先生，你被他们强迫走了之后，国王和南后还和那张仪谈过好一阵的话呢。

屈　原　他们谈了些什么？

钓　者　哼，那张仪真是一个奸猾小人！从前他在我们楚国做过小偷，偷过丞相家里的璧玉，我看是千真万确的。他真是一个巧言令色的小人。

屈　原　他究竟说了些什么？

钓　者　他当着楚王和南后面前，把南后恭维得无以复加，说她是巫山神女下凡，说她是天下第一，国色无双，把楚王和南后都说得不亦乐乎，而且他还中伤了你呢。

屈　原　在他是必然的，我屈原就是他张仪的眼中钉啦。他又是怎样中伤我？

钓　者　他说，他得见了南后一面，才明白你为什么要发疯了。

屈　原　哼，真是下流！是这样看来，分明是张仪在和南后通同作弊啦。

钓　者　我也正是这样想，而且有充分的证据。他把国王甜着了，国王便高兴得昏天黑地，他说："张仪先生，我佩服你，你说屈原是伪君子，一点也不错。我也再不听那疯子屈原的话了，我决定和齐国绝交，决定和秦国要好，接受商於之地六百里。……"

屈　原　（心气渐见和平起来）是这样看起来，完全是张仪那小子在兴妖作怪啦。

钓　者　我也正是这样作想。我看一定是那张仪，看见国王听信你的话，不肯和齐国绝交，所以就想用女色来打动国王，同时也是威逼南后，要她在国王面前毁坏你的信用。你的信用毁坏，他的奸计也就得售了。

屈　原　一点也不错，哼，我们的楚国便被这小偷偷去了！（厉声叫出）啊，南后，我们的国王，你们怎么那样的愚昧呀！

楚怀王、南后、张仪由桥头步出，卫士八人稍隔一间，随后。

楚怀王　（偕余人步至桥前隙地，手指屈原）哦，那疯子还在那儿骂我们啦！

南　后　（急急献媚）你不要生气，我们叫他来问问吧，逗逗疯子，是满好玩儿的。

楚怀王　啊，很好。（回顾卫士）你们走两个去，把三闾大夫请来。

卫士甲乙　（应命行至屈原前）三闾大夫，国王请你去。

屈　原　（喜形于色）好的，我就去。（回顾，向钓者）刚才多谢了你。

钓　者　希望先生保重。

屈原偕卫士甲、乙至国王及南后前行垂拱礼，唯对于张仪不加理会。

南　后　（含笑）三闾大夫，你那花环是哪个送给你的啦？

屈　原　是我自己编的。

南　后　好不送给我？

屈　原　南后喜欢，我愿意奉献。（取下奉上。）

南　后　（接受以戴于颈上，故作种种姿态）啊，这是多么美丽，多么芬芳呀！这比任何珠玉、琼琚的环佩还要高贵，我自己就好像成了湘夫人，成了巫山神女啦。（突然呈出狂态）是的，吾乃巫山神女是也，三闾大夫，你刚才向我求爱，你现在又送我花环，你准备什么时候和我结婚？

楚怀王及张仪均笑。

屈　原　（颇窘）南后，请你不要以为我是疯子，你不要中了坏人的诡计，我并没有疯。

南　后　是的，你并没有疯。我知道你是诚心诚意地爱我，我也诚心诚意地爱你啦。我要请求上帝，封你为巫山山神，你可高兴吧？（转眼向天，拱手而诉）啊，上帝，我赫赫明明的上帝，下神乃巫山神女，皆因有南国诗人，三楚才子，姓屈名平字原者，迷恋妾身，神魂离散，务求上帝怜鉴，封之为巫山十二峰之山神土地，以便与小女神朝朝暮暮为云为雨。

楚怀王及张仪亦笑。

屈　原　（更窘）我诚恳地请求你，南后，你不要降低了你的身份。

南　后　是呵，我的身份是很高的。哦，我想起来了，吾乃大舜皇帝之妃湘君湘夫人是也。可怜的大舜皇帝呀，你的灵魂失掉在苍梧之野，你怎么在这儿飘荡呀？……（一转眼觑着屈原。）

楚怀王、张仪捧腹绝倒。

屈　原　（忍无可忍，怒叱张仪）张仪！你这盗窃璧玉的小偷。有什么值得你笑！你这卖国求荣的无赖，你这巧言令色的小人，有什么值得你笑！你的下体挨过打的瘢痕还在吧？有什么值得你笑！

楚怀王与南后仍笑不止，张仪则愕然。

屈　原　你曾经在我们楚国做过小偷，偷了我们令尹家里的璧玉，你挨过好几百板子，你忘记了？

楚怀王与南后仍笑不止，张仪无言。

屈　原　你曾经到苏秦那里去讨过口，你该还记得？你叫你老婆看过你嘴里的舌头，看被打掉了没有，你该还记得？你生为魏国之人，而且是魏国的公族余子，你跑到秦国去便怂恿秦国征伐魏国，你跑回魏国去又劝诱魏国去投降秦国，你简直是不知羞耻的卖国贼！你连你自己的父母之邦都要出卖，你何所爱于我们楚国？你是最阴险的秦国的奸细！你叫我们和齐国绝交，那才好让你们来各个击破啦！你说要献商於之地六百里，谁个能够相信你的鬼话！

楚怀王与南后止笑，渐就严肃。

张　仪　（颇含愠怒）屈先生，我希望你讲求一下礼节，假如你不是疯子。

屈　原　哼，疯子！你这谗谄面谀的小人！你在国王面前说过的话你怕我不知道，你在南后面前说过的话你怕我不知道，你把我们的国王当成了什么人？你把我们的南后当成了什么人？你把我当成了什么人？

张　仪　（抢着说）我把你当成着病人！

屈　原　（不等他说完，亦抢着说）你说要为国王去寻求周郑之间的美女，你说南后是巫山神女下凡，你说我是为了南后而发狂，你这无耻的谰言，你这巧舌如簧的挑拨离间，亏你还戴着一个人的面孔！（略停，调整呼吸。）

楚怀王与南后无言，楚怀王时而瞥视南后，有欲发作之意，但见南后无表示，则复隐忍。

张　仪　（故示镇静）你发泄够了吧！我是在国王和南后面前，不愿意和你这病人多作纠缠，你是愈说愈不成话了！

屈　原　不成话？你简直不是人！你戴着一个人的面具，想杀尽中原的人民来求得秦国的胜利，来保障你的安富尊荣，你怕我没有看透你？你离间我们齐、楚两国的邦交，好让秦国来奴役我们，你怕我没有看透你？……

张　仪　哼，你口口声声要说齐国好，当然有你的理由。据我所知道的，你死了的太太是齐国人，似乎还丢下了一位陪嫁的姑娘跟着你，而且齐国近来也送了你很多贿赂啦。

屈　原　哼，你这信口雌黄的无赖！要你才是到处受贿，专门卖国的奸猾小人！你怕我不知道吗？你昨天晚上都还领受了我们南后一千五百个大钱啦。……

南　后　（决然）简直是疯子，满嘴的胡说八道！

楚怀王　（大发作，向卫士）你们把他抓下去！把他抓到东皇太一庙里去，要郑太卜监视着他，不要让他出来兴妖作怪！

卫士甲、乙、丙猛烈上前，将屈原挟持着。

楚怀王　你们把那沙锅盖子给他摘下，把那拨火棍子给他拔掉！

另卫士二人扯去屈原之切云冠，解去其长剑。

屈　原　大王，你是始终不觉悟吗？楚国的江山社稷在你一个人身上，你不要使我们若敖氏的列祖列宗，断绝香烟血食呀！

楚怀王　（愈怒）赶快！赶快把他抓下去！

卫士乙、丙挟持屈原上桥。

屈　原　我受侮辱是丝毫也不芥蒂的，我是不忍看见我们的祖国，就被那无赖的小偷偷了去呀！（下，尚闻其声）皇天后土，列祖列宗，我希望你总有悔悟的一天呀。……

南　后　唉，简直是疯子，满嘴的胡说八道！（向张仪）张先生，今天实在对你不住喽。

楚怀王　实在是使你太受了委屈。

张　仪　客臣是丝毫也不介意的。贵国失掉了这样一位文章家，我倒觉得很可惜呢。

南　后　其实倒也寻常，近来出了一批青年文章家，似乎比他还要高明些呢。

张　仪　是哪几位名手，倒很想见识见识。

南　后　像宋玉、唐勒、景差这一批人，我觉得都很有希望。他们将来的成就会比这位疯子还要高超些呢。

楚怀王　不错，我也早听见说过他们的名字，我一定要提拔提拔他们。

张　仪　提拔青年文章家不用说是很要紧的，不过，我倒有一点意见。我这意见早就是想到的，到了今天我才迫切地感觉着有推行的必要。

南　后　张先生的高见何妨对我们说说呢？

张　仪　我是觉得：文章家总该专门做文章，不好来干预政事的。

南　后　是的，一点也不错。文章家一谈政事，总是胡说八道。

楚怀王　好的，我今后要照着这个意见办，我要绝对禁止文章家谈政事！假使有人要谈，我一定要把他抓来关在东皇太一庙里！我们现在慢慢回城去吧。（开始走动。）

南后、张仪及卫士六人随后。自楚怀王等出桥以来，道上颇有来往行人，俱畏缩避道，集于堤上观望，人数不宜太多，但亦不宜太少，可酌量情形而定。婵娟突由左首急骤入场，盖已沿绕城濠，将城环走一遍，跑入场后，见楚怀王、南后诸人，突然止步。

南　后　（早瞥见，指之示楚怀王）这就是张先生所说的那个陪嫁丫头了。

诸人均止步。

张　仪　才只十六七岁啦，难怪得。

楚怀王　顶多也不过十八岁。

南　后　（招婵娟）婵娟，你来。

婵娟瑟缩地走近，但仍留有间隔而立定。

南　后　你在做什么？

婵　娟　我在找我们先生，我沿着这城墙跑了一转，都没有把他找着。

南　后　你哪里找得着他，他疯了，早就跳进水里面去淹死了！

婵　娟　（大吃一惊地）先生淹死了?!

南　后　可不是吗！我们刚才在东皇太一庙的门前，看见好些老百姓把他的尸首从一个池塘里打捞了起来。真也是怪可怜见的呵。

婵　娟　（哭出）南后，你说的是真话?

南　后　怎么不是真话？你不相信，你看他所剩下来的这把宝剑和这顶切云冠啦。（指卫士一人手中所持者示之）他解在岸上，我们替他拣了来，还有一双草鞋，我们便没有要了。（忽然想起）哦，对了，还有这个花环呢。（从颈上取下）我看你戴倒是很合适的。（顺手为之戴上。）

婵　娟　（伤心痛哭）啊，南后，那么你简直把他害死了！先生，先生呵，你说别人家陷害的不是你，但结果还是把你害死了！南后呀，你真忍心啦！你为什么要把先生害死？要把那么好的一位先生害死？你，你真忍心呵！……

南　后　（大笑）你这丫头大概也是发了疯吧，你怎么会说是我把先生陷害了的？你要当心啦！

婵　娟　南后，你不要骇唬我，我现在一点也不怕你了。是你把先生陷害了的，是你，是你，一百个是你。

南　后　哈哈，今天真好玩儿，真是暮春天气疯狗多呀。

婵　娟　你老是爱说，这个是疯子，那个也是疯子，你所做的事，你怕没有人知道吗？你是不是多少还有点良心呵？你假如还有点良心，你要知道你所犯的罪是多么的深重呀！

楚怀王　（欲发作）这个丫头，我可不能忍耐！

南　后　（慰止之）童言无忌，你让她说，满好玩儿的！

婵　娟　（激昂地）哼，你把人当成玩具，你把一切的人都当成玩具，但你要知道，你所犯的罪是多么深重呀！你害死了我们的先生，你可知道这对于我们楚国是多么大的一个损失，对于我们人民是多么大的一个损失呀！（语气转沉着）天上就只有一个太阳，你把这个太阳射落了！你把他吃了，永远地吃了。（又转激昂）你这比天狗还要无情的人呀，你总有一天要在黑暗里痛哭的吧！永远痛哭的吧！

楚怀王　这个小泼妇，我实在不能忍耐！

南　后　（再慰止之）你不要着急，你等我再问她一些话。（问婵娟）婵娟，你年纪青青的女孩子，为什么学得这样泼辣？你口口

声声说我陷害了你的先生，到底我是怎样陷害了他的呢？他发了疯，侮辱了我，还要说是我陷害他吗？

婵　娟　哼，你怕你做的事就没有人看见，就没有人知道。你在先生面前明明说你头发晕，你要倒，要先生扶你，待你一看见了国王，你就反转身来栽诬先生，你怕没有人听见你的话，没有人看见你的动作吗？

南　后　（生怒）你在信口开河！谁个看见，谁个听见？

婵　娟　总有人啦，你是在大庭广众之中做的事啦！

南　后　是谁造出了这样的谣言，谁个告诉你的？

婵　娟　有那样的人告诉我。

南　后　究竟是谁，你说，你说！

婵　娟　我说了，你好再去陷害人？

南　后　你不说就是你在造谣生事！我要割掉你的舌头！

婵　娟　唔，你就割掉我的头，我也不给你说。

南　后　（握婵娟头发）究竟是谁？你说！你说！你说！

婵　娟　尽你把我怎样我也不说。

南　后　你怕我真的不能割掉你的舌头？

婵　娟　你割好了，尽你割，我早就不愿意见你这样的人！你割好了！（把舌头伸出。）

南　后　（向卫士之一）你把那宝剑递给我！

卫士递剑。

南　后　（拔剑出鞘）究竟告诉你的是谁？

此时钓者在堤上从人群中挺身而出。

钓　者　（大声疾呼）是我！是我呵！你不要杀那可怜无告的人，你来杀我！

楚怀王　（大怒）去把那家伙捉来。

卫士二人奔去。

钓　者　（仍大呼不辍）你陷害了三闾大夫的话，是我对她说的。刚才三闾大夫说的话，也是我对他说的。你们来杀我！来杀我！

南　后　（亦大怒）你是什么人？

钓　者　（在二卫士挟持中，仍不断叫骂）我亲耳听见你向三闾大夫说你头发晕；我也亲眼看见你倒在了三闾大夫的怀里，你就忘记了在你的周围还有很多的人啦，——跳神的、奏乐的、唱歌的！你白白地残害忠良，你是上了那张仪的当呀！

南　后　哼，又是一个疯子！把嘴勒住，抓进城去！（纳剑入鞘。）

二卫士如命，挟持钓者进城。

婵　娟　哦，南后，原来你是受张仪指使的呀！

南　后　也把她的嘴勒住，抓进城去！（向婵娟）哼，我要让你这丫头多受活罪，再把你剁成肉酱！

又有卫士二人如命，将婵娟挟持进城。

楚怀王徐徐向城门走去，余人相随。

楚怀王　（向张仪）张丞相，我们楚国的疯子太多了，今天实在冒犯了你。

张　仪　（走着）啊，岂敢岂敢，疯子多，是四处皆然的，不过我真佩服我们南后呢。（向南后）南后，你真是精明呀！尤其是封锁疯子们的嘴，那是最好的办法。

南　后　多承你夸奖。

楚怀王　是的啦，封锁住疯子们的嘴，免得他们胡说八道，扰乱人心。……

此时公子子兰与宋玉由城门出场，趋至楚怀王与南后前行垂拱礼，余人暂时伫脚。

南　后　（指宋玉示张仪）张先生，这就是我刚才说的，青年文章家的领袖，宋玉了！

张　仪　哦，生得满俊秀啦！和公子子兰就像兄弟一样。

南　后　是的，我也很喜欢他。子兰，你们要到什么地方去？

子　兰　我是专诚来迎接父亲和母亲，有点事情要向母亲请示。

南　后　你有什么事？

子　兰　就是这位宋玉小哥，他不愿意再在先生那儿住，我打算把他引进宫里去作伴啦。

南　后　那是很好的。

楚怀王　（向南后）你看，好不就让他做我们的左徒？（开始行动。）

南　后　年纪太青了，恐怕别的文武官员要说话啦。（向宋玉）宋玉，我想收你为我的小臣，你高兴不高兴？

宋　玉　小臣实在是万分荣幸。（拜手谢恩，同时并拜谢楚怀王。）

楚怀王　（高兴）这孩子委实可爱，我们可以收他为义子啦！……（入城。）

余人均随楚怀王而入。

群众留于场上未散，均翘首望着城门表示敢怒而不敢言之态。守四角网之渔父，木立堤上，忽然掉过头去，顿了一脚，“哼”了一声。

——幕　下

第五幕

第一场

夜，月光皎洁。一带宫墙。一带宫墙，于正中偏右处放置一木槛，婵娟被囚于槛内，衣貌已颇狼藉，花环零乱，仍在颈上。

卫士甲于槛之附近，执戈看守，往来盘旋。公子子兰与宋玉沿墙壁由右首出场。此时宋时已改着华丽之服装。

卫士甲　（惊觉）谁呀？

子　兰　我是子兰公子！

宋　玉　（同时）公子子兰啦！

卫士甲直立，静侍。

子　兰　那婵娟姑娘的囚槛是放在这儿的？

卫士甲　是，就在这儿。

子　兰　我有几句话要同她说，你可以方便一下。

卫士甲　是，公子是可以随便同她讲话的。不过要请原谅：因为我有看守的责任，我不能够离开这儿。

子　兰　那是用不着道歉的。

二人走近囚槛。

子　兰　是不是可以暂时放她出来一下？

卫士甲　只要有公子担待，我想是可以的。

子　兰　那就把她放出来一下。

卫士甲　是。（取腰间钥匙将开囚槛。）

婵　娟　（在槛内）不，我不出去！我不愿意接受任何人的恩惠！

卫士甲踌躇，回顾子兰。

子　兰　婵娟，你又何必呢。听说你挨了皮鞭，周身都打伤了，出来舒展一下也是好的啦。

婵　娟　不，我不愿意接受任何人的恩惠！

宋　玉　不必那样倔强吧。

婵　娟　我不愿意同你讲话，我不愿意见你。你们走开，不要挨近我！

子　兰　好的，不要那样虎声虎气的。你不愿意出来也不勉强，我只想同你说几句话，并不多麻烦。

卫士甲让开，在槛之右侧稍远处伫立。

婵　娟　我是说过的，我不愿意讲话，也不愿意见谁。（说罢将两手紧覆颜面，头向下。）

子　兰　讲不讲由你，见不见也由你，我们来是完全出于好意的。

婵娟姿态不动，无言。

子　兰　婵娟，我是一心想救你，我也不能在这儿多作逗留，我只直截了当地向你说几句话。（稍停）我希望你能够对我说：你是喜欢我。即使你心里不真是喜欢也不要紧，只要你听从我的话，在我的身边服侍我，我立刻便可以向母亲说，把你饶恕了，母亲是一定许可的。你究竟愿不愿意？

婵娟姿态不动，无言。

子　兰　（稍停后）你说吧。只要简单地说一个字都可以。只是说“愿”或者“不”，就只这样简单的一个字啦，你说吧，你请说吧。

婵娟姿态不动，始终无言。

子　兰　（更委婉地）你不肯说，就请把头动一下也好啦。或者点一点，或者摇一摇，我是绝对尊重你的意志的。

婵娟姿态不动，毫无表示。

子　兰　唉，简直就跟石头人一样啦。

宋　玉　婵娟，我知道你现在恐怕顶不高兴我，不过我也想尽我的一份友谊。你对于公子子兰的好意是不好辜负的。你自己恐怕还不知道，你的命运说不定就只有今天这一个晚上了。我们楚国的惯例，斩决囚犯是在清早行刑。下午捉着犯人的时候，罪轻的便丢监，罪重应该斩决的便囚在槛里，等到明天清早再推出去斩首示众。你怕还不知道吧，同你一道抓进城来的

那位舞师都下了监，而你偏偏囚在了槛子里。可见南后是一定要处死你的。你也未免太倔强了。你骂了南后，又骂了国王，怎么不遭大祸呢？现在公子子兰的确是一片诚心，他放下了他的公子的身份来请求你，我看你是不好那么执拗的。

婵娟丝毫不动。

宋　玉　（停了一会之后）婵娟，你即使把你自己的性命看得很轻，但我知道你是把先生看得很重的。先生的命运同你也是一样啦，他得罪了南后，又得罪了国王，而且又在国王和南后面前侮辱了显贵的国宾。我是知道的，先生的命运怎么也延长不过明天！公子子兰此刻来救你，其实也是想救先生。只要你答应了公子的请求，公子可以立即在南后面前讲情，不仅你可以得救，先生也是可以得救的。这一点我是可以保证的。（稍停）我看，假使你不放心，你尽可以把救先生这件事作为交换条款啦。（回向子兰）公子子兰，你觉得怎样？我看婵娟可以向你这样提出，便是要你今天晚上便从南后那里得到赦免先生和婵娟的手诏。假使今天晚上你能得到那手诏，她便允许你。假使得不到手，那就没有话再说了。你看怎样呢？

子　兰　我是没有什么的。只要看婵娟怎样。

宋　玉　（又向婵娟）婵娟，你是听见的啦，你的意思是怎样呢？这是最近情理的办法了！

婵娟仍丝毫不动。

宋　玉　唉，你怎么总不表示态度呢？你把头点一点呢，摇一摇呢。

婵娟仍丝毫不动。

宋　玉　没有办法，简直是比先生还要顽固。你自己的性命不要紧，难道看到先生死到临头都还不想搭救吗？

婵　娟　（如水破闸门般地痛哭出声，并责骂）你们这些没灵魂的！先生死都死了，你们还在这儿假惺惺！

宋　玉　（出乎意外）唔，先生死了？

子　兰　谁对你说的？

婵　娟　（哭）谁对我说的？就是南后对我说的。

子　兰　妈在什么时候对你说的？

婵　娟　她在东门外看见我的时候。

宋　玉　怎么样死的呢？

婵　娟　是跳进东皇太一庙前的池塘里淹死了的。

宋　玉　南后看见他死的吗？

婵　娟　南后说：看见老百姓们把他的尸首打捞起来了，南后还把先生的切云冠和长剑拿了回来，又把先生戴过的这个花环给了我。（示二人以花环）这就是先生剩下的唯一的遗念啦！（说罢大哭）啊，先生，先生，你是白白被人陷害了！别人家轻易地残害了忠良，出卖了楚国，白白地把你陷害了。我知道你是死不瞑目的，死不瞑目的呀！……

宋玉与子兰二人亦惨然无言者有间。

卫士甲　（前进数步）子兰公子，好不让我说几句话？

子　兰　你有什么话要说？

卫士甲　三闾大夫并没有死，我知道得最清楚。南后的话是说来骗她的。

婵　娟　（止泣）什么？你说什么？

卫士甲　婵娟姑娘，我劝你不要伤心，你的先生并没有死。我是保护国王和南后去游东皇太一庙的一个人。哪有三闾大夫跳水的事啦？完全是假造的。我们回到东门的时候，还看见三闾大夫在城濠上大声地叫出："国王呀，南后呀，你们怎么那样的愚昧呀！"真是太不凑巧，端端就在那时候，我们走到东门大桥，他的话便被国王听见了。

宋　玉　后来怎么样呢？

卫士甲　国王很生气，立刻要我们去把他抓来，还是南后出了一个主意，说：逗逗疯子玩儿，是满有意思的。因此国王便叫我们去把他请了来。

宋　玉　请了来怎么样呢？

卫士甲　请了来呀，我们的南后便一直和他开玩笑。不过三闾大夫的装束也很稀奇，他戴着一顶高帽子，佩着一把很长的宝剑。脖子上还戴着花环——就是婵娟姑娘戴着的那个了。南后开始向他把花环要了来戴上，便装起疯来。一会儿是装巫山神女，一会儿又装湘君湘夫人，老是把三闾大夫来开玩笑。国王和那位秦国的什么丞相张仪便笑得个不亦乐乎。逼得三闾大夫对于那位秦国的丞相大骂了一场呢。

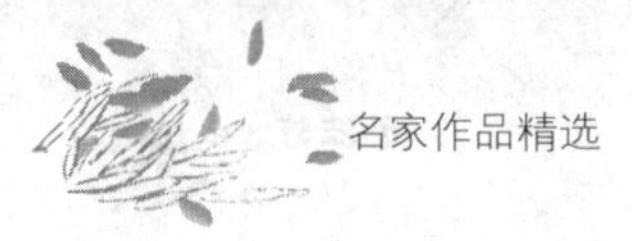

宋　玉　哦，原来还有那么一回事？

婵娟此时改变神态，注意谛听，表示十分关心。

卫士甲　哎，那骂得可真也是不亦乐乎。他骂他是小偷……

宋　玉　（向子兰）对喽，从前张仪是在令尹家里偷过璧玉的。

卫士甲　他骂他是卖国求荣的奸贼。他是魏国的公族余子，跑到秦国去便叫秦国征服魏国，跑回魏国去又劝魏国投降秦国。他骂他连自己的父母之邦都不爱的人，哪里会爱我们楚国。我看三闾大夫这番话实在说得顶有道理啦。

宋　玉　后来又怎么样？

卫士甲　后来他又骂他愚弄国王，愚弄南后，想离间齐国和楚国的邦交，好让秦国来渔人得利。他骂他是秦国的间谍，骂他简直不是人。

宋　玉　张仪怎么样了？

卫士甲　张仪被骂得哑口无言，只是无赖地说三闾大夫死了的夫人是齐国人。并且还说到婵娟姑娘上来了呢。……

子　兰　他说婵娟姑娘怎样？

卫士甲　他说婵娟姑娘是陪嫁货，自然也是齐国人。接着便说屈大夫是受了齐国的贿赂，吃了齐国的大钱啦。

宋　玉　我相信先生一定是很生气的。

卫士甲　不错，屈大夫真是大生其气。他便骂张仪才是四处受贿的奸猾小人，骂他昨天晚上还受了南后一千五百个大钱。

宋　玉　南后为什么要送钱给他呢？

卫士甲　那我怎么会知道，不过经屈大夫这样一提，南后便大生其气，她说：简直是疯子，简直是胡说八道！于是国王便叫我们把屈大夫抓起来，把他的帽子摘取了，宝剑拔掉了，押送到东皇太一庙里去了。

宋　玉　是呵，我们原是听说关在东皇太一庙的啦。

婵　娟　你这话是真的？

卫士甲　（含愠）我要骗你做什么呢！你该是听见的，那位钓鱼的人出来替你说话的时候，不是说过，你说的话是他告诉的，刚才三闾大夫说的话也是他告诉的吗？看那情形，恐怕是……

婵　娟　（有所恍悟）唔，是的，恐怕我走了之后先生来，先生走了之后我又来的。

子　兰　好了，话还是说回头吧。我是不好在这儿久留的。时间也不允许我久留。婵娟，先生是还在，我自信有本领救你，也有本领救先生。就看你的态度怎样。

婵　娟　我的态度怎样？我的态度就跟先生一样。先生说过：我们生要生得光明，死要死得磊落。先生决不愿苟且偷生，我也是决不愿苟且偷生的！这就是我的态度！

子　兰　好的好的，算我枉费了唇舌。我们恭喜先生成为烈士……

宋　玉　婵娟，也恭喜你成为烈女啦！

婵　娟　宋玉，我特别的恨你！你辜负了先生的教训，你这没有骨气的无耻的文人！

宋　玉　随你怎么骂都好，各人有各人的路，不好勉强的。公子子兰，我们走吧。

子　兰　（行而复返）婵娟，你究竟怎么样？

婵　娟　我决不服从你！你们要救先生，偏偏要拿我来做交换品，你们简直是禽兽！

子　兰　（拉着宋玉转身便走）好，我们走，我们走！简直不成话，受不了，受不了！……

二人由原路下。

舞台沉默，卫士甲复如前往复踯躅。

有顷，月光消失。一更夫手提红灯，执柝，由右首入场。

更　夫　（自语）吓，天气变得好快，怕要有雷雨啦。

卫士甲　现在什么时候了？

更　夫　我要准备打三更了。

卫士甲　就快半夜了吗？

更　夫　可不是！

更夫走过，卫士甲忽有所思，凝视其背影，欲呼而止者再。俟更夫已下场，卫士甲终于决心呼出。

卫士甲　打更的朋友，你转来一下。

更　夫　（内声）什么事呀？

卫士甲　有点事同你商量。

更夫上。

更　夫　有什么事呀？

卫士甲　请你过来一下。

更　夫　（走至卫士甲前）你究竟有什么事呀？老兄！是不是要出恭呵？

卫士甲　是，就是打算要登登坑。这宫廷里的钥匙通在你老兄身上吗？

更　夫　（向腰间拍了拍，起金属之声）哼，到了晚上来，我们一个更夫比国王还要厉害。国王就要出宫，也非得启禀我们不可啦。

卫士甲　对你不住，要请你老兄帮我代理一下。借你的灯来用一用。

更　夫　不过，你要快点儿才行呢。老兄，我是有职务之人，把更头弄迟了，要受处分的啦。（以灯授之。）

卫士甲　（接灯后，却将灯与戈均插放于槛次。在身上搜索）糟糕，没有方便的东西。

更　夫　真的，要快点呀，老兄！

卫士甲　对你不住。（出其不意地，将更夫颈子用两手套上。）

更夫一时气咽。

卫士甲　（见更夫气咽后，将其衣帽脱下，复取其钥匙与击柝之具，然后一面打开囚槛，一面向婵娟）婵娟姑娘，我要搭救你。请你一点也不要踌蹰。乘着这月黑的时候，你装着打更的，我们一道跑出城去。我们去救三闾大夫。

婵　娟　你为什么要杀他，未免太残忍了吧？

卫士甲　姑娘，你不知道。这是我们的一种法术。叫作“活杀自在”。他并没有死，回头我要把他救活转来的。你赶快出来。

婵娟勉强出槛，虽身受鞭伤，但尚能行步，卫士甲解其锁链，以更夫衣帽授之。

卫士甲　你赶快改装吧。哦，你身子不方便，我帮助你。（为之戴上更夫之帽。将为穿衣，欲取去其花环）这个可以丢掉了。

婵　娟　（急止之）不，我要的！就把衣裳套在这上边好了。

卫士甲如嘱为之穿衣，一面用锁链将更夫之手反剪，一面更以衣物紧勒其口，拖入槛内，锁好，再隔栏按其颈而活之。

卫士甲　（向更夫）老兄，对你不住，我们真正出宫去了。

婵娟提灯，击柝，徐徐由右首下场。卫士甲随之下。舞台转暗。

第二场

东皇太一庙之正殿。与第二幕明堂相似，四柱三间，唯无帘幕。三间靠壁均有神像。中室正中东皇太一与云中君并坐，其前左右二侧山鬼与国殇立侍，右首东君骑黄马，左首河伯乘龙，均斜向。马首向左，龙首向右。左室为一龙船，船首向右，湘君坐船中吹笙，湘夫人立船尾摇橹。右室一片云彩之上现大司命与少司命。左右二室后壁靠外侧均有门，左者开放，右者掩闭。各室均有灯，光甚昏暗，室外雷电交加，时有大风咆哮。

靳尚带卫士二人，各蒙面，诡谲地由右侧登场。

靳　尚　（命卫士乙）你去叫太卜郑詹尹来见我。

卫士乙　是。（向湘夫人神像左侧门走入。）

俄顷，一瘦削而阴沉的老人，左手提灯，随卫士乙由左侧门入场。靳尚除去面罩，向郑詹尹走去。

靳　尚　刚才我叫人送了一通南后的密令来，你收到了吗？

郑詹尹　（鞠躬）收到了。上官大夫，我正想来见你啦。

靳　尚　罪人怎样处置了？

郑詹尹　还锁在这神殿后院的一间小屋子里面。

靳　尚　你打算什么时候动手？

郑詹尹　（迟疑地）上官大夫，我觉得有点为难。

靳　尚　（惊异）什么？

郑詹尹　屈原是有些名望的人，毒死了他，不会惹出乱子吗？

靳　尚　哼，正是为了这样，所以非赶快毒死他不可啦！那家伙惯会收揽人心，把他囚在这里，都城里的人很多愤愤不平。再缓三两日，消息一传开了，会引起更大规模的骚动。待消息传到国外，还会引起关东诸国的非难。到那时你不放他吧，非难是难以平息的。你放他吧，增长了他的威风，更有损秦、楚两国的交谊。秦国已经允许割让的商於之地六百里，不用说，就永远得不到了。因此，非得在今晚趁早下手不可。你须得用毒酒毒死了他，然后放火焚烧大庙。今晚有大雷电，正好造个口实，说是着了雷火。这样，老百姓便只以为他是

遭了天灾，一场大祸就可以消灭于无形了。

郑詹尹　上官大夫，屈原不是不喝酒的吗？

靳　尚　你可以想出方法来劝他。你要做出很宽大、很同情他的样子。不要老是把他锁在小屋子里。你可让他出来，走动走动。他戴着脚镣手铐，逃不了的。

郑詹尹　（迟疑地）你们是不是有点小题大做呢？

勒　尚　（含怒）你这是什么话？

郑詹尹　我觉得你们把屈原又未免估计得过高。他其实只会做几首谈情说爱的山歌，时而说些哗众取宠的大话罢了，并没有什么大本领。只要你们不杀他，老百姓就不会闹乱子。何苦为了一个夸大的诗人，要烧毁这样一座庄严的东皇太一庙？我实在有点不了解。

靳　尚　哈哈，你原来是在心疼你的这座破庙吗？这烧了有什么可惜？国王会给你重新造一座真正庄严的庙宇。好了，我不再和你多说了。你烧掉它，这是南后的意旨。你毒死他，这是南后的意旨。要快，就在今晚，不能再迟延。南后的脾气，你是知道的。你尽管是她的父亲，但如果不照着她的意旨办事，她可以大义灭亲，明天便把你一齐处死。（把面巾蒙上，向卫士）走！我们从小路赶回城去！

靳尚与二卫士由左首下场。

郑詹尹立在神殿中，沉默有间，最后下出了决心，向东君神像右侧门走入。俄顷，将屈原带出。

郑詹尹　三闾大夫，请你在这神殿上走动走动，舒散一下筋骨吧。这儿的壁画，是你平常所喜欢的啦。我不奉陪了。

屈原略略点头，郑詹尹走入左侧门。

屈原手足已戴刑具，颈上并系有长链，仍着其白日所着之玄衣，披发，在殿中徘徊。因有脚镣行步甚有限制，时而伫立睥睨，目中含有怒火。手有举动时，必两手同时举出。如无举动时，则拳曲于胸前。

屈　原　（向风及雷电）风！你咆哮吧！咆哮吧！尽力地咆哮吧！在这暗无天日的时候，一切都睡着了，都沉在梦里，都死了的时候，正是应该你咆哮的时候，应该你尽力咆哮的时候！

尽管你是怎样的咆哮，你也不能把他们从梦中叫醒，不能把死了的吹活转来，不能吹掉这比铁还沉重的眼前的黑暗，但你至少可以吹走一些灰尘，吹走一些砂石，至少可以吹动一些花草树木。你可以使那洞庭湖，使那长江，使那东海，为你翻波涌浪，和你一同地大声咆哮呵！

啊，我思念那洞庭湖，我思念那长江，我思念那东海，那浩浩荡荡的无边无际的波澜呀！那浩浩荡荡的无边无际的伟大的力呀！那是自由，是跳舞，是音乐，是诗！

啊，这宇宙中的伟大的诗！你们风，你们雷，你们电，你们在这黑暗中咆哮着的，闪耀着的一切的一切，你们都是诗，都是音乐，都是跳舞。你们宇宙中伟大的艺人们呀，尽量发挥你们的力量吧。发泄出无边无际的怒火把这黑暗的宇宙，阴惨的宇宙，爆炸了吧！爆炸了吧！

雷！你那轰隆隆的，是你车轮子滚动的声音？你把我载着拖到洞庭湖的边上去，拖到长江的边上去，拖到东海的边上去呀！我要看那滚滚的波涛，我要听那鞺鞺鞳鞳的咆哮，我要飘流到那没有阴谋、没有污秽、没有自私自利的没有人的小岛上去呀！我要和着你，和着你的声音，和着那茫茫的大海，一同跳进那没有边际的没有限制的自由里去！

啊，电！你这宇宙中最犀利的剑呀！我的长剑是被人拔去了，但是你，你能拔去我有形的长剑，你不能拔去我无形的长剑呀。电，你这宇宙中的剑，也正是，我心中的剑。你劈吧，劈吧，劈吧！把这比铁还坚固的黑暗，劈开，劈开，劈开！虽然你劈它如同劈水一样，你抽掉了，它又合拢了来，但至少你能使那光明得到暂时间的一瞬的显现，哦，那多么灿烂的、多么炫目的光明呀！

光明呀，我景仰你，我景仰你，我要向你拜手，我要向你稽首。我知道，你的本身就是火，你，你这宇宙中的最伟大者呀，火！你在天边，你在眼前，你在我的四面，我知道你就是宇宙的生命，你就是我的生命，你就是我呀！我这熊熊地燃烧着的生命，我这快要使我全身炸裂的怒火，难道就不能迸射出光明了吗？

炸裂呀，我的身体！炸裂呀，宇宙！让那赤条条的火滚动起来，像这风一样，像那海一样，滚动起来，把一切的有

形，一切的污秽，烧毁了吧，烧毁了吧！把这包含着一切罪恶的黑暗烧毁了吧！

把你这东皇太一烧毁了吧！把你这云中君烧毁了吧！你们这些土偶木梗，你们高坐在神位上有什么德能？你们只是产生黑暗的父亲和母亲！

你，你东君，你是什么个东君？别人说你是太阳神，你，你坐在那马上丝毫也不能驰骋。你，你红着一个面孔，你也害羞吗？啊，你，你完全是一片假！你，你这土偶木梗，你这没心肝的，没灵魂的，我要把你烧毁，烧毁，烧毁你的一切，特别要烧毁你那匹马！你假如是有本领，就下来走走吧！

什么个大司命，什么个少司命，你们的天大的本领就只有晓得播弄人！什么个湘君，什么个湘夫人，你们的天大的本领也就只晓得痛哭几声！哭，哭有什么用？眼泪，眼泪有什么用？顶多让你们哭出几笼湘妃竹吧！但那湘妃竹不是主人们用来打奴隶的刑具么？你们滚下船来，你们滚下云头来，我都要把你们烧毁！烧毁！烧毁！

哼，还有你这河伯……哦，你河伯！你，你是我最初的一个安慰者！我是看得很清楚的呀！当我被人们押着，押上了一个高坡，卫士们要息脚，我也就站立在高坡上，回头望着龙门。我是看得很清楚，很清楚的呀！我看见婵娟被人虐待，我看见你挺身而出，指天画地有所争论。结果，你是被人押进了龙门，婵娟她也被人押进了龙门。

但是我，我没有眼泪，宇宙，宇宙也没有眼泪呀！眼泪有什么用呵？我们只有雷霆，只有闪电，只有风暴，我们没有拖泥带水的雨！这是我的意志，宇宙的意志。鼓动吧，风！咆哮吧，雷！闪耀吧，电！把一切沉睡在黑暗怀里的东西，毁灭，毁灭，毁灭呀！

郑詹尹左手提灯，右手执爵，由湘夫人神像左侧之门入场。

郑詹尹　三闾大夫，你又在作诗了吗？你的声音比风还要宏大，比雷霆还要有威势啦。啊，像这样雷电交加的深夜，实在可怕。我连庙门都不敢去关了。你怎么老是不去睡呢？是的，我看你好像朗诵了好长的一首诗啦。你怕口渴了吧。我给你备了一杯甜酒来，虽然没有下酒的东西，请你润润喉，也好啦。

屈　原　多谢你，请你放在那神案上，手足不方便，对你不住。

郑詹尹　唉，真是不知道要闹成个什么世界了。本来是“刑不上大夫，礼不下庶人”的，这个体统也弄得来扫地无存了。连我们的三闾大夫，也要让他戴脚镣手铐。三闾大夫，这脚镣手铐假如是有钥匙，我一定要替你打开的啦。可恨的是他们把钥匙都带走了啊。

屈　原　多谢你，这脚镣手铐我倒并不感觉痛苦，有这些东西在身上，倒反而增加了我的力量，不过行动不方便些罢了。

郑詹尹　我看你的喉嗓一定渴得很厉害的，这酒我捧着让你喝。还要睡一睡才能天亮呢。

屈　原　多谢你，我现在口不渴。我本来也是不喜欢喝酒的人。回头我口渴了，一定领你的盛情好了。请你不要关照。

郑詹尹　（将爵放在神案上）慢慢喝也好。其实酒倒也并不是坏东西。只要喝得少一点，有个节制，倒也是很好的东西啦。

屈　原　是的，我也明白。我的吃亏处，便是大家都醉而我偏不醉，马马虎虎的事我做不来。

郑詹尹　真的，这些地方正是好人们吃亏的地方啦。说起你吃亏的事情上来，我倒是感觉着对你不住呢！

屈　原　怎么的？

郑詹尹　三闾大夫，你忘记了吧，郑袖是我的女儿啦。

屈　原　哦，是的，可是差不多一般的人都把这事情忘记了。

郑詹尹　也是应该的喽。她母亲早死，我又干着这占筮卜卦的事体，对于她的教育没有做好。后来她进了宫廷，我更和她断绝了父女的关系。她近来简直是愈闹愈不成个体统，她把你这样忠心耿耿的人都陷害成这个样子了。

屈　原　太卜，请你相信我，我现在只恨张仪，对于南后倒并不怨恨。南后她平常很喜欢我的诗，在国王面前也很帮助过我。今天的事情我起初不大明白，后来才知道是那张仪在作怪啦。一般的人也使我很不高兴，成了张仪的应声虫。张仪说我是疯子，大家也就说我是疯子。这简直是把凤凰当成鸡，把麒麟当成羊子啦。这叫我怎么能够忍受？所以别人愈要同情我，我便愈觉得恶心。我要那无价值的同情来做什么？

郑詹尹　真的啦，一般的老百姓真是太厚道了。

屈　原　不过我的心境也很复杂，我虽然不高兴他们的厚道，但我又爱他们的厚道。又如南后的聪明吧，我虽然能够佩服，但我却不喜欢。这矛盾怕是不可以调和的吧？我想要的是又聪明又厚道，又素朴又绚烂，亦圣亦狂，即狂即圣，个个老百姓都成为绝顶聪明，你看我这个见解是不是可以成立呢？

郑詹尹　这是所谓“大智若愚，大巧若拙”的话啦。

屈　原　不，不是那样。我不是要人装傻，而是要人一片天真。人人都有好脾胃，人人都有好性情，人人都有好本领。可是我自己就办不到！我的性情太激烈了，我自己也觉得有点偏，要想矫正却不能够。你看我怎样的好呢？我去学农夫吧？我又拿不来锄头。我跑到外国去吧？我又舍不得丢掉楚国。我去向南后求情，请她容恕我吧？她能够和张仪合作，我却万万不能够和张仪合作。你看我怎样办的好呢？

郑詹尹　三闾大夫，对你不住。你把这些话来问我，我拿着也没有办法。其实卜卦的事老早就不灵了。不怕我是在做太卜的官，恐怕也是我在做太卜的官，所以才愈见晓得它的不灵吧。古时候似乎灵验过来，现在是完全不行了。认真说：我就是在这儿骗人啦。但是对于你，我是不好骗得的。三闾大夫，像我这样骗人的生活，假使你能够办得到，恐怕也是好的吧。我们确实是做到了“大愚若智，大拙若巧”的地步，呵哈哈哈哈……风似乎稍微止息了一点，你还是请进里面去休息一下吧，怎么样呢？

屈　原　不，多谢你，我也不想睡，请你自己方便吧。

郑詹尹　把酒喝一点怎么样呢？

屈　原　我回头一定领情的啦，太卜。

郑詹尹　你该不会疑心这酒里有毒的吧？

屈　原　果真有毒，倒是我现在所欢迎的。唉，我们的祖国被人出卖了，我真不忍心活着看见它会遭遇到的悲惨的前途呵。

郑詹尹　真的啦，像这样难过的日子，连我们上了年纪的人，都不想再混了。

屈　原　大家都不想活的时候，生命的力量是会爆发的。

郑詹尹　好的，你慢慢喝也好，我还想去躺一会儿。

屈　原　请你方便，怕还有一会天才能亮呢。

郑詹尹复提着灯笼由原道下场。

大风渐息，雷电亦止，月光复出，斜照殿上。

屈　原　啊，宇宙你也恬淡起来了。真也奇怪，我现在的心境又起了一个不可思议的变换。我想，毕竟还是人是最可亲爱的呵。不怕就是你所不高兴的人，在你极端孤寂的时候和他说了几句话，似乎也是镇定精神的良药啦。（复在殿中徘徊）啊，河伯！（徘徊有间之后，在河伯前伫立）请让我还是把你当成朋友，让我再和你谈谈心吧。你知道么？现在我所最担心的是我的婵娟呀！她明明是被人家抓去了的。她是很尊敬我的一个人，她把我当成了她的父亲、她的师长，她把我看待得比她自己的性命还要贵重。（稍停）她最能够安慰我。我也把她当成了我自己的女儿，当成了我自己最珍爱的弟子。唉，我今天实在不应该抛撇了她，跑了出来。她虽然在后园子里面看着那些人胡闹，她虽然把我的衣裳拿了一件出去，但我相信那一定是宋玉要她做的，宋玉那孩子，他是太阴柔了。（将神案上的酒爵拿起将饮，复搁置）唉，这酒的气味，我终竟是不高兴。河伯，你是不是喜欢喝酒的呢？你现在的情形又是怎样？我也明明看见，别人也把你抓去了。你明明是为我而受难，为正义而受难呀。啊，我真不知道该怎样报答你的好呵！（复在神殿中徘徊。）

此时卫士甲与婵娟由右首出场。屈原瞥见人影，顿吃一惊。

屈　原　是谁？

婵　娟　啊，先生在这儿啦，我婵娟啦！（用尽全力，踉跄奔上神殿，跪于屈原前，拥抱其膝，仰头望之，似笑，又似干哭。）

屈　原　（呈极凄绝之态）啊，婵娟，你怎么来的？你脸上怎么有伤呀？你怎么这样的装束？

婵　娟　（断续地）先生，我高兴得很。……你请……不要问我。……我……我是什么话都不想说。我只想……就这样……就这样抱着先生的脚，……抱着先生的脚，……就这样……死了去吧。

屈原不禁潸然，两手抚摩着婵娟的头，昂头望着天。如

此有间。婵娟始终仰望屈原，喘息甚烈。

屈　原　（俯首安慰）婵娟，我没有想到还能够看见你，你一定是逃走出来的，你是超过了死线了。你知道宋玉是怎样吗？

婵　娟　（仍喘息）他……他跟着公子子兰……搬进宫里去了。

屈　原　那也由他去吧。谁能够不怕艰险，谁才可以登上高山。正义的路是崎岖的路，它只欢迎勇敢的人。……那位钓鱼的人呢？

婵　娟　听说丢进监里去了。

屈　原　（沉默一忽之后）婵娟，你口渴吧？

婵娟点头。

屈　原　（两手移去，将案上酒爵取来）这儿有杯甜酒，你喝了它吧。

婵娟就爵，一饮而尽，饮之甚甘，自己仍跪于地，紧紧拥抱着屈原的两膝，昂首望之。屈原以两手置爵于神案上之后，仍抚摩其头。俄而，婵娟脸色渐变，全身痉挛。

屈　原　（屈膝俯身，以两手套其颈，拥之于怀）啊，婵娟，你怎样？你怎样？

婵　娟　（凝目摇头）先生，……那酒……那酒……有毒。……可我……我真高兴……我……真高兴！（振作起来）我能够代替先生，保全了你的生命，我是多么的幸运呵！……先生，我是一个普通人家的女儿，我受了你的感化，知道了做人的责任。我始终诚心诚意地服侍着你，因为你就是我们楚国的柱石。……我爱楚国，我就不能不爱先生。……先生，我经常想照着你的指示，把我的生命献给祖国。可我没有想到，我今天是果然做到了。（渐渐衰弱）我把我这微弱的生命，代替了你这样可宝贵的存在。先生，我真是多么的幸运呵！……啊，我……我真高兴！……真高兴！……

屈　原　（紧紧拥抱着婵娟）婵娟！你要活下去呵！活下去呵！婵娟！婵娟！……

婵　娟　（更衰弱）……啊，我……真高兴！……（喘息与痉挛愈烈。终竟作最大痉挛一次，死于屈原怀中，殿上灯火全体熄灭，只余月光。）

屈原无言，拥着婵娟尸体，昂首望天，眼中复燃起怒火。

卫士甲在前直静立于殿下，至此始上殿至屈原之前。

卫士甲　三间大夫，请你告诉我，那酒是谁个送给你的？

屈　原　（回顾，含怒而平淡地）是这儿的太卜郑詹尹。（说罢复其原有姿态。）

卫士甲　哼，就是那南后的父亲吗？我是认识他的。（急骤地向左侧房屋走入。）

屈原仍如塑像一般，寂立不动。

少顷，卫士甲复急骤而出。

卫士甲　三间大夫，请你容恕我，我把那恶人郑詹尹刺杀了。在他的身上还搜出了一通密令，我念给你听。“太卜执事：比奉南后意旨，望执事于今夜将狂人毒死，放火焚庙，以灭其迹。上官大夫靳尚再拜。”密令是这样，因此我也就照着南后的意旨，在郑詹尹的床上放了一把火。这罪恶的神庙看看也就要和那罪恶的尸体一道消灭了。

屈　原　那很好。我还希望你帮助我，把婵娟安放在神案上，我们应该为她举行一个庄严的火葬。

卫士甲　待我先解除先生的刑具。（解除其刑具）婵娟姑娘穿的还是更夫的衣裳，应该给她脱掉啦。

屈　原　（起立先解婵娟之衣）哦，戴得有这样的花环。（更进行其它动作。）

卫士甲　（一面帮助，一面诉说）先生，这还是你编的花环呢。在东门外被南后给你要去了，后来南后又给了婵娟姑娘。她一身都是挨了鞭打的，你看这手上都有伤，脸上都有伤，鞭打得很厉害。南后更打算明天便处死她，把她装在囚槛里，由我看守。……夜半将近的时分，你的两位弟子宋玉和公子子兰走来劝婵娟，要她听从公子子兰的要求，做他的侍女，他们便搭救她。但是婵娟始终不肯。……她所说的话和她的精神太使我感动了，因此我就决心救她。从宋玉口中听说先生今晚上也有生命的危险，所以我也就决心陪着她来救你。……我们是从宫中逃出来的，就是用了一点诡计把一个更夫来顶替了婵娟。在我替她换上更夫装束的时候，婵娟姑娘她还坚决地不肯把你这花环丢掉呢！

二人已经将婵娟妥置于神案，头在左侧。

屈　原　（整理婵娟胸部，自其怀中取出帛书一卷，展视之）哦，这是我清早写的《橘颂》啦。我是写给宋玉的，是宋玉又给了

你吧！婵娟，你倒是受之而无愧的。唉，我真没有想出，我这《橘颂》才完全是为你写出的哀辞呀。

卫士甲　先生，那么，你好不就拿给我念，我们来向婵娟姑娘致祭。

屈　原　好的，你就请从这后半读起。（授书并指示）一首一尾你要加些什么话，也由你斟酌好了。

屈原移至婵娟脚次，垂拱而立，左翼已有火光及烟雾冒出。

卫士甲　（立于屈原之右，在神案右后隅，展读哀辞）维楚大夫屈原率其仆夫致祭于婵娟之前而颂曰：

呵，年青的人，你与众不同。
你志趣坚定，竟与橘树同风。
你心胸开阔，气度那么从容！
你不随波逐流，也不故步自封。
你谨慎存心，决不胡思乱想。
你至诚一片，期与日月同光。
我愿和你永做个忘年的朋友。
不挠不屈，为真理斗到尽头！
你年纪虽小，可以为世楷模。
足比古代的伯夷，永垂万古！——哀哉尚飨。

屈原再拜，卫士甲亦移至其后再拜。礼毕，卫士甲将帛书卷好，奉还屈原。

屈　原　现在一切都完毕了，请问你叫什么名字？

卫士甲　先生，你不必问我的姓名，我要永远做你的仆人，你就叫我“仆夫”吧。

屈　原　你今后打算要我怎样？

卫士甲　先生，你怎么这样问我呢？

屈　原　因为我现在的生命是你和婵娟给我的，婵娟她已经死了，我也就只好问你了。

卫士甲　先生，我们楚国需要你，我们中国也需要你，这儿太危险了，你是不能久呆的。我是汉北的人，假使先生高兴，我要把先生引到汉北去。我们汉北人都敬仰先生，受了先生的感召，我们知道爱真理，爱正义，抵御强暴，保卫楚国。先生，我们汉北人一定会保护你的。

屈　原　好的，我遵从你的意思。我决心去和汉北人民一道，就做一个耕田种地的农夫吧。你赶快把服装换掉啦。那儿有现成的衣帽。（指示更夫衣帽。）

卫士甲　哦，我真糊涂，简直没有想到，幸好有这一套啦。（换衣。）

火光烟雾愈燃愈烈。

屈　原　（高举手中帛书）啊，婵娟，我的女儿！婵娟，我的弟子！婵娟，我的恩人呀！你已经发了火，你把黑暗征服了。你是永远永远的光明的使者呀！（执帛书之一端向婵娟抛去，帛书展布于尸上。）

——幕徐徐下

幕后唱《礼魂》之歌：

唱着歌，打着鼓，
手拿着花枝齐跳舞。
我把花给你，你把花给我，
心爱的人儿，歌舞两婆娑。
春天有兰花，秋天有菊花，
馨香百代，敬礼无涯。

1942 年 1 月 11 日夜

郭沫若

作品精选

散文

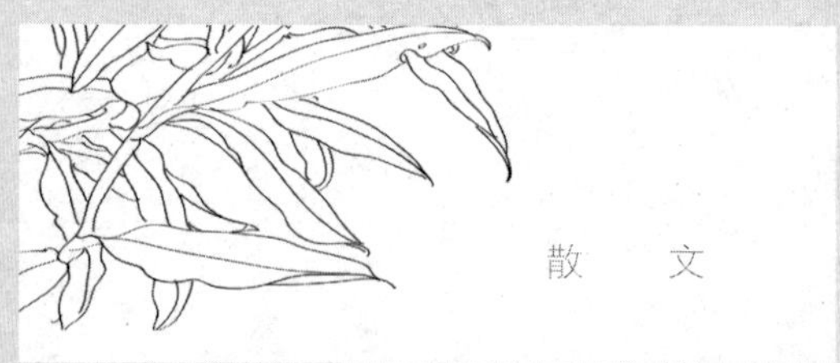

散文

我的童年

前 言

我的童年是封建社会向资本制度转换的时代，
我现在把它从黑暗的石炭的坑底挖出土来。
我不是想学 Augustine① 和 Rousseau② 要表述甚么忏悔，
我也不是想学 Goethe 和 Tolstoy③ 要描写甚么天才。
我写的只是这样的社会生出了这样的一个人，
或者也可以说有过这样的人生在这样的时代。

1928 年 12 月 12 日

第一篇

一

大渡河流入岷江（府河）处的西南岸，耸立着一座嘉定府城，那在乡土志上是号称为“海棠香国”的地方，但是那有香的海棠在现在是已经绝了种了。

---

① 作者原注：奥古斯丁（353—430），非洲迦太基人，中世纪哲学家，著有《忏悔录》《神国》等书。

② 作者原注：卢骚（1712—1778），法国哲学家、作家，著有《民约论》《忏悔录》等书。

③ 作者原注：歌德和托尔斯泰。

从嘉定的大西门出城差不多完全是沿着大渡河的西南岸走，走不上十里路的地方要渡过流入大渡河的雅河（这大约是古书上的若水）。再往南走，在离城七十五里路远的一个市镇，名叫沙湾，那便是我的故乡了。

沙湾的市面和大渡河两岸的其他的市镇一样，是一条直街。两边的人家有很高而阔的街檐，中间挟着一条仅备采光和泄水用的窄窄的街心。每逢二、四、七、十的场期，乡里人负担着自己的货物到街上来贩卖。平常是异常清静的街面，到这时候两边的街檐便成为肩摩踵接的市场了。

场的西面横亘着峨眉山的连山，东面流泻着大渡河的流水，乡里人要用文雅的字眼来形容乡土人物的时候，总爱用“绥山毓秀，沫水钟灵”的字句。绥山就是峨眉山的第二峰，沫水就是大渡河了。

乡中的地理除掉这一山一水见于古代的文献以外，沙湾场的本身是完全没有古迹的。

场的北端有一个很大的沙洲名叫姚河坝，听说那是旧沙湾场的废墟。在一百几十年前的“老丙午”，大渡河涨水把沙湾场冲没了。后来才移到现在的场所的。那沙洲上面也有几家人家，有一座古庙名叫韩王庙，这所祀的韩王不知道是汉时的韩信，还是宋时的韩世忠。那以前大约是客省人的会馆。

场的南端在相隔有半里路的地方，有一道很清洁的茶溪，从峨眉山麓流下。那上面架着一道很宽的石桥。过桥不远在山麓的倾斜中，有一座明时开山的古寺名叫茶土寺。中有一座碑是明末的乡贤嘉定人的安磐写的。只这一点怕是沙湾场的唯一的名迹。

寺前有一道很简单的石坊，刚好就像寺的山门一样。标记是“大明林母李宜人旌表节孝坊”。但在乡中是连姓林的人也都没有了。

尽管是没有甚么古迹名胜的沙湾，但它全体的印象比较起邻近的村镇来，总是秀丽的，开朗的。这自然是因为街道整齐新颖，和山水的配置也比较适宜的原故。

特别可以记述的是那清洁的茶溪。

那溪水从峨眉山的余脉蜿蜒地流泻下来。流到茶土寺的近旁，溪面便渐渐扩大了。桥的南端有好几家磨坊，为用水的关系在溪面上斜横地砌就了一道长堤，把溪水归引到一个水槽里去。因为这样，堤内的溪水自然汇成一个深潭。水是十分清洁的，一切的游鱼细石都历历地可以看出。潭的南沿是岩壁的高岸，有些地方有几株很茂盛的榕树掩覆着。

四川的区域本来离热带很远，但随处差不多都有榕树，都有荔枝，听说还有好些地方有木棉，有雪桃，这真是奇异的现象。木本的有香的海棠我本没有看见过，但听说和这相类似的花木在广东也有，那想来一定又是亚热带性的植物了。

在我们乡下，榕树每每是一二十围的大木，一般人叫着“黄角”。这黄角树每每爱寄生在别的大树上，因为发育的迅速，不两年便要闹到喧宾夺主的地位，把那原有的大木形成为自己身上的寄生树一样。因为这样，乡里人总很嫌厌它。乡里人的迷信只要树木一过于庞大了便要成精，能在人身上作祟。每逢有病有痛，那迷信很深的人，便要用两三寸长的铁钉，隔着小小的红绿的三角布，拿去钉在树身上，以为这样病痛就会祓除的。像那容易膨胀的黄角，那当然不免要多受被钉的待遇了。

茶溪南岸的几株大榕树身上，也受了不少的这样的被钉的灾难。这虽然不免要给予人一种阴惨的印象，但是夏天在那儿纳凉垂钓，倒是再清凉也没有的。

大约就是因为山水比较清秀的原故罢，一般的人文风尚比起邻近的村镇也觉稍有不同。

本是极偏僻的一个乡村，当然不能够要求它有多么美的人文的表现，但那儿也有十来颗秀才的顶戴，后来在最后一科还出过一位恩赐举人。这在邻近各乡看来是凤毛麟角般的事体了。这位举人可以说是时代悲剧的表现者，我在这儿不妨略略地把他的身世叙述一下。

这位举人姓陈。他原来是一位贫寒的儒医，在乡上开了一爿小小的药店。他年纪已经老了，接连下了十好几科都不能及第，但到最后的一科也就公然中了。中的虽然是恩举，当然也是很光耀的事，他穿起花衣补褂，四处拜客，大约得来的贺喜钱也是很不少的。

可怜这盼望了一生的举人的顶戴，或者也可以说是盼望了一生的这一些贺喜钱，却才是害人的毒药。他中了不上半年，因为是举人，便可以“三妻二妾”了，他便娶了一房年青的小妾。这位姑娘娶来不三个月便毒死了他，把他所得的贺喜钱拐带着，跟着一位情人逃跑了。

乡里的人都为这位陈老先生叹息，说：“假使他不中这一个举，不得这一笔贺喜钱，他总还可以多活得一些年辰，不至于遭这样的惨

难罢。”

人的寿命，在当时的人看来，好像比名和利还要贵重一点。但事实上也并不见得是那样。乡里人的主要营业是糟房、茶店、烟馆，这些不是都只要有利可寻，便把生命都置诸度外的吗？他如越货行劫的勾当，尤其是乡里的一部分青年人所视为豪杰的行为。

铜河沙湾——土匪的巢穴！

嘉定人一提起我们沙湾，差不多没有不发生出这个联想的。原因是嘉定的土匪大多出自铜河——大渡河的俗名，而铜河的土匪头领大多出在我们沙湾。我们沙湾的土匪头领如徐大汉子、杨三和尚、徐三和尚、王二狗儿、杨三花脸，都比我大不上六七岁。有的我们在小时候还一同玩耍过的。

杨三和尚最有名，他在十几岁的时候便成了土匪。有一次我和我的五哥在河边上放风筝，杨三和尚也走来了。他已经是不敢十分公开行动的人，他走到我们旁边来站了一会，但一翻身又滚在旁边的一个坑里去了。他说：“差人来了，请费心遮掩着。”我们朝远方望去，果然看见来了几位差人，是从城里县衙门派来的背着前膛枪的皂隶。他们是有捉拿土匪的任务的。我们立在那坑旁边，若无其事的一点也没有移动。那差人们走近拢来，不注意地又走过去了。

杨三和尚的出名是在搭救徐大汉子的时候。徐大汉子也是我们场上的人，也是一位有名的土匪头领。有一次他被官兵捉着了囚在笼子里面抬往嘉定城的途中，杨三和尚领着他手下的弟兄赶去把他劫抢了回来，同时还杀死了一位陈把总。这件事真把乡里闹得天翻地覆了。本来是人人视为畏途的铜河，更好像完全化为了地狱。铜河流域的人都是一些魔鬼一样。

事情发生了以后开了好多粮子①到我们街上来，知府大人和知县老爷都赶来了。我们真是看了不少的热闹。但在我们小人们以为热闹好玩的时候，老年人一个个都是悬心吊胆、食不下咽的。因为知府大人和知县老爷一来，他们便要剿灭我们沙湾场，说沙湾场一场的人都是窝匪。父母大老爷的光威要照透三尺厚的地皮，这可不是好玩的事

① 作者原注：当时称兵为粮子。

体了。

全街的绅粮们不知道告了多少饶（恐怕还送了不少的“程仪”），两位青天大老爷才准许专抄杨三和尚的家。杨三和尚的家是在场上，就在我们住家的斜对面。青天大老爷的天恩虽然已允许了专抄杨三和尚的家，但他们的头脑真是聪明，他们要叫差人点起火来，就来烧毁那杨家的房子。这和烧毁全场有什么区别呢？栉比着的街房中无论怎样有灵的天火，怎能只干脆地烧毁一家？为这事当然又苦了那十几个秀才的顶戴。他们朝衣朝冠的屡次求情，最后才办到把房廊拆毁之后运往大渡河前去焚烧。一般的人说，这是青天大老爷们的无量恩德，同时不用说也增进了那十几个亮铜顶子的光耀了。

就这样，费了不少的周折，在府县到后的第三天上，杨三和尚的房子才拆烧起来。那时候的光景真可说是壮观了。堂皇的一列三间一连三进的房子，连拆带烧整整费了一天的工夫，在大渡河边上，好像火烧连营八百里一样连烧了二十几大堆。我们小人们不消说很愉快，老人们到这时候自然也要充分地发挥他们的幸灾乐祸的残忍性，高谈他们的福善祸淫的老教条了。他们也是很愉快的。周年四季不出大门一步的女人们、四乡附近的农夫们，也都走到河边来看热闹。卖小食的、演戏法的、看相卖卜的，都羼集到火堆近旁来包揽生意。那简直就像五月间办王爷会的一样了。——我们乡里人说：五月里王爷菩萨生，每年都要办神会的。这位王爷菩萨大约就是二郎神，是秦时蜀郡太守李冰的儿子，他是职司水利的神祇。

乡里人这样的高兴是理所当然的。他们免去了自己的灾难，乐得来看肖神①，乐得来看青天大老爷们的天颜，并且也乐得暗暗地满足了自己报仇的欲望。

乡里人的地方观念是很严重的，别的省份是怎样我不甚知道，在我们四川真是在大的一个封建社会中又包含着无数的小的封建社会。四川人在明末清初的时候遇过一次很大的屠杀，相传为张献忠剿杀四川。四川人爱说：“张献忠剿四川，杀得鸡犬不留。”这虽然不免有些夸大，但在当时，地主杀起义农民，农民杀反动地主，满人杀汉人，汉人杀满人，相互屠杀的数量一定不小。在那样广大的地面，因而空

① 作者原注：乡里人说幸灾乐祸为“看肖神”；大约是十二肖神和人的祸福很有关系的原故。

出了许多吃饭的地方来。在四川以外，尤其是以人满为患的东南，便有过一个规模相当大的移民运动向西发展。现在的四川人，在清明以前的土著是很少的，多半都是些外省去的移民。这些移民在那儿各个的构成自己的集团，各省人有各省人独特的祀神，独特的会馆，不怕已经经过了三百多年，这些地方观念都还没有打破，特别是原来的土著和客籍人的地方观念。

杨姓是我们地方上的土著，平常他们总觉得自己是地方上的主人，对于我们客籍总是遇事刁难的。我们那小小的沙湾，客籍人要占百分之八十以上，长江流域以南的人好像各省都有，因此杨姓一族也就不能不遭镇里的厌弃了。我们的祖先是从福建移来的，原籍是福建汀州府宁化县。听说我们那位祖先是背着两个麻布上川的。在封建时代弄到不能不离开故乡，当然是赤贫的人。这样赤贫的人流落到他乡，渐渐地在那儿发起迹来，这些地方当然有阶级或身份的感情使地方感情更加强固化了。

在客籍中我们一姓比较发达，因而和杨姓便成了对立的形势。关于地方上的事务，公私两面都暗暗地在那儿斗争。譬如我们发起了天足会，他们便要组织一个全足会；我们在福建人的会馆里开办了一座蒙学堂，他们在他们的璁珉宫也要另外开办一个。凡事都是这样。但土著只杨姓一家略略有点门面，其他差不多都是一些破落户，因此人财两方都敌不过客籍，在竞争上自然总是居在劣败的地位。愈觉劣败，愈不心服。因此，便每每有倒行逆施的时候。杨姓人在乡里差不多成为了一般人的公敌了。

公敌的房廊被剿，这是怎样大快人心的事呢？大家都在河边上看热闹，只有杨三和尚的家里人在被拆毁了的废址上痛哭。杨三和尚的父亲也被青天大老爷们绑去了。

像这样，氏族间的对立，地方观念上的恶感，在我们小孩子的心里却是没有甚么作用的。我们小时候总觉得杨三和尚是一位好朋友，他就好像《三国志》或者《水浒》里面的人物一样。自从经过那次迫害以后，他便完全成为了秘密社会的人。关于他，有不少的类似小说一样的传说。后来又听说他死了，但不知道他死在甚么时候，死在甚么地方。他在我的记忆中总永远是我们放风筝的时候，十五六岁的灵敏的少年。

铜河的土匪尽管是怎样的多，但我们生在铜河的人并不觉得它怎样的可怕。一般成为土匪的青年也大都是中产人家的子弟，在那时候他们是被骂为不务正业的青年，但没人知道当时的社会已无青年们可务的正业，不消说更没有人知道弄成这样的是甚么原因了。

土匪的爱乡心是十分浓厚的，他们尽管怎样的“凶横”，但他们的规矩是在本乡十五里之内决不生事。他们劫财神，劫童子，劫观音，① 乃至明火抢劫，但决不曾抢到过自己村上的人。他们所抢的人也大概是乡下的所谓“土老肥”——一钱如命的恶地主。这些是他们所标榜的义气。这种义气在我们家里出过一件事实的证明。

我的父亲在年青时候采办过云土②来做生意。他自己虽然不曾去过云南，但他是时常派遣人去的。

听说有一次我们家里采办云土的人办了十几担从云南运回，在离家三十里路远的千佛崖地方便遭了抢劫。挑脚逃散了，只剩着采办的人回来。父亲以为我们家里遭劫这要算是第一次了。但是，奇怪！事出后的第二天清早，我们家里打开大门的时候，被抢劫去了的云土原封原样地陈列在门次的柜台上。

抢去了的东西又送回来了，还附上了一张字条：

> 得罪了。动手时疑是外来的客商，入手后查出一封信才知道此物的主人。谨将原物归还原主。惊扰了，恕罪。

就这样无姓无名，不知是甚么人写的，也不知道是从甚么地方送来的。

二

就在那样土匪的巢穴里面，一八九二年的秋天生出了我。这是甲午中东之战的三年前，戊戌政变的七年前，庚子八国联军入京的九年前。在我的童年时代不消说就是大中华老大帝国的最背时的时候。

我是生在阴历九月尾上，日期是二十七。我是午时生的。听说我生的时候是脚先下地。这大约是我的一生成为了反逆者的第一步，或

① 作者原注：乡中土匪绑票用的专语，男为财神，幼为童子，女为观音。
② 作者原注：云南出产的鸦片烟。

者也可以说我生到世间上来第一步便把路走错了。

我倒生下来，在那样偏僻的乡间，在那全无助产知识的时代，我母亲和我都没有受厄，可以说多少是一个奇迹。我母亲生我的时候，我已经有了两兄两姐。听说还死了二姐一兄，所以要算是第八次的生产，这样，产状就略略有点异常是可以无碍的，事实可以证明我的两手那时还很守规矩。我母亲说我受胎的时候，是梦见一个小豹子突然咬着她左手的虎口，便一觉惊醒了。所以我的乳名叫着文豹，因为行八，我母亲又叫我是八儿。八儿虽然说是“豹子投胎”，但他年幼的时候，可以说只是一匹驯善的羔羊，就是他半生的历史，也可以说只是一匹受难的羔羊。

在一生之中，特别是在幼年时代，影响我最深的当然要算是我的母亲。我的母亲爱我，我也爱她。我就到现在虽然有十几年不曾看见过她，不知道她现在是生死存亡，但我在梦里是时常要和她见面的。她的一生的历史也可以说是一部受难的历史。我母亲是杜家场的人。杜家场在嘉定城东南十里，隔着一条大渡河。她是生在贵州黄平州的，她的父亲是黄平州的州官。她的父亲名叫杜琢璋，听说是一位二甲进士，最初分发在云南做过两任县官，后来才升到黄平州的。我母亲是庶出，她的母亲谢氏，大约是云南人罢。

就在生我母亲那一年，计算起来大约七十多年前罢？（不孝之罪通于天，我母亲的年纪实在不记得。）贵州的苗民“造反”，把黄平州攻破了。我们的外祖父因为城池失守便自己殉了节，同时还手刃了一位四岁的四姨。外祖母谢氏和一位六岁的三姨，听说是跳池自尽了。

那时候我的母亲刚好一周岁。抚育我母亲的刘奶妈（好像是云南人）背着我母亲逃难。在路上千辛万苦受了不少的灾难，听说我母亲满了三岁的时候才逃回了四川。在这逃难中的经过，可惜我母亲那时太小了完全没有记忆。刘奶妈呢？不消说已经老早死了。据刘奶妈的口述，我母亲也还零碎地记忆得一些。小时候她对我们讲起，连我们都觉得很光荣，但我现在也印象模糊地不能记忆了。

我母亲就是那样的一个零落了的官家的女儿，所以她一点也没有沾染着甚么习气。她在十五岁的时候也就嫁到我们家里来了。论起阀阅来，我们和杜家当然不能算是门当户对。我们是两个麻布起家的客籍人，一直到我们祖父的一代才出了一个秀才。这和州官大老爷的门第比较起来当然要算是高攀了。不过我母亲是庶出，州官又是死了的州官，死了的老虎不吃人，所以州官的女儿也就可以下嫁到我们家里了。

我们家里在我有记忆的时候，已经是一个中等地主，虽然土地好像并不那么多，但在那偏僻的乡窝里，也好像很少有再多过我们的。

我记得我们小时候家里收租，租谷是由佃农们亲自背来的，背来的时候在我们家里有一顿白米饭吃。因为这样的原故，农人在上租的时候，便一家老小都来了。各人在背上多少背负一点，便可以大家吃一顿白米饭。

吃饭用白米，这在我们吃惯了白米饭的人，当然一点也不觉得稀奇。但是我们须要知道，在我们乡里，我想别地方的农民也怕是一样罢，农民的常食是玉蜀黍。换句话说，农民的常食是和地主所养的猪的食料一样。这还是三十多年前的现象，到现在当然是只有更坏的了。

为吃一顿饭，一家人都跑来，在小时候地主儿子的我们总觉得好笑，但我现在实在从心忏悔了。这儿不是很沉痛的一个悲剧吗？自己做出来的东西自己不能吃，乐得吃点别人的残余，自己都觉得是无上的恩惠。这不是很沉痛的一个悲剧吗？

我们家里由两个麻布儿时变成了那样的地主，我不十分知道。听说我们的家产是在曾祖父的一代积累起来的，是怎样积累起来的，我也不知道。我只知道我们同族上有一位刚出五服的族曾祖，他在年青的时候还在我们家里当过“长年”①。他和我们的曾祖当然是从堂兄弟。一位从堂兄弟都还在当“长年”，想来我们的家也不会是怎样光大的。

这位族曾祖他后来的财产比我们还要富裕了。他起家的历史很有趣味，我是听得来的。听说他在我们家里当“长年”的时候，有一次挽粪，挽粪档上有一个木片把他右手的食指刺穿了，就那样他便下了工，他那个食指后来便成了残疾。他下了工之后便改行做生意。生意也并不是甚么好高尚的营业，只是做了一个卖瘟猪肉的小食物的贩子罢了。

我们乡里人的主要营业是以玉蜀黍来酿酒。玉蜀黍的酒糟便成为

① 作者原注：长年工人的意思。

猪的养料，所以养猪也就是糟房的附带营业。大凡一家糟房总是要养四五十条肥猪的。

猪一多，猪瘟流行的时候那可无法炮制了。乡里人那时候当然没有兽医的知识。在猪瘟流行时，唯一的应付手段便是把猪牵出来"晾"①，或者在它的蹄上，或者在它的耳上放血，如斯而已。就这样简单的方法，应效的时候很有，但不见效的时候也不能说不多。在猪主人看见无法治好的时候，便趁着猪在未死之前赶快卖给瘟猪肉的贩子——死后当然也卖，但价钱要便宜得很多。因为乡里的习惯，凡是出过血的猪，虽然是瘟猪都还有人吃；假如是死猪，那就很少人吃了。

就在一次有剧烈的春瘟流行的时候，瘟猪贩子的族曾祖，他一手承揽了几百头的肥猪，载了几船想运到大渡河下游去贩卖。这当然是很大的一个投机事业，因为这也等于是买空卖空。他并没有一个钱的资本，瘟猪只是贳来，要变卖了之后再来还债。万一载到下河去，瘟猪通同死了，那他也怕只好随着瘟猪葬进大渡河里面的鱼腹了。

但是，他的运气来了！病了的瘟猪从那秽气滔天的猪圈里解放了出来，在大渡河里面受着新鲜的河风吹荡，温暖的太阳光的浴沐，一条条病了的瘟猪，说奇怪一点也不奇怪，都不药而愈，依然是上好的大肥猪了！

就这样，那位族曾祖便发起迹来。这当然并不是甚么光荣的历史，但可以说是一个有趣的历史。我们自己的曾祖是不是也是这样发的迹，我虽然不知道，但我想发迹的历史恐怕也不算甚么光荣罢。不然，我们的老人们一定要向我们夸讲的。

在曾祖一代才发迹的家，但就在曾祖的一代也花费了不少。曾祖是一位独儿，但他的儿女却非常之多。他的前房，我们的前曾祖母，只生了一个长子便死了。我们的曾祖母姓丘，是续弦的，她便生了三男九女。有这样多的儿婚女嫁，一代积攒起来的家业当然要受很大的影响。这样的家业分到我们祖父一代来的时候，又只是那剩下的四分之一，这当然是很有限量的。

我们的祖父行二，他在外边讲江湖，和他的兄弟，我们的四叔祖，两人执掌过沙湾的码头。听说他在世的当时，铜、雅、府三河都是很

① 作者原注：放在自由空气里面的意思。

有名的。他的绰号叫“金脸大王”，因为他左边的太阳穴上有一个三角形的金色的痣印。这样讲江湖的人是不顾家的，他不能不疏财仗义。所以在他的一代，家业也就很凋零了。他的儿女也很不少，是四男三女，这也是很费盘缠的一桩累赘。

在我们祖父一代，家里人好像才开始读书。我们的三叔祖、大伯父，都是进了学的。但是行二的我们三伯父，行三的我们父亲，因为家业凋零，便再没有读书的余裕了。我们的父亲在十三岁的时候便不能不跟着三伯父在五通桥的王家，父亲的外祖家里的盐井上当学徒。我们父亲学商不上半年，又受着祖父的命令，回来当家管事了。

就这样，我们父亲在年青的时候也吃了不少的苦头。十三四岁的少年便要当家管事，我父亲的实际家的手腕我是很钦仰的。他虽然不是甚么奸商，但是商业的性质，根本上不外是一种榨取。这是无可如何的。他在年青的时候，好像甚么生意都做过，酿酒、榨油、卖鸦片烟、兑换银钱、粜纳五谷，好像甚么都来。甚么都是由他一人一手一脚跑铜河，跑府河，跑雅河。仗着祖父的光威，他在各处当然也得了不少的方便，所以他的生意总是四处剩钱。但我们父亲到后来也偶尔对我们说过，说他很有说不出来的痛苦，便是剩来的钱一手交给祖父，而那仗义性成的祖父又一手分散给他的弟兄们去了。但我们祖父尽管是怎样的散财，不几年间在我们父亲手里公然又把家业恢复了起来，又能买田、买地、买房廊、买盐井了。我们父亲时常说，假使祖父不死，我们的家业还要发展到好几十倍。因为在我们父亲二十二三岁的时候，我们祖父便过了世，弟兄之间便说起了不少的闲话来，使我们父亲灰了心，他有十几二十年把家业完全丢了，没有过问。

家里虽然成了一个中等地主，但在我有记忆的时候，我记得我们母亲还背着小我三岁的弟弟亲自洗他的尿布。由我以上的二兄二姐的鞠育，不消说都是我们母亲一人一手的工作了。我们是一个大家庭，母亲初来的时候，听说所过的生活完全和女工一样，洗衣、浆裳、扫地、煮饭是由妯娌三人（那时我们的九叔还小）轮流担任。一手要盘缠，一手还要服务家庭，令人倍感着贫穷人的一生只是在做奴隶。

三

我的父亲很有找钱的本领。我们这一房人也特别多。这是他在兄弟之间遭忌的重大原因。他们总以为我们有很大的私房的积蓄。但关

于这个事情，我有一个很明确的记忆可以证明是冤屈。

这已经是我十岁时候的后话了。闹了好多年辰要分爨的家终竟分析了，但又并不是彻底的分析。我们有三四百石租的田地没有分，有可以进现钱的五六口盐井没有分，有好几家租出去的铺面和糟房没有分。盐井是由大伯父和九叔执掌，田地、房廊归三伯父掌管。我们就仅仅得了几十担现存的租谷和十二串现存的制钱。析议成定的那一天，我记得父亲睡在自己的床上无言的苦闷了半天。我们人口又多，那时我们的大哥、五哥，都在成都读书，用度又很不小。这当然是使我父亲苦闷的重大的原因了。

就在那天晚上，我们母亲和我和我的兄弟两人，把母亲床头的一个木柜打开，把我们兄弟姊妹历年来逢年过节所得的“封封”——便是大人们逢年过节赏给小人们的赏钱，多则百文，少则五文，都是用草纸包裹着，上面糊以一层红纸的——一封一封地取出来。有些红纸都已经泛黄了，我们把它一一地解开来，总共算凑积成了三十几串钱。这要说是我们的私房，我们的私房天公地道的也就只有这一点。但就只这一点的积蓄也成了父亲的再起的资本。

父亲把家业抛荒了二十年，但逼到临头，为儿女的养育计，终竟不能不重整旗鼓了。他就把那三十几串现钱，另外又在我们那位顶有钱的瘟猪贩子出身的族曾祖那里借来了二百两马蹄银来做资本，重新又过起年青时候所过着的生活来。但是，实在也奇怪，不几年间我们又在买田、买地、买房廊了。父亲时常对我们说：这是上天有眼，祖宗有灵。但我恐怕应该说是：吗啡有眼，酒精有灵罢？因为我们父亲的营业，主要的是烟土、糟房。逼得中国全国的人无论有产无产都只好吸烟吃酒来麻醉自己的，更透辟地说一句：是应该感谢帝国主义者的恩德！

我这样说也不是有心要诽谤我的父亲。我的父亲处在那样的社会，处在那样的时代，他当然不能生出我们现在所有的这样的意识。但父亲在晚年他也知道烟土的流害，他早已把这行营业中断了。

父亲的天分好像是很卓绝的。他早年失学，关于学问上的问题当然说不上来。但他实际家的手腕、他的珠算、他的无师自通的中医，一方面得着别人的信仰，一方面他也好像很有坚决的自信。关于算术上的加减乘除，我们用笔算，他用珠算，我们总快不过他。后来因为我在外国学医，他来信笑过我，说是学医何苦要跑到千万里外的外国去。

父亲给我的印象是很阴郁的，愁苦的。在我已有记忆的时候，我觉得他已经是满脸的愁容。他因早年过劳和中年失意的关系，心身两方都好像受了很大的打击，特别是他的神经系统我恐怕有时是有点反常罢？在小时候他对我说过两件往事。

是父亲年青的时候。有一次年关看看快要到了，他往府河的青神、眉山一带收了账回到嘉定城，已经是吃午饭的时候了。

他在城里也了结了一些残务，大概是午后二三点钟的时候。想留在城里过夜，时间未免过早。但要动身回家，那是一定要走黑路的。走黑路是他年青时候所常有的事情，所以他踌躇了一下也就决定动身回家。但走到离家十五里路远的酆都庙的地方，天色果然黑下来了。

酆都庙是一个小小的乡镇，那儿有四五十家人家。得名的原因是那儿有一座奉着酆都天子的酆都庙，香火是很隆盛的。小时每逢春秋二季上山扫墓，我们有走过酆都庙的时候。那庙宇很宏大，有十殿的塑像，有最可怕的鸡脚神无常。那个地方在我们小时候的感觉中真正就像是酆都①一样。

父亲走到了酆都庙了，天上虽然微微在下雨，但也朦胧地有点月光。纵横离家只有十五里路了，所以他依然放下决心走路。

他走到离家十里的鞋儿石了。这儿是一座颓废了的关口，地位是在一个颇崄峻的斜坡上，一边靠山，一边临河。河水在冬季枯涸的时候，关下是要露出一片很远的沙碛的。

父亲走上鞋儿石了。头上有微微的丝雨，朦胧的月光。他忽然听见在远远的沙地上有奇怪的叫声，据父亲说，那是鬼叫。

父亲说："我听见那鬼叫的声音在那远远的河边上。我的毛根子撑了几撑。我自己冒着胆子向着自己说：这鬼朋友可怜我一个人走路太孤独了，公然来陪伴我来了。

"吓，真是稀奇！待我说口没落脚，那鬼的叫声突然到我脚边上来叫了！这真是使我全身的毛骨都悚然起来。我车身向它一看，看又看不见甚么，那声音又往远远的河边上去叫去了。你不看它，正向着前面走，它又跑到你脚根子上来叫。你看它呢，它又到河边去叫了。

---

① 作者原注：旧俗相传为阴界、冥府。

就这样每走三步，它总要叫唤一声，但也并不作怪。因此，我也就泰然起来，任随它跟着我叫。

“就这样，我走了五里路，走到了陈大溪（这儿离家只有五里路远），我自己不免着起急来。我想，它跟着我走倒不要紧，万一它跟着走回家，它在家里作起怪来怎样呢？我愈想便不免愈不安。但我回头又想：它既是那样听我的话，由我一呼而来，它也可以听我的话，由我一呼而去。我便照样办。我说：朋友，多谢你送了我一程。我现在快要到家，你也请回去安息罢。

“吓，奇怪，真是奇怪！”这依然是父亲自己的话，“我就这样说了两句，那鬼朋友突然大大叫唤了三声！——但是，从此以后便永远不叫了。”

小时候父亲对我们这样说，而且不仅说过一次。那样严格的父亲，他当然不会向我们儿辈撒谎的。小时候我为这个问题很费解：我们当然不信有鬼，但是父亲却亲自听见鬼叫。

还有一件是在我们九叔母死了不久的时候。不知道是做头七还是二七，那时候是要烧冥钱的。同时也要烧“车夫”，是在黄纸上印着的车夫，准备把冥钱运往阴间的苦力。

七的法事已经做过，冥钱已经烧了，我们小孩子们都已经睡了。父母的居室是与九叔的居室对称的，中间夹着中堂，中堂上停着九婶的棺材。

父亲也快要睡了。但他正待解衣的时候，他忽然听见九婶的居室门口有异样的叫声。那儿是放着烧了冥钱的铁锅的。父亲很诧异。他点起灯出来一照，但又甚么声音也没有了。

“我起初怕是甚么老鼠在叫了，”父亲说，“但我转身回到房里，刚好要脱衣裳的时候，那怪声气又叫起来了。我觉得真是奇怪。我又点亮出去一照，但那声音又没有了。就这样往返到第三次，那声音又叫起来，我只得去找慎封（九叔名）来问他。我问他听见甚么声音没有？他说他睡模糊了没有听见。我问他，烧冥钱的时候车夫忘没忘记烧？他也答应得不明确。后来我们便四处寻找，果然在外边的酒缸上有一卷车夫原封原样地放着。我说，啊哈，这真难怪得了！赶快把车夫来烧了。之后，那声音也就停止了。”

这也是父亲亲自对我说过的，而又也不仅说过一次。这更使儿童的脑筋得不出答案来了。在这儿不惟有鬼，而且还有阴间。做贿赂的冥钱既有效力，车夫也和现世的苦力一样。天地间有这样的事情吗？然而是父亲亲耳听到，亲眼看到，亲口说出的。

但这些在现在是很容易解释的。很明显，是我们父亲有一时性的精神上的异状。两种都是幻觉，特别是幻听的一种。

前一件事情的解释是他的精神已经很疲劳了，夜间走到酆都庙那种富有超现实的暗示地方，又加以有微微的雨和朦胧的月，这在乡里人的迷信上认为是出鬼的时候。有这几种原因尽足以构成鬼叫的幻听了。父亲自信是正直可以通神的人，所以他更可以演出那种“呼之使来，唤之使去”的把戏，结果只是自己的精神状态向外边的投射罢了。

第二件的解释也是同样。父亲当时的身心状态是怎样，我现在不十分明了。我想大概也是因为甚么事情疲劳了罢。那没有烧的车夫，他在无心之间一定是早已看见过的。只因为忙于他事，没有提到意识界上来。但到夜深人静时，潜意识的作用又投射到外界去，演出了那么一番的周折。

父亲是有这样一时性的幻觉的，照他那异常苦闷、异常严格的风貌看来，或许还有点轻度的 Epilepsie① 罢？但是原因是怎样，我却不甚知道。

和父亲的风貌正成反照的是我们母亲。母亲给我的印象是开明的，乐观的：她有一个白皙的三角形面孔，前头部非常的发达，我们的弟兄姊妹都和她的面孔很相近。她自己本身没有异状，但她异母的兄弟姊妹们里面却是很鲜明的有精神病的患者。

我所知道得最详细的是她的大哥，就是我们的大舅。他这人的确是患了早发性痴呆症（Dementia praecox）。他年青时听说是很聪隽的，八股也做得很出色当行，挂过水牌几次，但几次都没有进学。就因为他有一种怪脾气，总爱冒犯场现。譬如他把文章做好之后，自己太得意了，提起笔便圈点起来。这在当年的考场中是极端犯禁的。又譬如他默写“圣谕”或“四子书”，一默写总是任性写一长篇，超过了所

① 作者原注：癫痫症。

要求的限度之外。就这样，不怕因为他父亲的关系和主考者时有夤缘，但终把他超拔不起。他这毛病后来简直成为永住性的了。

在我小时，他一年总要到我们家里来一两次。他来的动机总是为了要点生活费。在他的意思，以为我们母亲把杜家的祖坟山上的风水一个人占尽了，所以只发我们这一家。因而我们家里的钱，他也可以来要求点余润。

他的面貌和我母亲差不多，只身材是极端的矮小。他一天到晚都在念《金刚咒》，走路是非常迂缓的，走不两步便把眼睛闭起，捧起佛来，口中念念有辞：

金刚金刚弥陀弥陀，
四轮四乘四大天王，
八轮八乘八大金刚，
敕敕如律令哑哑呸。

我们小时候觉得他非常滑稽，时而跟着他学，但他也不责备我们。我揣想，他的眼前怕时常有甚么鬼神的幻影出现罢？他相信那样简单莫名其妙的咒语有辟邪的魔力。

他很会谈鬼，小时候晚上放了课总爱去请他说鬼。他的资料多半是取于《子不语》和《阅微草堂笔记》等笔记。他说起鬼来都很有条理，很有兴会的。我们听的人不消说也很有兴会，尽管是听得毛骨悚然，但总要无餍足地找他说鬼。

这种神经系统上的缺陷或者是由舅氏的母系传来的罢，因为在异母妹的我们母亲身上却没有这样的痕迹。我们的兄弟姊妹八人也没有甚么异常的状态。

母亲的资质很聪明，不怕她幼时就成为无父无母的孤儿，她完全没有读过书，但她单凭耳濡目染，也认得一些字，而且能够暗诵得好些唐诗。在我未发蒙以前她教我暗诵了很多的诗，有一首是：

淡淡长江水，悠悠远客情。
落花相与恨，到地一无声。

这是一首唐诗，我始终能够记忆的，但我总没有机会去考查这诗的作者和题名。——其实这并不是好稀罕的诗，是很容易考查的。

母亲手很巧，很会绣花。她总是自画自绣。乡里人很夸赞她。但她画的荷花上，荷叶是在荷花梗上生枝。我们后来笑她，她说："我是全凭一个人想出来的，哪比你们有甚么画谱、画帖呢。"

母亲的性格当然也是自负心很强的。

家庭中的长辈，除父母而外，影响到我生活上的人很少。我出世的时候，祖父母已经过了世。伯叔辈有他们的僻见，虽然同居，和我很少发生关系。家中还有一位很老的曾祖母，她是活上了一百岁才死了的。她和我相处的日子很浅。多少有点关系的要算她的百岁坊的建立罢。

她的百岁坊建立的时候是我八九岁的时候，坊表立在乡场的北端，刚刚成为了沙湾场的门户。那建筑工事的本身，有许多文字和雕塑的装饰，这或者在我后来的文艺的倾向上有点潜在的作用。

工事的开端是面基底，那真是再慎重、再周到也没有。最初是去浮土，挖出一个很大很深的坑。其次再一层一层的用大石、细石、木材、瓦粉等把那坑陷充实起来。再在这样的基础上面，由一片一片的砖砌成一座很高、很庄严的华表。

坊上用的砖是自己烧的。特别在远处请来了有名的匠人，砖上塑有不少的浮雕式的人物。这当然最能使我们小孩子喜悦了。烧砖的地方可惜是在离家三十里的千佛崖，我不曾去看过那塑像怎样构造，在做小孩子的当时真是很大的遗憾。我们家里的规矩是除跟着大人之外不许一个人走出离家一里路以外的。要往千佛崖去，那简直就和我们现在要往埃及去看金字塔一样的困难了。

千佛崖的本身本来已经是很有引力的地方，那如它名目所表示的是在临河的崖岸刻着有许多佛像，虽然并没有上千，但也有好几十个。小时候并没有考查过那是甚么时候凿就的，可供考证的资料除佛像的本身外甚么也没有，没有碑铭，也没有寺院。这些东西在古时应该有的，但在我们所能知道的范围内是连痕迹也没有了。佛像已经是很有年代的，露天地经过了很久的风化，有的面目已很模糊，有的更连影子都没有，只剩着一个空的石龛了。这或许是唐代的旧物，受了嘉定的大佛寺凿成大佛岩的影响，有甚么苦行的大师到那儿去驻锡，才在壁上刻出来做纪念罢？这当然是我一人在这儿发出的空想，但要真正决定千佛崖的年代事实也并不困难，由佛像的样式可以考出，由地层的研究也可以考出。但这些事情怕只好等到理想社会实现以后的考古学者了。

千佛崖本身已经是很有引力的地方，在那儿又有许多匠人在砖上塑像。我小时是怎样的想去参观哟，但我们家里不许可。我们当时的家塾生活，不消说也是没有星期的。

四

父亲自己虽然失学，但他在我们儿辈的教育问题上是很费了一番苦心的。我们家里自己起了一个家塾，请了一位专馆先生。

先生姓沈名叫焕章，是一位廪生。他是犍为县的人，在我未出世之前便来我们家里主教，我们的大哥、我们的二哥（三伯父的儿子）都先后进了学了。因为这样的原故，先生是很有名望的。我们家里人尊敬他，乡里人也尊敬他。

我自己是四岁半发的蒙。我的发蒙是出于自己的要求。我为甚么那样早的发生了读书的好奇心呢？这儿是有几个原故。

第一是我母亲教我念诗，这是很有趣味的一种游戏。最有挑拨性的是那首《翩翩少年郎》的诗句：

翩翩少年郎，骑马上学堂。
先生嫌我小，肚内有文章。

这对于儿童的好胜心真是一服绝好的兴奋剂。儿童的欲望并不甚奢。他要“骑马上学堂”，也不必一定要真正的马，只要有根竹竿便可以代替。骑起竹马，抱着书本上学，这是怎样得意的事情哟！要想实现这种情景，这是使我早想读书的一个重大的原因。

其次是我有能够听懂说善书的自信了。

我们乡下每每有讲“圣谕”的先生来讲些忠孝节义的善书。这些善书大抵都是我们民间的传说。叙述的体裁是由说白和唱口合成，很像弹词，但又不十分像弹词。这些东西假如有人肯把它们收集起来，加以整理和修饰，或者可以产生些现成的民间文学罢。

在街门口由三张方桌品字形搭成一座高台，台上点着香烛，供着一道“圣谕”的牌位。在下边的右手一张桌上放着一张靠椅，如果是两人合演的时候，便左右各放一张。

讲“圣谕”的先生到了宣讲的时候了，朝衣朝冠的向着“圣谕”牌磕四个响头，再立着拖长声音念出十条“圣谕”，然后再登上座位说起书来。说法是照本宣科，十分单纯的；凡是唱口的地方总要拖长声音唱，特别是悲哀的时候要带着哭声。有的参加些金钟和鱼筒、简板之类，以助腔调。

这种很单纯的说书在乡下人是很喜欢听的一种娱乐。他们立在圣谕台前要听三两个钟头。讲得好的可以把人的眼泪讲得出来。乡下人的眼泪本来是很容易出来的，只要你在悲哀的地方把声音拖得长些，多加得几个悲哀的嗝顿。

在我未发蒙以前，我已经能够听得懂这种讲“圣谕”先生的善书了。

我在未发蒙以前，记性也好像不很坏。比我长四五岁的次兄（我们依着大排行叫他是五哥），在家塾的先生回家去了的时候，每每要在灯下受父母的课读。读的当然不外是些《易经》《书经》。那种就像符咒一样莫名其妙的文句从我次兄的口中念了出来，念来念去总是不能念熟。那种带睡的、无可奈何的声音真是扰人，真是就像蚊虫一样。我睡在床上或者在灯下游戏，听着他读得几遍，我倒可以成诵了。

这或者也是使我把读书看成一件容易事的一个原因。

就是因为这些原故，所以我在四岁半的时候便要求读书；我的父母也怕是看我也还聪明，便允许了我的。

那是一八九七年的春天，我父亲引我到家塾里去向沈先生拜了师，是用一对蜡、三炷香，在“大成至圣先师孔子神位”前磕了几个响头的。我从此以后便穿了牛鼻了。——我们乡下人说发蒙叫“穿牛鼻”，这是很有意义的一个譬语。我想从前的儿童教育之痼没儿童性灵，恐怕比用麻绳穿坏牛儿的鼻中隔还要厉害些罢。

发蒙读的是《三字经》，甚么“人之初，性本善，性相近，习相远”这样很暧昧的哲学问题，撇头撇脑就搁在儿童的头上，你教他怎么能够懂？你教他怎么能够感觉趣味？我读不上三天便逃起学来，怎么也不愿意再上学。但已经是穿了鼻子，你便怎样反抗也没有办法了。这回是我父亲用强制手段把我抱进学堂里去的。别人都笑我是“逃学狗，逃学狗”，我那个时候真是无可如何了。

所谓“扑作教刑”，这是我们从古以来的教育方针，换句话说，要教育儿童就只有一个字，一个字，一个“打”字。——“不打不成

人，打到做官人。”——读书是为要做官的。你要想做官，那就不能不挨打。你要想你的子弟做官，那就不能不叫人打。大约能打徒弟的先生在当年也就是很好的先生了。我们的沈先生是很有名望的，不消说他的教刑也很严。

他的刑具是一两分厚、三尺来长的竹片。非正式的打法是隔着衣裳、隔着帽子的乱打；正式的打法是打掌心，打屁股。

这打屁股的刑罚真是再野蛮也没有了。小小的犯人要把板凳自己抬到“大成至圣先师孔老二”的神位面前，自己恭而且敬地挽起衣裳，脱下裤裆，把两爿屁股露出来，让“大成至圣先师孔老二”的化身拿起竹片来乱打。儿童的全身的皮肉是怎样地在那刑具之下战栗哟！儿童的廉耻心、自尊心，是怎样地被人蹂躏到没有丝毫的存在了哟！

削竹片的大抵是我们家里的用人，我们很不敢得罪他，差不多事事都要讨他的欢心。但是事实上我们用的刘老幺他是很能体贴我们的。他为先生削竹片总是择选嫩的竹子，而且两头都是不当着节疤的。这样的竹片打起人来不大痛，又容易破。不过破了有一点不好处，就是打下去的时候，两个破片有时会挟着皮肉，特别疼痛。

还有不好处便是竹片容易破的时候，先生省得麻烦，便从学堂的篱栅上把细竹抽来打人。那可不得了！那是囫囵的，打得人非常疼痛。打一节，断一节。打在皮肉上的总是节头。

我发蒙不久便受了打掌心的刑罚。先生把我的右手打出了血来，那是被破了的竹片刺破了的。

事实上这种打掌心、打屁股的正式的打法比较起来还要好受些。因为受刑的人是有意识的，他的皮肉已经有接受竹片的准备。最难受的是那隔着帽子、隔着衣裳的乱打。隔着衣裳的打法在冬天不大适用，总是在夏天。这单薄的衣裳、单薄的便帽，怎么也抵不住那竹片的侵入，尤其是那编篱栅的细竹。

我最忘记不了的是那“铁盔”的故事。

那在发蒙以后怕已经有一两年了，先生是爱用细竹打人的时候。小小的一个头脑打得一面都是疱块，晚上睡的时候痛得不能就枕，便只好暗哭。母亲可怜起来，她寻出了一顶硬壳的旧帽子给我，里面是有四个毡耳的。

这顶帽子便是一个抵御刑具的“铁盔”了。先生打起来只是震空价的响，头皮一点也不痛。我的五哥便和我争起这顶帽子来。有一天在进学堂的途中他给我抢去了，我便号啕痛哭起来。这使先生发觉了那个秘密，他以后打我的脑壳时，要揭去帽子再打了。

就这样又打得一头都是疱块，晚上又不能就起枕来。我们母亲这回也没有办法了。

像这样的刑罚我们叫做“笋子炒肉”，先生骂我们的时候就说是“牛皮子在痒”——其实何尝是痒和搔痒的那样轻快的事体呢！

除这“笋子炒肉”的刑罚之外，我们还要受各种各样的刑罚：罚站，罚跪土地。

跪土地是跪在“大成至圣先师孔老二”的神位面前的。我们家塾里的土地是三合土，那真是硬得难受。单跪土地还不要紧，先生不高兴的时候还要把一条板凳来顶在你的头上，家里的板凳多半是楠木的，而且还有牙齿，那真是又重又痛。但这还不够的时候，先生还叫你顶水。在板凳的两端一头放一碗满满的水，这是要使你伸直大腿、伸直腰、伸直颈子，长跪着动也不准一动的。动了一下，水如戾了一珠，那可不得了，那又要惨受“笋子炒肉”的非刑了。

从前的做官的人就是这样打出来的，所以他们一做起官来便在百姓的头上报仇。他们的严刑峻法不消说是“青出于蓝”的了。当然，像我们这样超过了三十的人大都是受过这样的教育的，所以这种教育的应用我们也用不着太说远了，就在上海的所谓文明都市，就在我们自己的目前，不是还有铁锯分尸、钉板抓背、硫酸灌头、电流刺脑，各种各样新发明的花样吗？……

在家塾里所受过的非刑中，我自己觉得还有一种更残酷的便是“诗的刑罚”。这东西真把我苦够了。我在发蒙两三年之后，先生便要教我作对子。起初是两个字，渐渐做到五个字，又渐渐做到七个字以上。这已经是够受的刑罚。因为连说话都怕还不能说条畅的小孩子，那里会能了解甚么虚实平仄，更那里能够了解甚么音律对仗呢？但是做不出也还是要叫你做，做到后来，公然要做试帖诗①了。甚么“赋得‘山雨欲来风满楼’的‘楼’字”，或是“赋得‘漠漠水田飞白鹭’的‘飞’字”之类的诗题。你看，这是不是就和巫师画的神符一样呢？

---

① 作者原注：唐朝以来科举的诗，多以古人的诗句命题，前面加“赋得”二字。这种诗或五言七言，或八韵六韵，谓之“试帖”。

假使是教育得法的时候，这样不自然的工作也未尝不可以叫小孩子做出。因为在温室的栽培里，一切的草木都可以早期的开花。但我们所受的不仅不是温室教育，尽可以说是冰窖教育。就是应时也怕开不出花来，那里还能早期呢？那种痛苦，回想起来都还犹有余痛。每三天一回的诗课，早饭过后把应读的书读了，便对着课本子瞑坐。翻来覆去地把前面改了的旧课拼命地观摩，想在油渣里面再榨点油出来。用陈了的老套头甚么“二月风光好”“三月风光好”“四月风光好”之类，差不多把周年十二月都用完了，就是小孩子的自己也觉得难乎为情。起初是无聊的枯坐，后来渐渐变成焦躁的熬煎了。做不出来是不准你出去玩耍的。由上午坐到下午，由下午又坐到黑，仍然做不出来，那就只好逼得流眼泪了。

这就是所谓“诗刑”。这“诗刑”怕足足受了两三年的光景，这是怎样的一个有期徒刑呢？不过在为受这“诗刑”的准备上我也算得到过一点好处。

我们家塾的规矩，白日是读经，晚来是读诗。读诗不消说就是为的是作诗的准备了。我们读的是《唐诗三百首》和《千家诗》。这些虽然是一样的不能全懂，但比较起甚么《易经》《书经》《周礼》《仪礼》等等，总要算有天渊的悬隔了。只有这一点，可以说是一日的家塾生活的安全瓣，但都还不能说是十分的安全。

关于读诗上有点奇怪的现象，比较易懂的《千家诗》给予我的铭感很浅，反而是比较高古的唐诗很给了我莫大的兴会。唐诗中我喜欢王维、孟浩然，喜欢李白、柳宗元，而不甚喜欢杜甫，更有点痛恨韩退之。韩退之的诗我不喜欢，文我也不喜欢，说到他的思想我更觉得浅薄。这或许是后来的感情也说不定。

五

庚子之变，资本帝国主义的狂涛冲破了封建的老大帝国的万里长城。在一两年前还视变法为罪大恶极的清廷，也不能不企图依照资本社会的模型来改造自己的国度了。

废八股而为策论，这是在变革过程中的一个最显著的事实。这是必然发生的社会意识的变化。这个变化不消说便直接地影响到我们家塾教育的方法上来了。从前是死读古书的，现在不能不注意些世界的大势了。从前是除圣贤书外无学问的，现在是不能不注重些科学的知识了。不消说我们是从试帖诗的刑具解放了下来。还有一件事情不能不感谢的，便是我还没有受过八股的刑具。甚么破题、起讲、搭题、承题等等怪物的毒爪，看看便要加在我头上来的，我在几希一发之间公然免掉了。我是怎样地应该向着甚么人道谢的呀！向着甚么人呢？——向着帝国主义者罢。

帝国主义的恶浪不消说是早冲到了我们那样偏僻的乡间。譬如洋烟的上瘾、洋缎的使用，其他沾着“洋”字的日常用品实在已不计其数。不过使我们明白地认识了那种变革，就是我们小孩子也意识到了的，是无过于读“洋书”了。

真正的“洋书”不消说我们当时还没有读的资格。我们除圣经贤传之外，开始读了一部《地球韵言》，一部《史鉴节要》。这两部在当时是绝好的启蒙书籍，是用四言的韵语写成，对于我们当时的儿童真是无上的天启。

一直到癸卯年实行废科举而建学校的时候，这个变革才一直到达了它应该到达的地方。在那年的秋闱过后，不久就有高等学堂、东文学堂、武备学堂在省城里产生了出来。我的大哥进了东文，五哥进了武备。新学的书籍就由大哥的采集，像洪水一样，由成都流到我们家塾里来。

甚么《启蒙画报》《经国美谈》《新小说》《浙江潮》等书报差不多是源源不绝地寄来，这是我们课外的书籍。这些书籍里面，《启蒙画报》一种对于我尤有莫大的影响。这书好像是上海出版的，是甚么人编辑的我已经忘记了。二十四开的书型，封面是红色中露出白色的梅花。文字异常浅显，每句之下空一字，绝对没有念不断句读的忧虑。每段记事都有插画，是一种简单的线画，我用纸摹着它画了许多下来，贴在我睡的床头墙壁上，有时候涂以各种颜色。

书中的记事最使我感着趣味的是拿破仑、毕士麦的简单的传记。小时候崇拜他们两个人真是可以说到了极点。我最表同情的是拿破仑的废后约塞芬，她在死的时候还取出拿破仑的相片来表示爱慕，那真是引出了我的眼泪。毕士麦没有拿破仑那样动人，但是我很高兴他爱狗。我家里也有三条大狗，我一出一入就呼着它们相随，自己也就像成了东方毕士麦一样。

还有一篇《猪仔记》。这是一篇小说体裁的文字，叙述外国人虐待中国工人。内容我现在不大记忆了，好像叙的是一位不学好的青年

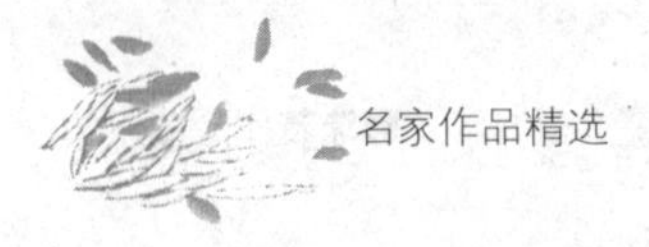

把家财荡尽了，被人骗去做了猪仔，卖到美国的甚么地方去开垦。沿途不消说受了无数的辛酸，卖作农奴之后，在外国人的监工者的皮鞭之下流着血汗做很艰苦的工作，所得的工钱有限，而且那有限的工钱大概依然是要被地主剥削去的。地主有种种恶毒的制度、圈套来束缚工人。譬如让他们赌钱吃烟，使他们永远是穷到一钱不名，做终身的奴隶。这位青年做了多年的苦工，受了无限的虐待，已经弄得来三分不像人，四分不像鬼了，自己深深的在痛悔前非。有一天农场里来了一位中国留学生视察。这位留学生原来就是那猪仔的老同学，两人无心相遇。学生虽已不认识猪仔，猪仔却还认得学生。到这儿学生才把他赎回了中国。

内容大概是这样。这里虽然充分地包含着劝善惩恶、唤醒民族性的意思，但从那所叙述的是工人生活，对于榨取阶级的黑幕也有多少暴露的一点上看来，它可以说是中国无产文艺的鼻祖。

这文章从资料的性质上看大约是留美学生做的罢？处理材料的态度也很像受了一些美国作家 Jack London① 的影响，但可惜我现在记不起作者的姓名，但那书中也好像是没有姓名的。同样性质的文章我在中国的近代的文学里很少看见。中国年年也有不少的留学生渡美，美国留学生中也有一些文学青年，中国工人的生活好像全不值他们一顾的样子。中国先年到法国去勤工俭学的人也不少，但没有看见过有一篇描写工场生活的文章。

这部《启蒙画报》的编述，我到现在还深深地记念着它。近来中国也出了一些儿童杂志一类的刊物，但我总觉得太无趣味了，一点也引不起读者的精神。或者我现在已经不是儿童，在儿童们看来或许又有别样一种意见罢。以儿童为对象的刊物很重要而且很不容易办好，可惜中国人太不留意了。

除开这些书报之外，还有各种上海出版的蒙学教科书，如格致、地理、地质、东西洋史、修身、国文等等，差不多现在中学堂所有的科目都有。我们家塾里便用这些来做课本。有一部《笔算数学》，是甚么教会学堂出版的东西，我们沈先生他自己自修了一遍，便拿来教我们。我们从加减乘除一直也就学到开方了。那书所用的亚剌伯数字

---

① 作者原注：杰克·伦敦（1876—1916），美国著名的进步作家。

都是楷书，我们运算时也用那正工正楷的亚剌伯数字来运算，现在想起来真觉得好笑。

家塾的壁上挂的四大幅合成的一面《东亚舆地全图》，红黄青绿的各种彩色真使我们的观感焕然一新。我们到这时才真正地把蒙发了的一样。

促成这样的变革的自然是时代的力量，世界的潮流，但我们那种偏僻的乡陬，在周围邻近乃至县府城中都还不十分注意的时候，我们独能开风气之先，很早地便改革了过来，这儿却不能不说是人力了。我们沈先生的锐意变法，这是他卓识过人的地方。像他那样忠于职守，能够离开我见，专以儿童为本位的人，我半生之中所见绝少。当然他起初也打过我们，而且很严峻地打过我们，但那也并不是出于他的恶意。因为打就是当时的教育，不是他要打我们，是当时的社会要他打我们的。但他能以尖锐的角度转变过来，他以后便再没有用刑具来打过我们了。在当时我们读古书也比较有条理了，一面读《左氏春秋》，一面就读《东莱博议》。两者的文章都比较好懂，而且也能互相发明。这真是给予了我很大的启发。我的好议论的脾气，好做翻案文章的脾气，或者就是从这儿养成的罢？我以后也好像又聪明了一些，先生隐隐地在把我当成得意门生看待。

助成了我们家塾革命的还有一个重大的人物，那就是我们的大哥，郭橙坞。他是十三岁便进了学的人，天资当然是很不弱的。不过他几次秋闱都没有及第，在最后一科失败之后，他突然成为了启蒙运动的急先锋。成都是一省的都会，接受外来的影响自然较早；他在成都所接受的影响直接传达到我们乡里来。放足会是他首先提倡的，我们家里人在乡中解放得最早，就是五十多岁的我们的母亲，那时候也把脚解放了。女子素来是不读书的，我们的妹子和侄女也都跟着沈先生读起书来。这些不消说都是他的主张。乡里的蒙学堂也是由他提倡的，我们虽然没有直接参加，但间接地受了很大的影响。

蒙学堂的先生姓刘，是嘉定人。他是成都新开办的师范养成所的第一批学生。他也是很热心，很能忠于职守的一个人。由他的一来，我们乡里人才知道有“洋操”了。我们的沈先生只有这一点他没有采办，但他叫我们去参加了刘先生的“洋操”。那时候的“洋操”真是有趣，在操“洋操”的时候差不多一街的人都要围集拢来参观。

那时候叫立正并不叫立正，是叫“奇奥次克”，叫向右转是“米

拟母克米拟”，向左转是“西他里母克西他里”，走起脚步来的时候便“西，呼，米，西，呼，米”地叫着。大家都莫名其妙，只觉有趣，又觉得好笑。这些很奇怪的口令在当时的人自然觉得是真正的洋货了，但可不知道它们究竟是那一洋。这个秘密在现在的我当然是解决了的，这全部都是日本的口令，所谓“西呼米西呼米”者就是我们的“一二三一二三”而已。成都才办学的当时，请来的日本教习特别多（其中连日本的皮匠师傅都聘请来了），聘金特别的贵，就像这样骗小孩子的体操都用日本教习来教，连那样基本的口令都没有翻译成中文，可见当时办学人的外行，也可见中国人的办事草率了。但尽管那样，我们倒是感觉着很浓厚的趣味的。

大哥那时候已经考上了东文学堂，在那儿学习一年便要送往东洋去留学，所以他只有在年暑假才能够回家。东文学堂的教习不消说重要的都是东洋人。在甲辰年的暑假，大哥跟着两位东洋教习去游峨眉山回来，他邀着那两位东洋人绕道到了我们家里。东洋人的名字一个叫服部操，我叫他是“佛菩萨”；一个叫河田喜八郎，我叫他是“河田稀巴烂”。他们说的话我不懂，我说的话他们当然也不懂。他们在我们家塾里住了三天，那时候沈先生告假回去了，我为好奇心所驱遣，时常爱跑去找着那两位东洋人说话；我也学了一些“瓦塔苦西”“阿那打”“阿里加朵”“萨约那罗”①。

使我惊异的是这两位东洋人非常的吝啬。他们有一个宾铁罐子，大概装过饼干的，上面有些油画，我欢喜它。有一天我们同他们一同往韩王庙去钓鱼，我就想把那罐子拿去装鱼。大哥便教了我一句日本话，意思就是说：我想要拿这个罐子去装鱼，好不好？我把罐子拿去向那两位东洋人照样地说了那一句话。不知道是我学舌学得太不像，还是我大哥仅学了半年的日本话还没有升堂，那样的一句话完全没有打响。我简直莫名其妙又把罐子给他们放还原处去了。

但是要说他们完全没有听懂我所学说的那句话吧，好像也不见得。晚上回来了，在灯下吃了晚饭。我大哥在陪着他们谈话，我也坐在那儿旁听。他们有时候又说到了我身上来，我以我的直觉晓得他们说的是我刚才学舌的那回事。我看他们的一个，就是那“佛菩萨”，指着

---

① 作者原注：日语“我”“你”“谢谢”“再会”的音译。

茶碗说“Chawan”（查汪），指着椅子说“Isu”（以死），除此以外，便加拉加拉的，我就弄不清楚了。后来大哥回到父亲房里的时候，他谈起这件事情。他说，那东洋人的意思是说他教我说那样长的一句话不大好，教小孩子学日本话最好取那发音相近的来教；就譬如茶碗和椅子之类云云。这样我自然可以懂了。但我们大哥说，他也佩服那两位东洋人，一个空的罐子就把给小孩子做玩具也并不破费的，但他们却吝啬着没有给我。他很失悔教我去说了那一句话。

东洋人吝啬不仅这一点。他们在我们家里住了好几天，我们也很有礼貌地款待了他们。他们回到成都以后，隔了好久给我们送了四本日俄战争的画报来。这使我们父亲也佩服着他们的慷慨了。

不过东洋人的一来也为我们乡下开通了不少的风气，最显著的是我们父亲从那时候起便开始吃生鸡蛋了。这在以前是连做梦也没有想到的。

放年假的时候，大哥也回来了。他那时候已经毕了业，在明年的正月里便要出洋留学了。由他的宣传号召，同县中跟他同去有十几个人。他的意思很想要我同去，但父母不肯。为这件事情也很争执了一回，但总没有成功。我自己后来时常在这样作想：假使当时是跟着我大哥同出了东洋，我一生的路径当然又不同，或者已经是成了一位纯粹的科学家罢？未曾实现过的事体，当然是徒费想象，但至少我这以后的生活是应该采取了另外一条路径的。

就在那第二年的正月元旦，我那时和我的父母是同寝室的，我很早地便起来了。父亲和母亲都还在“挖窖”①。大哥也起得很早，他走进房来了，便坐在我的床沿上和我两个谈话。

——“八弟，”他问我，“你是喜欢留在家里，还是喜欢出东洋？”

我说：“我当然想跟着你去。”

——“你去想学甚么呢？”

我却答应不出来：因为我当时实在不知道应该学甚么，我也不知道究竟有甚么好学。他代我答应道：

——“还是学实业的好，学实业罢。实业学好了可以富国强兵。”

其实实业的概念是怎样，我当时是很模糊；就是我们大哥恐怕也

---

① 作者原注：我们乡里的习惯元旦是要迟起的，俗间叫作“挖窖”，就是挖金窖的意思。

是人云亦云罢。不过富国强兵这几个字是很响亮的，那时候讲富国强兵，就等于现在说打倒帝国主义一样。我当时记起了我们沙湾蒙学堂门口的门联也是“储材兴学、富国强兵”八个字。

话头无心之间又转到放脚问题来了。大哥又问我是喜欢大脚还是喜欢小脚。

我说：“我自然喜欢大脚了。”

他满高兴地不免提高了一段声音来说：“好的，你很文明。大脚是文明，小脚是野蛮。”

——“混账东西！”

突然一声怒骂从父亲的床上爆发了出来。

——“你这东西才文明啦，你把你的祖先八代都骂成蛮子去了！”

这真是晴天里一声霹雳。大哥是出乎意外的，我也是出乎意外的。我看见那快满三十岁的大哥哭了起来。

父亲并不是怎样顽固的父亲，但是时代终竟是两个时代。单是对于“野蛮”两个字的解释，轻重之间便有天渊的悬殊。

除父母和沈先生之外，大哥是影响我最深的一个人，我在这儿还要费几行文字来叙述。大哥年青时分性格也很浪漫的。他喜欢作诗，刻图章，讲究写字，也学过画画。他有一部《海上名人画稿》和一部《芥子园画谱》，这是我小时候当成儿童画报一样翻阅过的。

《名人画稿》是工笔画。那里面有一幅公孙大娘舞剑器图，这和我在唐诗上读过的《公孙大娘舞剑器行》相印证，使我非常爱好。又有一幅美人图，是在一簇芭蕉之中画着半堵圆窗，一位美人掩着半边立在那圆窗里面。书是连史纸石印的，当然没有着色，但那题的诗句却是“万绿丛中一点红，动人春色不须多”。这真真是富于暗示的题句了。这红的一点不消说我可以想得到是那美人嘴上的樱桃。

大哥写的是一手苏字，他有不少的苏字帖，这也是使我和书法接近了的机会。我们在家塾里写的是董其昌的《灵飞经》，还有那俗不可耐的甚么王状元的文昌帝君阴骘文。《灵飞经》还可以忍耐，但总是一种正工正楷的书法，令人感觉着非常的拘束。但一和苏字接触起来，那种放漫的精神就和从工笔画移眼到南画一样了。

苏字在当时是很流行的，有多少名人大师都是写的苏字。这个倾向好像一直到现在都还支配着。这本来是很小的一个问题，但在这儿也表示着一个社会的变革。封建制度逐渐崩溃，一般人的生活已不能像古代那样的幽闭，生存竞争的巨浪也渐渐险恶起来了。所以一切的生活过程便必然地要趋向于简易化、敏捷化。苏字的不用中锋，连真带草，正合于这种的生活方式，所以它也就肩担了流行的命运。

大哥的诗、书、画，不客气地说一句话，好像没有一样可以成家。他后来到日本也学的不是实业，结果是为时流所动学了法政回来。去年我脱险回武汉的时候，他自重庆写信慰问我，言“安知非暗中有鬼神扶持?”我只好惊叹时代的进行真如电火一样迅速了！

六

在我十岁前后，和外界的社会起了剧烈的变化一样，我身体的内部也起了剧烈的变化。

我自己到现在都还在惊异：我不知道我为甚么会有那样早期的性的觉醒。

那最初的征候怕是在七八岁的时候罢？那时候我们的家塾还在三伯父家的屋后。三伯家和我们不同居，他的家在街面上，和我们相隔有两三家门面，但在后边是由一院空地相联系着的，在这空地上我们另外新建着一座学堂还没有完工。

三伯父的后院里面有一个花园，四围是有几笼竹林。峨眉山的山脉横亘在墙外。

有一天上午，读书读厌了，我借口向先生说要去小解——这是我们当时的唯一的偷懒手段。在家塾里读书是没有休息时间的，笔直笼统地要坐到把书读完，不是先生的大小便和自己的大小便，是没有松一口气的机会的。所以大小便便是我们的解放者，我们自然要尽量地来麻烦它们了。先生骂我们有一句口头话，便是“懒牛懒马屎尿多”。但是骂尽管是骂，多也未见得真多，而懒总尽管是要懒的。只要松得一口气，那时候真是达观，便是“呼我为牛便为牛，呼我为马便为马”了。

先生允许了出去小解，但并不往厕所里去，却走到园子里来。

时候是暮春天气，天日是很晴明的。一走到园门口来，看见我们的一位堂嫂背着手站在一笼竹林下面。她在那儿瞭望。她穿着一件洗白了的葱白竹布衫子。带着乳糜色的空中，轻松的竹尾不断地在那儿动摇。堂嫂的两只手掌带着粉棠花的颜色。我在这时突然起了一种美的念头，我很想去扪触那位嫂子的那粉红的柔嫩的手。但奇怪的是我

这个念头也不敢走去实现。

这位堂嫂是和我们同居的，我们三哥（大伯父的长子）那时也在家塾里读书，三嫂当然也是感着春闺的寂寞，希望在这儿和三哥邂逅的罢？但她那知道我那时那样的一个孩子也起了一个怪异的念头。

我立在园门前踌躇了一下，我也没有惊动她，便又转回家塾里去了。

这个回忆我始终觉得是我的性觉醒的最初的征兆。

但到后来实际泛滥到几乎不可收拾的，是在我十一岁的时候。

那时候我们已经移徙到新的家塾里了，家塾的教程也施行了新法。先生虽然没有教我们的体操，但是听随我们自己学习的。

家塾和峨眉山相对，仅隔着一道篱栅。在篱栅的左端有一道石门，石门外边便是一带的田畴了。

校园中在石门的旁近有一株很大的桑树，那虽然并不是庭园性质的树木，但因它很高很大，家里人爱惜着没有斫伐它。

我们就在那石门和桑树之间安上一根坚硬的竹木，这便成为我们的铁杠了。倚在桑树上又竖了一根竹木，以备我们学习猿升式的攀援。

就是那竖的一根竹木坏了事。

猿升式的运动是以两手和两脚夹着竹竿攀援上去，巧而有力的人便只用两手，我们最初学习当然是两手两脚的。竹木过粗，攀援的时候很费力气。攀上了顶了，总不免要用两脚把竹竿紧紧地夹着，以防坠落，以便在上面多休息一下。

有一次我就因为在那上面休息得过久，竟很怪异地感觉着一种不可言喻的快感。快感过后，异常的感着疲倦，便和熟了的一个苹果一样滑落下来。

就这样发觉了这种怪味之后，我便要时常来贪享这种快乐了。把竹竿当成了自己的爱人。

但是竹竿过高过大，未免太吃力了；后来在三伯父的园中又发现了一株还未十分长成的枇杷树，在一人高的地方有两枝对称的横枝，刚好可以托手。枇杷树虽还稚嫩，但因木质坚实，也尽足以支持我一身的重量。于是乎这枇杷树又夺去了那竹竿的爱宠了。

就在这样的时候不凑巧的又发现了几种奇书。

自从大哥出了东洋，我在他的书橱里面发现了一部《西厢》，一部《西湖佳话》，还有一部《花月痕》。

《西厢》是木板的小本，有些不甚鲜明的木板画。关于《西厢》的知识在各种机会看旧戏的时候，耳濡目染地一定得过了一些，但和真正的原书相接触的，这要算是第一次了。自己也晓得是小孩子不应该看的禁书，便白天托头痛把帐子放下了来偷看。那时候大约是暑天，因为先生已经回去了。

词调是不甚懂得的，但科白却容易看懂。因此，蛛丝马迹地也把前后线索可以看得明白。甚么“莺莺不语科”，“红娘云小姐，去来，去来”，“莺莺行且止科”等等，很葱茏的暗示，真真是够受挑发了。到了那时候，指头儿自然又忙碌起来，于是在不知不觉之间又达到了它的第三段的进展。从此以后差不多就病入膏肓了。连《西湖佳话》那样的书也含着了挑发性，《花月痕》那样的书，也含着了挑发性了。断桥情迹的幻影，苏小小的幻影，秋痕的幻影，弄得人似醉如痴了。

我偷看《西厢》，后来被我们大嫂发觉了，她去告诉了我母亲。我母亲把我责备了一场。但是责备有甚么裨益呢？已经开了闸的水总得要流泻到它的内外平静了的一天。这种生理上的变动实在是无可如何的，能够的时候最好是使它少受刺激性的东西。儿童的读物当然也是一个很重大的问题，回想起来，怕我们发蒙当时天天所读的甚么“窈窕淑女、君子好逑”的圣经贤传，对于我的或和我同年代的一般人的性的早熟，怕要负很重大的责任罢？

淫书倒不必一定限于小说，就是从前发蒙用的《三字经》也可以说是一本淫书。譬如说：

> 蔡文姬，能辨琴。谢道韫，能咏吟。
> 彼女子，且聪敏。尔男子，当自儆。

像这样好像是含着勉励的教训话，其实正是促进儿童早意识到性的差别。又如那些天经地义的圣人的典礼，甚么“男女七岁不同席”，“叔嫂不通问，长幼不比肩”之类，这比红娘、莺莺的“去来，去来”，所含的暗示不还要厉害吗？近来听说还有些大人先生们在提倡读经，愚而可悯的礼教大人们哟！你们为你们自己的儿女打算一下罢！

第二篇

一

一九〇五年科举废止了。嘉定府的首县乐山县开办高等小学。

小学是设在城北的草堂寺的，还在建筑中便开始招考，招考的时期好像是九十月罢。

科举初停，一切都还是旧时的习惯，我们乡里有十几个人去投考，差不多各人的父兄都亲自送子弟入城，就像遇着一件很重要的大事一样。

我当时也是应考者的一个，我的父亲也亲自送我入城。我们一共包了三只船，一同驶下嘉定。

从大渡河下嘉定是一船下水，假使是在暑天水大的时候，只要三两个钟头的光景。是在小水天，那就要五六个钟头了。

我们从清早动身，坐到午后三点钟的时候，远远看见有座很高的塔隐隐约约地从水平线上耸立出来。塔影渐渐鲜明了，在那右边又可以看见一座。前一座是嘉定城内高标山附近的塔，后一座便是正对着大渡河口的凌云山上的塔了。嘉定城一带红墙的影子也渐渐地在大渡河的左岸现了出来。高耸着的飞甍跃瓴的城楼，黑瓮瓮的森严的城门洞口，这在自然中长成的乡下人是第一次看见的。

我们同船的长辈向着我们说：

——“凡是初进城的人，进城的时候要向城门洞口作三个揖。”

这句话我们分明晓得是在开玩笑，但在心境里面总挟着几分怀疑，好像进城的时候真正是非作揖不可的一样。同时在他们长辈的心中，也怕同样地怀着了一种对于悲壮美的屈服罢？不然他们何以会拿作揖的话来向儿童们开玩笑呢？人力的伟大！这把城墙偶像化了。无论任何大小县城都有城隍庙，供奉城隍老爷，这不和小儿要向城墙作揖的心理是一样的吗？——城墙的壮美是四川普遍的现象，出省以来这种观感便缺少发动了。北京城的城墙究竟不愧是首都的关系，那的确是很雄壮的建筑。

我下府城其实也不开始在这一次。在很小很小的时候跟着母亲到过一次杜家场——我母亲的娘家。那时候我还只有一个兄弟，他还在吃奶。我们去的时候不消说也怕是赶的下水船罢，但这个记忆我一点也没有了。我只记得我们走旱路的时候，母亲乘着肩舆，我们兄弟两人是一人坐一个箩兜被一人担着。在田土里面走过，看见青青的菜叶。那时候一定是秋天，我记得是摘过胡桃的时候。在路上走的时候，太阳还有不小的力量，母亲把她的换洗衣裳来挂在扁挑的两端，一头笼着一件，就这样便刚好构成两个小小的圆锥形的天幕。我坐在这样的一个天幕里面觉得非常有趣，我时常从那衣缝的门口掉头去望母亲或者看别的事物。我总这样好动，挑的人只是诉苦。

那时候的我，怕至多也只有四岁罢。那时候的确是到过嘉定的。

我们的大舅住在城里，住在他的大女家中，我们叫她是张大姐。她的家在做木炭生意，同时也在卖煤球。我们有一位哑子的白痴的大表兄就是她家中捏煤球的工人。他的头非常庞大，那显然是一种水脑（Hydrocephalus）。他的白痴的原因就是在这水脑的关系上面了。他虽然是白痴，但他非常地爱我们，他看见我们便带着一种很亲密的痴笑，口中只不住“啊啦，啊啦”。

母亲的异母的二姐嫁在珠市塘的张家，我们叫她是张二姨娘。二姨娘的家在城北的外城之内，已经带有几分乡村的风味。家的前面是一片草坪，听说那便是珠市塘了。草堂寺就在家后不远的地方，从那儿有一沟溪水向珠市塘流来。

右手是一片岩窟，在那时候住着一个年老的女丐，我觉得她好像那童话中的熊家婆一样，她好像是吃人的一个女魔。

张家门口悬着一道立匾，写的是“太仆寺卿第”的几个字。这太仆寺卿是怎样的官职，我到现在也莫名其妙。听说我们二姨爹的大哥是李鸿章的好朋友。他的二哥或是三哥好像做过江苏的巡抚，他们的家本是煊赫过一时的。但在我小时去的时候已经是颓败得不堪了。颓败了的原因便是一时死了那两位撑天的台柱。

那两位有势力的兄长一死，全家就像冰山一样融解下来。二姨爹自己在家里起了一座私塾，靠教读糊口。他还有一位兄弟张十爷，这是很有名的一位疯子。我小时看见过他在大暑天穿着皮袍，拿着一柄光框子的团扇，有时又戴着一副光框子的眼镜。他的病症的确是一种躁性狂（Mania），但他狂的原因是怎样，我可不甚明白。他这狂病不消说也遗传到了他的儿子。他的儿子名叫张杰，仅仅小我一岁的光景，我们后来是在小学里同过学的。

——“张杰，张杰，你有胆量吃沙么?”

——“怎么不敢。”他说着便在操场上杓把沙来，接接连连地吞进肚里。

我们嘲笑他：“你这人真蠢！那好不卫生!”

他还扬扬得意地说：“昔时蚩尤，兄弟九人，铜头铁臂，以沙为食。夫蚩尤以沙为食，乃臂可铁而头可铜，何不卫生之有?”

他总是这样的调门。他有一回吃屎，别人笑他，他又要举出越王勾践尝粪的典故了。他的文字颇清通，也证明他的脑髓并未完全失掉作用，不过有时发作起来便莫名其妙。后来终竟退了学，更好像是跳岩死了的。

这位发狂的老表还算是我们二姨爹的子侄中的好的一个。还有几个我不认识，他们终年在外面浪荡，把钱用完了便偷家里的东西出去变卖，东西偷完了又下板壁，下屋顶上的瓦。到我们后来快要离开嘉定城的时候，二姨爹家里的中堂已经只剩下几根梁柱了。

那回我和母亲进城的时候，便住在这珠市塘的二姨娘的家里。这儿的确是比张大姐的家要舒展得多。

我记得那时候草堂寺正在唱戏。有一位张狗儿，他是在二姨爹家里走动的，大约是他们族上的人。他背起我去看过戏。戏场里的人很多，背在背上也看不见台上的戏文，他便把我跨在他的项上。

戏台上右边的台口上坐着一位戴野鸡翎子的女人，正在临镜梳妆。一位年青的公子在她的左手边偷看她，渐渐移到她的背后；那女子大吃一惊掉头回顾，那当然是因为镜子里面现出了一位男子的影子了。女子一掉头，男子又赶快躲藏了。就这样一隐一显地往复了好几次。台上的乐器也就时抑时扬地帮助这种动作的律吕。

这是川戏《游金河》的一个场面。——这不消说是后来才知道的。这戏的情节我现在也记不的确了，约略是一位贵家的公子在金河弄舟，舟复落水，被神人引到龙宫，与龙王公主配合成亲的故事。那场面便是与龙王公主初次见面时的光景了。奇妙的是这场光景在幼儿的脑中留下了一个深刻的记忆。

我们住在二姨娘家里，那张大姐说起了闲话来，在第三天晚上母亲生了气，便临夜赶回杜家场去。杜家场在嘉定城东南，隔着了那条大渡河。从城北到东门乘船，势必要穿城而过。我们母子三人同坐在一乘轿子里。母亲在轿门外插了三炷香，一面走，一面唤我们的名字：

——“八儿，讶出回来哟！元儿，讶出回来哟！”……就这样反复地呼唤着我们，这是怕我们的魂魄在黑暗中被甚么鬼魔骇出了躯壳，所以不断地在替我们招魂。这是我们乡下人的一种迷信。这种迷信好像是有世界性的，我们假如读过德国诗人歌德的《魔王》（《Erlkønig》）的时候，我们一定便要生出一个联想。一位骑在马上的父亲怀抱着一个幼儿在夜中走路，魔王来诱惑幼儿，幼儿看见了那魔王的尾巴，听见了那魔王说话。父亲几次替他排解。但等他走到自己的中庭，幼儿已经死在怀里了。

母亲一面叫着我们，我总觉得有点奇怪。不消说我是没有看见魔王的尾巴，也没有听见魔王说话，不过在那黑洞洞的轿中站着，时而又穿过两面都是封火砖墙的阴晦的窄巷，也觉有些阴气逼人。

像这些事体——《熊家婆》的女丐，《游金河》的场面，赶夜路时母亲的招魂，封火砖墙的阴森——虽然很模糊，可确确实实是留在记忆里的。那凌云山上的塔，高标山上的塔，赭红色的城墙，黑魆魆的城门洞口，应该是在幼儿的眼里显现过的东西，但不知怎的关于这些易惹注意的物象却偏偏一点记忆也没有。

我就这样在一九〇五年进城的时候，就像第一次才看见了这些事物的一样，起了一种很大的惊异——哥伦布发现了新大陆时的惊异怕也不过如是吧。

——我现在想起《熊家婆》的故事来了，那大约是在二姨娘家里听得来的。那的确是德国的 Grimm① 童话里面的《红帽子》（《Rotkäppchen》）的古语。红帽子姑娘的母亲叫红帽子姑娘送点心和葡萄酒到林子里的家婆家去，在路上遇见了一匹老熊②诱惑她去采花。老熊先跑到家婆家里去把家婆吃了，那老熊把家婆的衣裳穿起，装起家婆来，这便是所谓熊家婆了。等那红帽子姑娘跑到时，她又被熊家婆吃了。——我所隐约记得的熊家婆的故事好像就在这儿截止。但在德文原文上还有一段后文。狼把红帽子和家婆吞了之后，便在床上睡熟了，发出很大的鼾声。一位猎夫走过，发现了它，用剪刀把狼的肚腹剪开，红帽子和家婆又活了转来。红帽子还赶快去运一个大石头来装在狼的肚腹里面。等狼醒来，要走也走不动，终被压死了。

① 作者原注：十九世纪德国著名的童话作家。

② 作者原注：德文原文是狼。

《熊家婆》的故事我相信一定是从这《红帽子》转化过来的。二姨娘家里人早在江苏一带往来，这种外国的童话，或者由英文的翻译，或者由德国的原文，很有可能由他们输入到了我们嘉定。但可惜我的记忆并不甚强，终竟只记得一点模糊的影子。

二

考试的规矩差不多完全和旧时的科举一样。因为科举初停，而且小学毕业的资格在当时是秀才，所以有不少的年老的童生投考，年在三四十岁以上的都有。

考的地方就是从前的考棚——这在后来改成了嘉定中学校。差不多有一两千学生拥集在考棚的仪门前应考、点名。点了名进去是左右两列很长很大的敞廊，夹着一个很宽很大的草地。敞廊里面横设着一排一排的案桌和板凳。案桌是在两边的石板桩上放着一个长而厚的木板构成的，在最外面的一个石桩上编着“天地玄黄宇宙洪荒”的字号。

考题是一道国文题和几道数学，我老早就把卷缴了。抢食了场中的面包之后，和一些小学生们把考案移在一个石桩上，一人骑着一头，便一上一下地闹起轩轾戏来。

头场揭晓了，在将近两百名的考取生中我考的是第二十七名。在同乡的几个人中，我最年少，我也最占上列。父亲真是欢喜异常，就好像小考的时候我已经挂了水牌，立刻便可以成为秀才一样。

复试的情景也约略同样，结果我在正取九十名中考上了第十一名。别人很夸奖我。我父亲替我谦虚，其实他自己也是暗暗得意的。很阴郁的父亲平时不大肯笑，但在我考上了小学之后，他时常带着笑容。在城里带着我走了好几处亲戚人家。

我们那位疯癫识倒的大舅说：杜家的一门风水传到五姨娘（这是指我们母亲）那里去了。

我们的张二姨爹说：八老表和大老表一样，年少成名。

我自己真是不免有点肉麻，我不知道怎么会受他们那样的夸奖。

在我考试期中我们时常去游城内的高标山。山在城的西部，那和它的名字所指示的一样，实在是高标在一切之上。从那儿可以俯瞰城市，从那儿可以眺望四方的远景，从那儿可以看见嘉定城就像一个楔子一样，楔在两条河的中间。

一条是从我们的故乡流下来的大渡河，那在城的东西流过。

一条是从成都流下来的岷江的支派——府河（大约就是平羌江），在城的东北角上与大渡河汇合。

大渡河的流水是比较湍急的，府河便十分平缓。两河合流的地方就好像府河是被大渡河冲断了的一样。就在这合流处的北岸有一带浅山，那便是凌云九峰了。这把大渡河的水势障着，使两河合流后的河水不能不折向东流。

正当着大渡河口的凌云山的崖壁上，我们可以看出一个很大的石佛。那是唐朝时候一位海通和尚修的，很深很阔地把山崖凹陷了进去。这在当年大约是为减杀水势的原故罢？但就在那样功利的目的之下，竟凿就了那么一座伟大的佛身，作为永远的装饰。唐代封建文明的进步的确是可以惊人的。

石佛坐北向南，正整地和峨眉山觌面。峨眉山的山脉远远地横亘着，成为天然的屏障。

两河合流后的一段江水大约就名叫青衣江罢？明朝时候有一位乡贤（他与王阳明同时，是为谏刘瑾受廷杖处死的，在高标山上有他的祠堂，好像姓彭，名字我不记忆了①），他有两首即景诗是：

青衣江上水溶溶，隔岸遥闻戒夜钟。
闲借竹床听梵放，月华初到第三峰。

这首怕就是在高标山上做的，在空气很清澄的时候，凌云山上大佛寺的暮鼓晨钟，不消说可以听见，就是木鱼的声音也隐隐地可以传来。

林竹斑斑日上迟，鸟啼花暝暮春时。
青衣不是苍梧野，却有峨眉望九嶷。

这首大约又是在凌云山上做的了。在凌云山上有这首诗的一个石碑，是倚立在大佛寺的门前的。这在从前听说被农人们运去做成了石

① 这位乡贤不姓彭，而是安磐。

桥，被王渔洋发现了，又才收复了转来。

这两首诗真可算道尽了嘉定城周围的那种氛围气。

嘉定城的确是有几分旧式的诗的趣味。王渔洋的《蜀道驿程记》上说：“天下之山水在蜀，蜀之山水在嘉州。”——这可不是四川的嘉定人对于他的故乡的阿好语了。

考试过后，我们同到蒙学堂的刘先生的家里去，他也是送我们入城考试的一人。他的家就在凌云山的背后，我们便先上凌云山去游玩一回。

从迎春门出城走到府河边上，渡过河有一个小小的村落叫篦子街。在街的东头就是登山的道口了。

临河的山道在岩壁的半腰作平缓的倾斜而上。山石是赭红色的，清洁的泉水在路畔的细涧中流泻。临河的一面有蓊郁的丛林，只能听见水声，看不见河面。依岩的一面都是岩壁。岩壁上有所谓“蛮洞”（其实是汉墓），有历代文人墨客的题壁，有一个周年不断的滴泉汇成一个小小的清池，池后向前倾斜的岩壁上面大书着一个“龙”字。——这或者就是苏东坡的诗上所说的“龙湫”罢？

苏东坡有一首诗好像就是在这凌云山上做的，我只东鳞西爪地记得几节是：

> 生不愿封万户侯，亦不愿识韩荆州。
> 但愿身为汉嘉守，载酒时作凌云游。
>
> 虚名无用今白首，梦中却到龙湫口。
> 浮云轩冕何足言，惟有江山难入手。
>
> 峨眉山月半轮秋，影入平羌江水流。
> 谪仙此语谁解道，请君看月时登楼。

苏东坡是在凌云山上读过书的人，就因为他那“载酒时作凌云游”的一句，岩壁上也有一处刻着“东坡先生载酒时游处”的九个字的①。

在这题壁的附近，约略在登山的半途上，那伟大的石佛的颅顶便从岩畔突兀了出来。

石佛的颅顶刻着螺髻，从山路可以跨到头上去，一头都是很滑的青苔。那头顶的面积可以容下二三十人的光景。

大佛的顶上古时原有佛阁，在明末时候被张献忠烧毁了。佛阁的遗址只在两旁的石壁上留着了几个笋头穴。佛身从前也是金身，过了露天生活几百年，现在是一身的杂草了。

佛的右手有一条羊肠小道，我们走到半途，路便断了，这在古时怕就是走进佛阁的通路。由佛阁应该再有阶梯可以一直达到莲台的脚底的，那儿有一个小小的草坪。

大佛寺就在石佛的背后不远。更朝山上走，在那最高峰上便是苏东坡先生的读书楼了。此外还有甚么人的注易洞，有郭舍人的尔雅台，一座凌云山尽足够骚人墨客们一日的游玩。

三

小学是在一九〇六年的春正开学的。

所有的学生都在堂里寄宿，我们从乡里进城便一直搬进学校。

这就草堂寺所改修的学校，我要算是前度刘郎。从前的戏台毁灭了，那儿成了学校的正门，和一带办事人的居室。戏台前面的广场成为操场，面着一片银白的细沙。左边是自修室，右边是寝室，正面的大殿便改成讲堂了。

学校的背后是一片荒山，同时也就是一片荒坟。建筑在那荒山上的外城便天然的成为了学校的后墙。学校左翼的尽头处有一道城门名叫得胜门，这是证明那外城在平定了一次内乱之后修的，听说修后还不很久，大约是李短纰或者蓝大顺起事时的事罢。

小学生活的第一学期，我虽然经过了性的觉醒，但还没有完全失尽我自己的儿童生活的天真。因为是过渡时代的学校，学生的年龄相隔很远，三十岁上下的成年要占过半数以上。我的年龄算是最幼的一起，体操的次序我是站在倒数第三的。

---

① 该处石刻为“苏东坡载酒时游处”八字。

第一学期的课程，贫弱到不可思议的地步。

入校不久，校长陈济民先生便辞了职，他到离城三十里的流华溪公立小学校去当校长去了。他为甚么辞去官立去就私立，这儿当然有种种的暗潮存在；但这种暗潮的内幕，我们当时可无从知道了。

最令人害怕的是绰号名叫“老虎”的监学易曙辉先生，他教了我们一些乡土志。这是比较有趣味的一门功课。他把嘉定城附近的名胜沿革很详细地教授了我们，同时还征引了些历代文人的吟咏作为教材。这虽然是一种变格的教法，但于我们，特别是我自己，却有很大的影响。不过听他的功课是一种苦事。在一点钟之内，坐在凳上，他不许你动移一下。你要略略动移一下，他便要大发雷霆了。学校开办后，“扑作教刑”的古制虽然废了，但他依然还是要打人的。

他是一位副榜，从前教散馆的时候也就可怕得有名。他的“老虎”的绰号就是从那时候得来。但在我们小学生中又把它音变而为“老鼠”了。他的眼睛很近，根据“鼠目寸光”的成语，我们又号他为“寸光先生”。但是事实上我们之怕他，实在比老鼠怕猫还要厉害。他的面色就像戏台上傅了粉的奸臣一样。两个皙白的面庞，一个大红的酒糟鼻，一副玳瑁圆框的近视眼镜。他一叫唤起来，真是有咆哮生风的虎威。

但就是这样一位可怕的先生，他不久又病了，一直到了暑假都没有回校。

结果只剩着两位先生。

一位是帅平均。他是本县的廪生，是以本县的官费最初送出东洋的。他是那时候日本人特别替中国人办的骗钱学校宏文师范毕业的学生。他担任的教课是算术、音乐、体操、读经讲经。

他的算术真是可怜，除了照着钞本教了我们一些就像图画一样的罗马数字以外，他演起习题来差不多连加法都要弄错。

他学的是甚么柔软体操，教了我们许多日本式的舞蹈的步法。

他的音乐最是自鸣得意的，他按会了风琴，教了我们好几首“吾党何日醒”的爱国歌。

这些便是他关于新学一方面的学问，县里人费了不少的公费特别派遣人到日本去学习得来的一点成绩。帅先生已是中年，又没有甚么科学上的准备知识，当然也怪不得甚么，不过日本人惯会办学校来骗中国人的学费，这是公然的秘密。

帅先生的授课比较有趣味的还是他的读经讲经。第一学期中他整整地教了一篇《王制》，这是使我和旧学接近的一个因数。《礼记》中的《王制》是饾饤不可卒读的，但他把它分成经、传、注、笺四项，以为经是仲尼的微言，传是孔门的大义，注笺是后儒的附说。就这样把它分拆开来，也就勉强可以寻出条理了。

帅先生说：这不是他的发明，是得自他的“吾师廖井研”的传授。这“吾师廖井研”的五个字在一点钟里面他怕要说上一二十遍。因此他的绰号也就成为“巫师吊颈”，再反过来便成为“吊颈巫师”。廖井研就是四川井研县的廖季平先生了，他是清朝末年我们中国的一位有名的经学家。他是张之洞、王壬秋的门下生，听说张之洞有些学说是剽窃他的。譬如《公》《谷》《左》三传一家说便本是廖季平的创造。他的根据是公谷双声，羊梁叠韵，同为卜商的音变。《论语》孔子有“启予者商也”① 的一句话，启予就是左丘。子夏丧子失明，左丘失明厥有《国语》；所以左丘明就是卜商。

廖先生的经学多半就是这种新异的创见。他以离经叛道的罪名两次由进士革成白丁。就在宣统年间清廷快要灭亡的时候，他还受过当时的四川提学使赵炳麟的斥革，把他逐出成都学界，永远不准他回到成都。他在新旧过渡的时代，可以说是具有革命性的一位学者。康有为的《新学伪经考》，听说也是采取了他的意见。

廖先生大约现在也还健在罢？他的著作极多，他的弟子可以说普遍于四川。帅先生是他的一名高足。帅先生很尊敬他，在我们当时看来，觉得他就好像是一位教祖。

帅先生的功课就是这几门，但这几门是并不吃力的学问；就是应该很艰涩的经学也因为他的教材有趣，我是一点也不觉得辛苦的。

剩下的还有一位刘书林先生。他是成都附近的什邡县的人，也是一名廪生。他这人非常的温和，在小学校中能够和学生接近而且没有绰号的，就只有他一个。他担任的是历史、地理、作文。

就因为这样的原故，在第一学期中，我差不多一天到晚都在操场上玩耍。在操场上抛沙作戏，在操场上打兔子洞，在操场上翻筋斗。不到上灯，没有上自习室的时候。

---

① 语出《论语·八佾》：“起予者商也”。

除在操场里游戏之外，我们还有一件更专心的工作，便是毁坏偶像。学校本是寺院改修的，正殿和后殿依然存在，一些偶像都是垂下了帘幕的。在后殿的右手边有一座送子观音院，当中塑着三尊送子娘娘，下面塑着许多站像。观音院本是有木栏围着的，把木栏的柱子拔去一根便可以容一人进出。我们起初只是在院里作戏迷藏，或者爬上莲台去把送子娘娘头上顶着的红绫带子取下来。后来我们在偶像里面发现了一个秘密。

有一个站像，是一个裸体的男孩，头上戴着一顶瓜皮小帽，这帽子原来是可以揭下来的。我们把帽子给它揭下，在它的头顶上发现了一个小洞。原来那孩子的肚腹才是空的。把水从头上灌下去，水便从玉茎里流泻出来。这不消说就是从前的和尚对于祈求子息的人的一个骗钱的工具了。

这一个发现激起了小小的偶像破坏者的义愤，我们开始推倒那些偶像，更向它们撒起尿来。后来经施主们提出抗议，更在木栏外筑了一道板壁，我们便无从进去了。

在第一学期中我有一个极好的朋友名叫吴尚之，他和我同年同月，只比我长得几天。他的身材比我矮小，看来就像我的弟弟一样。

他是城里人。他的家就在月儿塘的丁东街，在城内是很有名的地点。那是在文庙的附近。文庙前面有两叠半圆形的泮池，池畔是砌着红石栏杆的。就因为这泮池的原故，在那文庙附近的区域就叫着月儿塘。在泮池前面不远有一眼异常清冽的井，井内流泉的滴落时常丁东有声，因此便名叫丁东井。那丁东街又是因为丁东井得名的。

尚之的性情很驯静，他的面貌、言语、行动，都带着一种驯静美。他的性格可以说和我是相反的，但我们却是非常亲密，比兄弟骨肉间的感情还要亲密。

我认识他是在入小学校以前，还是在考小学校的时候。有一天上午我到高标山去，无意之间就走到县城隍庙的背后去了。

县城隍庙的后部是一所有名的蒙学校，那后面的敞场里有秋千，有铁架，有浪桥。有许多学生正在那儿游戏。

我立在高坡上看望他们。那时有一位很驯静白皙的少年从那草地走上坡来。他穿的是青洋缎的马褂，葱白竹布的长衫，我一眼看见他就好像接近了一个很清净的存在一样。他比如就像一个水晶石，隐隐含着有一段冷意，但这是很有含蓄的一种冷意。

我看见他，他也看了我一眼，但我们彼此都没有招呼，不消说我们彼此都不知道姓名的。

这位驯静的少年就是尚之了。后来他对我说，我们的初次会面，他也和我一样，是留在记忆里的。那回他是由学校里回家。

因这样的一见倾心，我们不久便同了学，而且还同在一个自修室里。这不消说是很容易给我们一个亲密的机会。但我们是怎样亲密起的，我却一点也不能记忆了。

他喜欢研究地理，最爱画地图，而且画得非常精巧。他比我用功得多，白天是不大肯在操场里面闲耍的，毁坏偶像的玩意儿他也决不肯做，但他时常肯和我“奋飞”。——这是我和他两人之中的一个暗语，我们在夜间上自修室的时候，只要有一个人说一声“奋飞”，我们便先后偷出学堂门，在城内去游散一两点钟回来。没有假单是不得出学堂门的，但我们和那门口的张稽查串通了，我们答应他给他买些咸牛肉、豆腐干或者落花生回来下酒，他是不阻碍我们的。

我们差不多天天晚上都要“奋飞”。奋飞出去做些甚么呢？大概是吃酒的次数多了。

尚之家里也是卖酒的。在玉堂街小十字口上他们开了一家酒店。我们便在那儿附近买些白斩鸡来下酒。嘉定城的白斩鸡是最有名的，那是很简单的一种做法，把鸡在白水里囫煮，煮熟后切成肉片拌以海椒、酱油。就这样简单的烹调法，却是最可口的佳肴。做这种小生意的，在嘉定城里差不多处处都是。雪白的鸡片，鲜红的辣油海椒，浓黑的酱油……这样写着都禁不住唾涎的津津分泌了。

礼拜六是有半日休假的，城里人并且得以在家里过夜。休假的时候，我们总是时常在一道，登高标山，游凌云山，进西湖堂，城内城外尽有供我们游玩的地方。同一的地方，我们每次去游玩，也不会生出厌倦。

晚上他要回家，我也不得不回学堂了。我送他回到丁东街，他总又要回送我一程。我们在月儿塘那个空地里面，送来送去的，总要送好几次。

礼拜，我一早起来，便要跑出学校了。跑到甚么地方去呢？不是跑到玉堂街，便是跑到丁东街。找着尚之时，又是一天的游玩了。遇着下雨或者彼此有事情的时候，那我们便要彼此感觉着痛苦，彼此都

写起信来。等第二天见面的时候，你拿给我看，我拿给你看。

我们决裂的时候也有，并且是容易决裂的。到那时候便彼此不说话，这样地闷过一天或者两天，便又用纸条子写起信来互相责问。责问的结果大家把意思疏通了，便又豁然地好起来了。

这样的情景，我们差不多是陷入了一种同性恋爱的心理一样，但是我们的相爱确是比恋爱更严肃。在旁观者看见我们，也有不少的人疑我们有甚么关系的，在我们当时的那些卑劣的同学们当中，这种揣测怎么也是难免。

那时候的那些同学们，不知怎的，大概都是一种变态性欲者。面貌稍微端丽的人，他们都要以一种奇异的眼光看你，他们都好像把你当成了女性的一样。一种不好的很普遍的习惯便是见了你咳嗽，这和一般下流人，见了年青的女子走过身时，向她咳嗽是一样的意义。

还有一种更下流而且在我们当时的同学中非常普遍的怪现象，便是“偷营”的事。这是在夜半深更乘着别人睡熟了要想去亵渎他的一种勾当。这在当时的小学生中稍有面首的差不多都人人自危。

我记得，那是在第一学期的暑期试验的时候了。有一位姓杨的同学，他有一天晚上约我半夜去唤醒他，他要起来温习功课。我照着他的约束去唤醒他的时候，他真可怜！在那样热的天气，我们差不多甚么都不盖的，他却是拥着很厚的棉被，在脚的一头而且还是用带子来捆了又捆的。他睡得很熟，但一头都是汗珠。我看见这样的情景起初很奇异，但我立刻觉悟到他是在严防“偷营”的了。

就是吴尚之咧，在当时也有人向他起过异心的。那是在第二学期中的事了。有一天晚上已经点名进了寝室，在九点钟摇铃熄灯前的十五分钟里，我从一间寝室的窗外经过，窗内有几个人正在聚首商谈，谈的就是怎样去暗算尚之的事。

那时候我和尚之不知道又因甚么事情决裂了，我不好直接去告诉他，我便托了一位姓蔡的同学去和他说：叫他今晚上睡觉谨慎些。

不知道是传话的人传错了，还是尚之听错了，他竟疑我要去偷他的营，这把尚之气坏了，和我竟有两三个礼拜不谈话。

当我们恢复了交情之后，有一天晚上他叫那位姓杨的小同学来叫我进他的自修室去。那时候他已经和我不同班，我们是不同自修室的了。他说：“你对于朋友很忠心，你很好，刚才你和你那几位同乡谈话，我派了侦探去听来。”

他派的侦探就是那小同学杨君了。

原来我的几个小同乡也疑我和尚之有甚么丑恶的关系。他们那天晚上在饮茶室里问我，我极端地否认，而且还责备了他们几句。

我和尚之是结拜成了兄弟的。这种结拜的风气在小学生中很盛行，但是交谊的笃挚却没有人赶得上我们。

我小时候的记性颇好，尚之也很不弱。

我记得是第一学期的学期试验的时候，刘先生讲的历史是《十六国春秋》。那一些胡人的名字，是非常难记的。

尚之和我藏在一间没有人的自修室里面。我们彼此拿着书本暗记。我们分十行一次，十行一次的竞争，结果是只读一两遍便两人都记得了。

在那一回他吐了一口血，这使我非常惊骇。我们那时候当然是一点医学常识也没有，满以为他是过劳把血累出来了的。我觉得非常地对不住他。但是尚之说：他时常有这样的毛病，不要紧。——照这样看来，他当然在年幼的时候，就是得着肺结核的险症的了。

在第一学期中的生活只是“玩耍”二字，但是出乎意外的是学期试验的成绩我竟占了第一名。这使全堂的人都出乎意外了。

天大的风潮激发了起来。

第一，我是贪耍的一个孩子，平时毫不用功，何以会有那样的成绩？

第二，我在家塾里是相当受了科学的洗礼来的，同学的老学生们当然无从知道。

第三，我的高列损伤了那些老学生们的尊严。

第四，学堂的校长辞了职，监学病了，只剩着很软弱的帅先生，很温和的刘先生。

老学生们爆发起来，他们竟不惜加我以无上的污名了。

当时我还未满十四岁。我有一个丰满而白皙的面孔，因为发育好，身体很健康的原故，两颊上晕着红潮。还有我们家里的习惯和城里的风气不大谐和的，我们那时候还有辫子，我们家里是要用红头绳缠的。这在平时也就常受城里的学生和老学生们揶揄的了。到风潮起来的时候，他们的残忍性便尽情地发泄了出来。

他们举出代表去包围帅先生，他们要查卷子。代表在教务长室和

帅先生谈判的时候，一大群的人便围在窗外，大家你一声我一句地乱吼。

——“不公平！不公平！”

——“可惜我们的面孔不好看呀。……我们也去买根红头绳子来缠辫子罢！买点粉来打罢！……搽点胭脂罢！……”

起初我不知道他们在闹些甚么，我还走去看热闹。

一位姓徐的老学生，他那时候已经有三十二岁，一把捉住我的右手。他说了一声“你好呀！”捉着我总是不放。怕有十分钟的光景罢，我的手指都麻木起来了。好容易他把手放了，我的右手颈上显出一轮一轮的血痕，就像戴了几副紫藤手镯一样。

榜也扯了，卷子也考查了。他们又找不出甚么不公平的证据出来。把那位帅先生从教务长室赶到校长室，从校长室赶到会客室，无论如何要他改榜。那帅先生逼得没法，也就只好扣了我几分分数。因为我在端午节请过一礼拜的节假回家。我被降到第三名，一般老学生方才把气平下去了。

四

——“射人先射马，擒贼必擒王。”

受了侮辱的小学生暑假回到他的故乡，他所苦心惨淡地筹划的便是暑假后怎样去洗刷他的耻辱。

他晓得那些老学生们是很卑怯的，他们只是欺软怕硬。他的计策便决定了：暑假过后他要专门和他们所惧怕的先生们反抗，特别是那帅先生，那是他恨入骨髓的。

在他的意思以为那帅先生也是欺辱了他的一个。

端午节请假回家，原是学校准许了不扣分数的：因为城厢附近的人三天的节假中可以回家，而且平常的礼拜六和礼拜都是准许回家的。离城过远的人占不着这种便宜，所以才给了那种特典。但是那帅先生却被老学生们胁服了，终竟扣了我的分数。

扣分数是不要紧的，但那些老学生们所借口的不是说他徇私，不是还加了我一个不堪入耳的污辱吗？他不惟不惩戒他们，而且还屈服了；还岂不是自己承认是徇私，并且证明他们所妄加于我的污辱是事实吗？

“是可忍，孰不可忍？”——我到下学期去总要报仇！

就这样我决定了报仇的方针，在暑假过后又进城上学。

第二学期的学堂比第一学期要算是大有起色了。

易先生当了校长，他的病也好了。

前任的校长陈济民先生也回到了学校里来，他专门担任国文。

这位陈先生是一位举人，他是再滑稽也不过的。但他的滑稽是包含得有针刺的滑稽，大家都有些怕他。

他是把包慎伯的《艺舟双楫》拿来作教材的。讲的是奇偶急徐、起承转台的文法。文法的引例是《尚书·尧典》，这可以说是非常的艰深，但是在他讲来却是津津有味。不过程度太浅、全然不感觉趣味的人也怕是有的。因为在他那样有趣味的钟点里，偏偏有人睡觉。像遇着这样的时候，那陈先生的滑稽性便要发挥出来了。

——“O-ho，O-ho![1] 去了，去了。”

他偏着头，斜着眼睛，用这样的腔调形容那打瞌睡的人。那打瞌睡的人不消说是把头垂着就像风中的向日葵一样，东偏西倒，前颠后拐的。

陈先生一形容着，满堂的人便要笑起来。那可怜的人还是笑不醒的时候，陈先生便要打开讲堂门连呼学堂的老杂役李华：

——“李华！李华！你赶快抬一架床来，给某某先生睡觉。”

满堂的人哄堂大笑起来。——像这样的哄堂大笑，原因不必是一样，在陈先生的教课时间里总要发作一两次。

陈先生教课非常亲切，他改国文每改一个字或者添一个字，他都要很详细地替你说出理由来。他是一个理想的小学教师。

他本是一位举人，他的专门学识是《大清律例》，但关于这项，我们没有受过他的教益。

第二学期开学不久便行了一次分班考试。因为嘉定府在第二年便要开办中学了，要在小学堂中预先抽一班人出来提前毕业。

分班试验只是一道国文题，我考的第三。那是易先生出的题，易先生看的卷子。这回可没有人说闲话了。

分班的标准不消说就在这国文程度的高下，但是还有一个附带条

---

① 作者原注：鼾声：阿呼，阿呼！

件，而且可以说是重要的条件，便是年龄的大小。年龄大的人虽然文字不好都可以升入预备班，年龄小的人那就不免有些危险了。

那一次照易先生及其他先生们的意思要把我降到乙班的，是刘书林先生替我力争，才得保持在甲班里。事实上年龄虽比我稍长几天而体格却小过我的吴尚之，他虽然考的第七，但也降到乙班去了。

尚之降到乙班，这是我们当时的一个共通的痛苦。我们虽然同住在一个学堂，但我们的生活势不能不渐就分离了。

自从分入甲班以后，我又得到了一个新的朋友。这位朋友名叫张伯安。他的左眼是瞎了的，一脸都是天花的斑痕。他失了的一只眼睛听说就是出天花的原故。

他是一位数学的天才。在小学校的当时，凭着自己的力量，他已经通晓代数了。

他在第一学期的时候，和我差不多完全没有关系。在第二学期中，是怎么突然亲密起来的，我现在也不记得了。他是二姨爹族上的一位侄孙，我们最初的接近好像是在二姨爹的家里。

伯安比我要大一两岁的光景。他和尚之是同小学的，在前原是非常的亲密，但在学校的第一学期中，他们也因为甚么事情决裂了。他们绝了交半年，经我的调解，又才把他们的交谊恢复了起来。我们三人真真正正学起了桃园结拜的故事来了。我们的结义愈添愈多，由三人添成五人，由五人添成七人，在中学堂的时候竟添到二三十人。有许多人，我现在连名字都想不起来了。

我同伯安交好之后，我们的聚合便集中在他的家里。他的家在高北门外。他的父亲和伯父都是江湖上掌码头的大爷，是很可以号召一两万人的。就因为这样喜欢交游的原故，他们的家业非常空虚。不久他的父亲死了，他的伯父也相继死了，剩着许多兄弟姊妹，全靠伯安一个人支持。后来他虽然勉强从高等学堂毕了业，但他终没有机会出外发展他的禀赋。在我们四川的那样个井底天里，可惜埋没了一位天才。

第二学期中把原有的学生分成两班之外，还招了一班丙班和一班半年毕业的师范班。许多老的学生也转入师范班去了。

班数一加多，教员也不能不添聘，我们便得到了好几个新的教员。

有一位是杜少裳先生，他是一位廪生，也是由日本宏文师范毕业，在暑假期中才回来的。他这人很聪明、很敏捷、很漂亮，一般人给了他一个绰号叫做“水晶猴子”。他是易先生最得意的人。他教我们甲班的数学和物理。

还有一位是王祚堂先生，他也是一位廪生，是成都高等学堂预科毕业的。他的性格和杜先生刚好成一个对照。他很温厚、很寡默、很朴素，而且很矮，我们叫他是“地藏王菩萨”。他教我们甲班的历史、地理。他却是陈先生的得意门生。

这两位先生来了之后，便把刘书林和帅平均两位先生挤到乙班去了。但是帅先生依然在教我们的读经讲经。他讲的是《今文尚书》，以孙星衍的《伏生今文尚书》为教本。我们在家塾里读的《尚书》是梅赜的《古文尚书》，经他的解释我们才知道经学中有今文派、古文派的辨别。事实上帅先生所给我的教益是很不少的，但我因为上学期受了侮辱的关系，我怎么也不能满意他，无论遇着甚么事情我都要和他反对。

我是决定了以反对教员为宗旨的，我已经把那种无嫌猜的儿童精神完全失掉了，学堂里的新旧先生们我差不多没有一个没有反对过的。就是最令人害怕的易老虎，我也犯过他几次的逆鳞。

学堂后面都是乱葬坟的荒山，因此学生间有许多人怕鬼。终日锁闭着的寝室，在晚上点名进去的时候差不多是谁也不敢走前头的。晚上大家都进了寝室后的自修室，也差不多谁也不敢一人留着。荒山上大约时常是有鸱鸟啼饥的，那样的时候大家便要以为是鬼在叫了。

有一回礼拜六的晚上，大家都进寝室去了。我和尚之两人在自修室里留着（从第二学期起，礼拜六的半日休假废止了，城内的人也不能不在堂内寄宿了）。易先生突然走了进来，他是有几分酒意的，大约又是和几位名下士在渝州公所撞了诗钟回来的了。

——“啊，你们两个小学生还胆大，不怕鬼啦。”

尚之说：“我们不怕，易先生，你怕不怕呢？”

——“我怕？”他反问一声，“哈，哈，哈，哈，鬼倒要怕我啦！邪气是不敌正气的，像我这样的人是‘清明在躬，志气如神’①，鬼哪里敢来近我？哈哈哈哈哈……”

我说：“易先生，你的见解还没有升堂入室。”

---

① 语出《礼记·孔子闲居》：“清明在躬，气志如神。”

——“唔?”他把两只眼睛白着。

——“我们学过物理学的人，晓得鬼神这样东西是根本没有的。”

——“哈哈哈哈哈，现在的学生要打老师的翻天印了。”

这回真是出乎意外的他一点都没有生气，他说完了后还把手来在我们头上摩了好几下。

学堂里的饭桌是长方形的，两端各坐四人，中间放一个饭甑。座位是依着体操的顺序坐的，所以我们的一桌是最后的一桌，刚刚缺少一个人。

上半年把我的手捏出了好几个指痕的那位徐老童生，因为他的祖母或者母亲过了世，他来校得很迟；食堂的顺序已经编好了，他便只好和我们同桌。

这位老童生是一位饕餮，饭量既佳，吃菜更不让人，吃了这一边的，还要吃那一边的。我们把他厌恨极了。

有一天中午，我们几个小学生约定：我们每次盛饭都要盛得很少很少的，彼此轮流地把饭瓢把持着不使落在他的手里。这样十二分幼稚的计划公然把那位老童生难着了，等我们把菜抢干净了，他始终只吃得一碗饭。

饭后他公然跑去告了我们，这倒是出乎我们的意外的。

易先生把我们七个小孩子叫去和徐老童生对审，在办事人会食处里面。窗外站满了看热闹的学生。

——“你们为甚么不把饭给他吃?”易老虎很严厉地诘问我们。

——“那个不把饭给他吃呢?饭甑是放在桌子当中的。”有一位同学这样回答了一句。

那徐老童生说：“你们把饭瓢占着不把给我啦。”很可悯的一种声调。

窗外哄笑起来。

——“你们这些东西！笑甚么!”易老虎向着窗外发起虎威来了。看热闹的人跑散了一批，但转眼又聚集了拢来。

——“你们为甚么不把饭瓢给他呢?”

——“饭瓢少了倒是有的，八个人只有一个饭瓢啦。但是他太不聪明啦。饭瓢轮不到他，他用碗可以啦。”又有一位同学这样回答。

——“你们这些小东西！你们才聪明啦，你们不怕短命！（窗外又嗤嗤的有些笑声。）你怕我不晓得，你们这些小东西在作鬼啦!”

窗外又大笑起来。

老虎又向窗外发了一次威，窗外的人又骇散了。但不久又聚集了一批。

——“我们实在抢不赢他，他平常非常抢嘴。今天他没有抢赢我们，便来告我们。”这是丙班的一位小学生说的，这却把我们站在易老虎面前的人都说笑了。

易老虎自己也好像是忍俊不禁的，但他总放不下脸来。他大约是要借一种高压手段来保持他的尊严罢，出乎意外的他却给了那小学生一个耳光。小学生哭起来了。

我忍不住了。“易先生，你这未免野蛮!”

——“是的，野蛮！野蛮!”窗外的人同声的叫起来了。

——“野蛮校长！野蛮校长！——那有在这文明时代还要打学生的！——太无人道了，蔑视了我们学生的人格！……”

窗外的人你一句我一句地闹作一团，易老虎还要起来咆哮，但他看见他的虎威完全倒了，他怫然地站起来走进了他的房里去。

易先生当时便退出了学校，他倡言要辞职，这把一学堂的人都闹翻了。教职员去挽留，老学生举代表去挽留，那天下午没有上课，一直闹到晚上。

易先生被挽留住了，第二天清早他又来了。

那回我记了一次大过，其余的六个人罚了两个礼拜的禁足。

自从这一回反抗过易老虎之后，我在学生里面的威势完全树立了起来，我算成为了学堂里的一个小领袖了。虽然有极少数的老学生和我仍不相能，但他们已把我没可如何。他们的目的只在分数，他们是尽力要向教职员讨好的，除了死咬着课本之外，学生间的一切的行政事宜他们都全不过问。

这一学期的生活和第一学期的生活差不多便有天渊的悬殊了。因为要想征服一切，所以总极力想摆脱小孩子气，有意识地想装成一个大人。于是乎不良的倾向一天一天地显著起来。

酒是吃得更多了。嘉定城外沿着府河的边上有许多豆花店，这便是我们每星期的常会地点。雪嫩的豆花——这和豆腐一样的制作，只是比豆腐还要简单，还要好吃。豆浆熬熟了，加以亚尔加利①，凝集起来，加以相当的压力，就在锅里便成豆花。四川境内这种卖店是最普遍的。

雪嫩的豆花拌着辣油海椒的豆油，这和白斩鸡一样是极平民、极可口的一种食品。

烟也吃起来了：因为吃烟是装大人的要素。于是便学吃水烟，学吃叶子烟。——那时候香烟还没有传到我们嘉定。晕了，我不知道吐过多少回，但是我终于吃会了。

我们那时候吃水烟是并没有水烟袋的。家里自然不会给我们那么多的余钱来买烟袋，同时也无须乎烟袋：因为有一种极简便的烟袋的代替物。这种代替物是甚么呢？就是把帐竿头子削一节下来，在节疤上凿一个小孔，这便是我们那时候的烟袋了，这种东西容易藏躲，先生也查不出来。

还有一件最笑话的事，便是要梳一个长搭辫了。在从前有搭辫的时候，梳长搭辫便是成了人的记号。这种搭辫是组成了一副三绺的青绦，末梢有流苏的。但是我的头发太短，因为我们家里的习惯要到十二岁才准蓄发，怎么也搭不上绦子，便只好买了一组假发来添上去。但这种的装扮是不敢回家的，到年假回家的时候，把这些通同取下来，又缠着头绳回去。

五

年假期间在家里做了些甚么事情，我现在怎么也记不清楚了。受了帅先生的启发把家塾里的《皇清经解》来翻阅了一些的，大约就在这个时候。最感觉着趣味的是阎百诗的“伪尚书考”（题名我不甚记得清楚），他把梅赜的《古文尚书》的伪撰，差不多一字一句地都把出处找了出来，把它暴露了。这真是一种痛快的工作，年青人是最爱挑剔别人的秘密的，这一点可以说恰如所好。

把《史记》读了一遍的也怕就在这个时候。那时候我很喜欢太史公的笔调，《史记》中的《项羽本纪》《伯夷列传》《屈原列传》《廉颇蔺相如列传》《信陵君列传》《刺客列传》等等，是我最喜欢读的文

① 作者原注：化学名词 alkali（硷）的音译。

章。这些古人的生活同时也引起了我无上的同情。

《伯夷列传》里面我发见一句话，所有的古代注家差不多完全是错误了的。那本是一句极简单的话，但在传中是极重要的一个文字上的关键，假使讲错了，那全盘的文字便通不过去。但是古时候的人一方面讲错，一方面拼命地极口赞颂那篇文章，我发现了这个现象之后真是觉得好笑。

太史公的《伯夷列传》那决不是在替伯夷作传，那篇文章完全是一种论说体，伯夷的传只是那文中的一个插话。那篇文章的主要眼目是在论身后名的能传与否的因数。许由、卞随、务光，与伯夷、叔齐一样，是让天下而不受的，但是何以伯夷、叔齐得以传于后世，而许由、务光之伦不传？这便是那篇文章中所提出的主要问题。

三代以后重儒，三代以前的人能传与否要看儒家称道他与否。对于伯夷、叔齐，孔二先生是极力称道的，所以他们便得传于后世。然而与夷、齐同样高洁的许由、务光等等，何以在儒家的六艺里面不见记载，而孔二先生也不见称赞呢？要说都是莫须有的人，但是许由的坟分明在箕山上，太史公（或者是他的父亲），都是亲眼看见过的。

对于这些问题，他找寻着了两个因数：一个是人的好恶关系，一个是时代的清浊关系。

许由、务光的思想和生活是一种超现实的，所以见称于道家而不见称于儒家。所谓“道不同不相为谋”，所谓“从吾所好”。这是人的因数。

许由、务光生在唐虞盛世（古来的传说是这样），因此不甚稀奇；伯夷、叔齐是生在天下散乱的时候，所以特别出众。所谓“岁寒然后知松柏之后雕”，所谓“举世混浊清士乃见”。这是时的因数。

有了这两个因数便可以知道夷、齐何以能传，由、光何以不传。虽然他隐隐约约地在骂孔二先生有点畸重畸轻，但他不敢直说出口来，只是细细地分析出了上项的原因，便总括一句，“岂以其重若彼，其轻若此？”——这就是对于上文的“夫孔子叙列古之仁圣贤人若伯夷、吴太伯之伦详矣，以余所闻，由、光谊至高，其文辞不少概见，何哉？”的答案。“彼”是指的伯夷、吴太伯，“此”是指的由、光。这在文脉上十分明晰，但因为在这一问一答的中间插进了一段伯夷、叔齐的传说在里面，这把古今来的注疏家、批评家便完全弄昏迷了。他们都解释为“其重道义，其轻富贵”。这真是有点滑天下之大稽。

那传末落尾的两句：所谓“岩壑之士趋舍有时”，这是把“时”字的因数点醒了出来；又有所谓“后之人欲砥行立名者，非附青云之士乌能施于后世”，这所点醒的是“人”字的因数。他如“若此类名湮灭而不称悲夫”的“此类”，所指的也就是许由、务光了。

年假过后回到学堂里去，前学期的成绩公然还是第二，这更增加了自己的自负心。所有一切不良的习惯不消说又要继续起来。我的懒惰、散漫、骄傲，差不多连自己都觉得有几分讨厌。这时候又是性的烦闷非常猖獗的时候，自渎的行为差不多一天有两三次。

有一种顶奇怪的心理便是觉得自己太丰满，总要想再瘦削一些，希望如像尚之那样的瘦削。要想自己瘦削便不免愈见自戕，以为这样是促使自己美好的唯一的妙策。

我脸上的红晕不知道几时已全盘消去了。

就在这时候学堂里给了我一个很大的打击。

学校在第一学期中星期六是有半日休假的，城内的学生还可以回家留宿。自从第二学期起，这个制度便废了。学生们都要求复活，尤其是城里的学生们。

我们举代表向办事人要求，甲班的代表就是我。

我们要求，要求不遂便同盟罢课。

这样一来风潮便渐渐扩大了。

学生里面当然也有不少的卑劣分子，私下和办事人串通。办事人便定下了一个奸计，他们要召集学生谈话。全堂的学生召集在一个大讲堂上，易老虎走来又用他的严威向学生们警告了一场。他说：“学堂在礼拜六是可以放假的，不过替你们的学业和健康设想，才把这个制度废了。你们一定要要求放假，以后也可以照办。但你们这同盟罢课真是大逆不道。”他又说：“我晓得这也并不是你们全体的意志，只是有一二败类在里面怂恿；这一二败类要希望你们指摘出来，不然就要全盘斥退，看你们回去怎样对得起自己的父兄！”

他威胁一阵又劝诱了一阵，都没有甚么效果；是那水晶猴子的杜先生出来提议，他说用无记名投票的选举法罢，那个是这次的罪魁，让学生们投票选举。

这样一来学生方面便全盘失败了，开票的结果除少数白票外，我竟以一百几十票的多数当选。当堂宣布死刑，我受了退学的处分。

由学校把行李一切搬了出来，在城内的一家客栈里面凄凄凉凉地过了一夜。

那时候真是不免有无限的凄凉，甚至于有落泪的时候。但是我的凄凉，我的落泪，并不是对于我自己的后悔，宁是对于同学们的卑劣、办事人的阴险的一种失望的悲愤。

我在学生里面主持，办事人方面分明很明白的；要斥退我便直截了当地斥退好了，为什么要经过那样一道手段，使学生们都成了一群卖友的人？在办事人方面斥退我或者真是出于一种苦心，但是这样的苦心在我自己是怎么也不能够谅解。

我被斥退了，我决心不回家，我想要上成都去，张伯安、吴尚之都在替我经营盘费，预算在城里要耽搁一两天才有着落。

但是，出乎意外的是就在我被斥退了的第二天下午，我的父亲突然进城来了。父亲也落在我住着的客栈里。我是住在那客栈的官房里的，父亲走进房来，本是忧郁的面色，被忧愁和不快的情绪紧锁着，愈见严重得可怕。我不晓得父亲会来，头上是依然辫着长搭辫子的，父亲一看见我，便将就我头上的发辫来做皮鞭在我身上鞭打了几下。“你这不成材的东西！”他骂了我一声，便沉默着倒在床上睡着了。

原来一切的经过父亲已经早知道了。学校在要斥退我的那一天，已经专派了一个人到我家里去。杜先生直接写了一封信去给父亲。父亲看了信便立刻赶来了。

斥退！这是最严重的刑罚，在当时就好像由秀才革成了白丁一样。父亲是把这件事情看得非常严重的。

父亲来的消息一到，杜先生就在那天下午走来拜访。杜先生是我们母亲的一位族孙，但他和我们大哥相好，他叫我们父亲是“世伯”。

据他的说明，学校当局斥退我，是想玉成我的。说是“不遇盘根错节不足以成大器”，我经过这一次挫折，只要我能够悔悟，学校是要收回成命的。

父亲听了这一般话，当然又欢喜得一点。

晚上王畏岩先生来访。他是县视学，是一位副榜。他那时候已经是我们五哥的岳父了。他的说话更是客气。他说：“八世兄高明有余，沈潜不足，只要稍微柔克一下，前途是不可限量的。”我的斥退不消说他也是表同意的了。

父亲第二天还到学堂去拜会了易先生、陈先生，是带着我一道去的。自己的儿子被人斥退了，心里的不高兴说不出口来，反转要向着人赔不是，向别人道歉，做父亲的这种苦心我是很能够推察的。因为是要挫折我的意思，父亲更决定了一种计划，要带我到各地的亲戚故旧处去显示，就好像犯了罪的人要绑着街上示众的一样。

最初到的是流华溪，我们大伯父是在后山盐厂上的。在这儿我们的亲戚故旧很多，最集中的要算是文昌宫的公立小学校了。那时候李肇芳先生在当校长，我们的沈老帅也在当教习，另外还有一批新进气锐的人在那儿主持。因为处于竞争的地位，同时又以私立的原故，一切的措施总觉得比县城官立的高小更要来得自由。

父亲一到流华溪便把我引到小学校去，父亲的意思不消说是要大大地使我在稠人广众中受辱一番。但是结果是和父亲的期待完全相反。

地方小，薄有的文名已经噪于遐迩，又加以遭了斥退，我一到文昌宫，在学生当中便起了一个很大的激动。我的一个胞弟那时已在那儿念书，我到我兄弟的自修室里，由他引我到各处去参观的时候，所有的学生都簇拥着我，表示着无上的敬慕。我在他们里面就好像是一个凯旋将军一样。

我是一位来客，吃饭会话都是和先生们一道，这在无形之中更显得有一层优越。

但我的决心还不仅这一点。

我遭斥退在流华溪早已传遍，但不十分明了当时的情形，经我把闹风潮的原因和学校当局的办法报告了之后，一切的先生们都反对易先生们的办法，当时便联名写了一封信去质问易先生，信中很带有非难的口吻。末后还附带一段：年少的光阴绝不可任其虚掷，闻有收回成命之说究系何时？若尚迟迟无期，便准备把我收入文昌宫学校作为特别研究生，免使我长久失学。

这封信，父亲很主张不寄，但是终竟专人送去了。这好像是一个哀的美顿书，当局者都是很紧张的。

父亲的意思本来想把我带到五通桥杜家场绕道回家的，李肇芳先生们不赞成，他便作了罢论。李先生们的主张，我觉得是很正确的。他们说：年青人不可使他太受耻辱了，阻止了他的竞争心、向上心。我觉得这真是正确的见解。由这个见解当然可以引导出一个教育方针，便是儿童教育就应该利用他的竞争心、自负心，从积极的一方面使他能猛勇向上，性情就流于骄傲也是不要紧的。总要使他有如像拿破仑一样的见解：“不可能的字只有愚人的字典里才可以翻出”。

李先生们把父亲留在流华溪了，他们要等到易先生们的回信来再作第二步的进行。

李先生和我们大哥同是郭敬武先生的弟子。郭敬武就是这流华溪的人，他和廖季平同学，也是一位汉学家，同时并长于辞章。李先生在流华溪要算是他的继承者了。这李先生后来在中学校当过我的先生。我在后边还有机会叙到。

李先生们的信到了嘉定起了一个很大的反应。不久回信就来了，回信的意旨也颇坚持着一种教育的主张，但是事实上是屈服了，学校里叫我立刻返校。

那时是二三月间的时候，我揣想易先生们的意思怕至少要停我半年学的，因为他们起初便不想要我进甲班，不想要我早进中学。但经流华溪的一反对，便很狼狈地立刻召我回校，我心里暗暗含着隐笑。同时我父亲在这时候也才展开了他的愁容。

易先生们的教育主张失败了，我自己便是一个铁证。

我停了差不多两个礼拜的学，跟着父亲又回到学校。

斥退牌取消了，另外换了一道“悔过自新准其复学”的牌示。一切都是虚伪，——为办事人敷衍面子的虚伪。——这是他们给我的一个很大的启示。

学校里面又招了一班丁班了。有一位姓吴的，一般人都叫他是“吴弟儿”，很有姿首。他在操场里游戏的时候，一般人都要去和他亲近，但他却是很有戒备的神情。我才回学校的一天，在后操场里面去看他们游戏，便先看见他。他的确是很美貌。他那双眼睛非常敏活、非常浓黑，睫毛是很长而密的。他的脸并不皙白，宁可说是嫩黄，是一个瓜子形，但怎么也觉得可爱。

我从操场里走过，从另外一边的坡路走下自修室的时候，他跟着我走。走到那坡坎上只有我们两个人的地方，他抢前几步来握着我的左手——他那柔嫩而温暖的手。

他含着笑望着我说：

——“你是不是就是郭君？”

我说：“你怎么会认得我呢？”

他说：“那牌上不是有你的名字？”

我那时觉得真是荣幸，我得着了这样一个意外的报偿，把所受的一切的耻辱都抛流到那东洋大海去了。

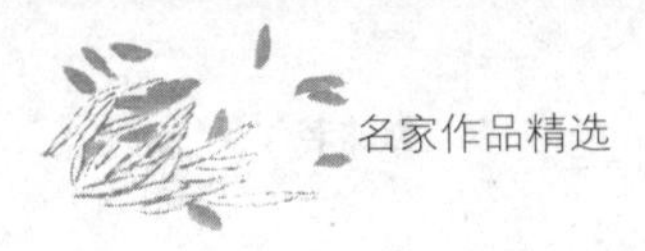

自从遭了一次斥退之后，我的性情愈见有意识地反抗地向不良的一方面发展。

——“我纵横是破了脸的，管他妈的!”

这样的想念怎么也离不掉我的心坎。我愈见懒，愈见散漫，愈见骄傲。我清早睡起懒觉来了，就是点名的时候我也不肯起床，起来之后床也不理，帐子也不挂，这样的一直经过了一个学期。

自己一不良，不良的朋友便走来依附。我因为朋友的诱引，濒到堕落的深渊的也有好几次。

城内府街的中部有一条死巷名叫胭脂巷。这是有名的卖淫窟。

巷口的左侧有一家酒店。

有一天晚上有两个同学和我在这儿喝酒。喝得有几分醉意了，他们约我进胭脂巷去。踌躕了好一阵，终竟克服不了自己的一种好奇心，便答应了他们进去。

巷道是很黑暗的，觉得非常可怕，踏进一步就好像堕入了无底的深渊一样。自己的心脏非常的悸动，走进巷口不上五六步路，终竟害怕，一掉头又跑了出来。

同时把我当成女性一样恋慕的人也有。

有一位姓章的，在学校里素来是不良分子，就因为我被斥退的时候，他也和我一道，我们便渐渐接近了起来。

他住在月儿塘的文庙旁边，在那附近有一家姓杜的酒店。当炉的老板娘已经在三十以上了，她是一位私娼。我们不知道在那儿吃过多少次数的酒。吃得有些醉了，那姓章的调笑她，我也跟着调笑她。我有一次跑去坐在她的怀里。她对我说：“小先生你还年青，你不应该跟着他们学。他们把你带坏了。”我感觉得她就像我的一位老嫂子一样，警惕了起来。

就是那位姓章的，他有一回约我到他家里去吃酒。他家里除了一弟一嫂和一位老妈子之外是再没有甚么人的。

他尽劝我喝酒，我喝吐了。我决意要回学校去，他劝我休息一下再走，引我到一间房间里面，大约就是他的寝室。他劝我在床上休息，我便和衣睡下去了。他把房门闩了，走到床边来，出乎意外地便把我抱着，要和我亲吻。我用力地给他一拳，把他打倒在床下，鼻血也打出来了。我愤愤地起来抽开房门走了。

在第三学期中除掉这些恶心的不愉快的记忆之外，我差不多没有一件光荣的事情可以记述。我感觉得学校生活是极危险的一种。职司儿童教育的人是应该负有很重大的责任。儿童一生的命运和性格差不多全部就铸成在这个时候。职司教育的人不想去完成自己的责任，只图保持自己的尊严，敷衍自己的体面；儿童的生活他毫不接近，儿童期的危险他也不事预防：这真真是等于把羔羊送在老虎口里。

我在老虎口里七颠八倒过了一年半，怕还是我家庭的严烈的教训把我救了罢？我算也脱离了那个危机，把畸形的小学生活告了一个终结。

我们是提前在五月毕业的，因为六月里要考中学。

榜示也揭晓了，我是发的第三。这三学期的成绩顺序刚好表示了我的一个堕落的途径。但我自己是甘心堕落的吗？

毕业了，毕业了，好容易才盼到了的毕业哟！虽然只有三学期，但就好像受了三十年的监禁。

毕业文凭是县官亲自临场手授的。大家都好像觉得光荣。

大家在食堂上吃毕业的筵席。自有天地以来的第一次的高小毕业生们猜拳的猜拳，射复的射复，真是不亦乐乎。

我吃得也有好几分醉意了。

我自己跑到后操场绝底的甲班教室里去，把鞋子脱下来，套在两手上。一年来愤积着的怒气涌上心来，我提起全身的力量来猛扑上去。

——“你这混账东西！”——撇东割零地打破了两扇玻璃。

玻璃的破片弹在我手背上，弹出了血来。

——“吓吓，我的血公然还是红的！”

第三篇

一

一九〇七年的秋季我从小学升入中学了。

中学的校舍就是从前的考棚改修的，在高标山的东麓。学校的后部有一段是在高地上的。考院的中堂改成了礼堂。左右的考棚，左边的改成讲堂，右边的改成自修室了。自修室的右边是一带寝室，一直地绵延着差不多与学校的深度相等。

学堂的地位是在嘉定城的正中，正面便是最热闹的玉堂街，左边

的侧门与县街相通，右边的侧门与府街相通。但因为学堂的地基很宏大，学堂的前面也有一个很宏大的敞地，正面是完全和玉堂街隔断了的，平时只开左边的侧门或者右边的侧门，以供学生出入，所以虽然处在城的中央，一点也不觉得城市的喧哗。

从前的嘉定府管辖七县。七县是乐山、犍为、威远、荣县、峨眉、洪雅、夹江。这几县的文化程度大约也就依着这个顺序。

中学堂的第一学期是发挥尽致了一种过渡时代的现象。

校长是我们乐山县人，在湖南作过几任县官的，对于办学的经验和知识完全没有。由他这样的人当然聘请不出甚么好的教习，而且教习的产生法是要按照县份摊派，有这样一个条件限制，结果是愈见笑话了。

张胡子是夹江人，住家在草堂寺小学校附近，他的不通是很有名的。但因为夹江要摊派人，也就聘他去当监学。在行开学式的时候，本来客气一下不讲话也未尝不可以的，他偏要出一次风头。他登台演说，开口就是：

——“学问之道，得于师者半，得于友者半，得于己者半……”

说得满堂的人都笑起来，但他还很得意，后来我们就称他为“三半先生”。这个徽号由夹江人传到他耳里去时，他很不心服。他还说：“一个橘柑不是有十好几半吗?”

有一位姓林的地理教习，我不记得是峨眉人还是洪雅人，他公然讲起五行八卦的辨方正位来。他连东西南北都分不清楚。他说日本是在中国的南边，朝鲜是在日本的东边，讲得比《山海经》《淮南子》的《地形训》还要神秘。

此外大概都是这样相差不远的一些先生。只有一位英文教员是湖北人，他一上讲堂便用英文来说话，写也写的一些旁行邪上的蟹形字。我们不知道他的程度怎么样。他说的写的究竟是不是英文，我现在也不敢保险。

在这样的一些教职员之下，四方杂处的从各县来了四五百名学生，嘉定城从此便多事了。

学生在教课上得不到满足，在校内便时常爱闹风潮，在校外也时常惹是生非。城里的各处会馆差不多毫无间断地要演戏的。礼拜可不用说，就是礼拜三、礼拜六我们那时都有半日的休假。在这样休假的时候，每处的戏场差不多都有学生闹事。

我自己在这样的环境之中是怎样的呢?

我焦躁,我怀疑,不知道自己将来究竟会成为一种甚么物什?

对于学校的课程十二分不满意,能够填补这种不满意的课外研究又完全没有,我自己真是焦躁到不能忍耐的地步了。

那时留学外国热在蔓延,我对于欧、美不消说起了很大的憧憬。但是,这是断难实现的。我的大哥是早出了东洋的,五哥在我入中学的时候也由武备学堂毕业派到东洋去实习去了。这儿也是很景慕的地方。东洋去不成便想往北京、上海。再办不到,至少也要到省城了。到这些地方去学习甚么,那时候并没有怎样明确的志愿,实在也是不能有怎样明确的志愿。科学里面究竟有哪些分科,各种分科的大概的概念是怎样,实在是一点也不知道。不过到了外边去觉得总可以学些甚么,总比在三半先生、五行教习的陶冶之下要得到更多的知识。

奋飞,奋飞,这是当时怎样焦躁的一种心境哟,但是我的父母怎么也不肯许可。父亲不知道学堂的情形,他总以为不至于像我所说的那样厉害。母亲是完全出于溺爱。自从大哥、五哥出洋以后,我们母亲时常思念他们,差不多一说便要流泪。她常常说,“我的心是碎了,小的两个是怎么也不肯放他们出远门了。”

我究竟是一个胆怯的人,家里一不许我出远门,我虽然几次想逃走,但终竟没有这种决心。由是自暴自弃的念头便一天一天促进起来,闹事的学生中当然是有我一份的了。

礼拜,陕西街的秦晋公所唱戏。我因为换洗衣服都拿出去洗去了,身上穿的是一件洗白了的竹布长衫。这件长衫不幸的是纽绊带红色的,当然是裁缝师傅误把红色的布条做了骨子的原故。这样的衣裳怎么也不好穿出街去,这使我破天荒地礼拜日也在学校里留下了。

吃中饭的时候,一位从戏场回来的同学说,“清和班的王花脸下午唱《霸王别姬》。”

这真是含有无限的魔力的一句话。王花脸是嘉定优伶界有数的名角,《霸王别姬》是他的拿手好戏,这把我害羞的心事完全打破了。

红纽绊的葱白竹布长衫,光头,松三把的长搭辫,还拿着一把张开时要超过半圆以上的黑纸扇。——这实在是极不庄重的一种装束,就这样跑到秦晋公所。

旧式的戏场在演戏的时候,舞台前面的左右两翼要摆着两列连环着的二十排左右的高脚长凳,正中和后部空着,看戏的人不是立在这

空着的地方便是坐在那高脚凳上，坐凳的要被证收座钱，大概看半天戏每个人顶多不过十文钱的光景。不消说这种高脚凳是谁也想争着坐的，特别是靠近舞台的最前两排，在未开戏以前总时常是坐满了的。

我走进秦晋公所，戏场早已坐满了。但这儿正是学生逞威风的地方，他是不讲理的。选着第二排的坐凳我就想擎上去。坐在凳头上的人大大地表示出一种不愉快的样子。第二的一个更指着他们两人中间伸出着的凳脚的榫头对我说：

——“这儿有个桩，你来坐！”

这句话是含着一个很下流的意义的。

——“好的，我就来坐！”

不客气地我便一直擎上去，一坐就坐在两个人的大腿上。两个人不消说都是不舒服的，便向我罗唣起来。

我说：“是你们教我坐，我才坐的啦。”

已经不是看戏的兴趣，只是吵架的兴趣了。你一句，我一句，口角愈斗愈烈。坐在我正前面的也是两人的同党，他回过头来打帮槌。

——“这儿不该你来闹！”

——“该谁来闹？”

我劈的就给他一耳光，端端正正地就打在他回过头来的脸皮上。他伸过手来抓着我的领襟，我一掌便把他推下去，同时我的衣裳却被他拉破了。

——“打哟！打哟！”全场都号叫起来了。这儿的高凳上立起一个人，那儿的高凳上立起一个人。有的从人头上便扑过来，就像在水面上游泳的一样，全场轰动着的都是学堂里的学生。和我口角的看见势火不好，便混在人丛中偷跑了。

——“清查！清查！是哪个？是哪个王八蛋！敢在太岁头上动土！……”

我们查出来了。被我打了一耳光的是铁牛门掌码头的刘大爷，还有两个便是他的弟兄。这位刘大爷是张伯安的父亲栽培的。伯安那天也在戏场上，他隔得很远，听说我在打架，也从人头上游泳过来了。当时我们就去找伯安的父亲，那刘大爷还赔了不是，补好了我的衣裳。

在四川的江湖界是有等级的，好像有仁、义、礼、智、信的几种堂子，就像高曾祖父儿孙的五族一样。那位刘大爷大约是没有把我看成学生，把我看成了义字堂或者礼字堂的矮辈，或更看得不值钱罢？

他竟上了一个当，折了不少的威风。不过，我也好久不敢一个人到铁牛门去，我怕的是他的弟兄们要向我报仇。

像这样倚仗人多势众在戏场内惹是生非，这在当时的学生界是最流行的风气。而我又差不多是十处打锣九处在的人。闹得来嘉定城内在休假日不敢唱戏，以后竟连戏都少唱了。这儿不消说还包含着一个重要的原因，就是社会经济的萧条。

最初我们才下嘉定的时候，嘉定城里有三座班子，各处会馆的堂戏差不多连续不断。那时候纸烟还没有到嘉定，学生身上穿的还多是一些银绸、茧绸、巴绸、或毛蓝布大衫之类的手工业的土产。但是隔不两年身上的穿着完全变了。洋缎、大呢、哔叽、天鹅绒，乃至葱白竹布，一切的东西差不多都带着一种洋味。机械生产品的大洪水流到了嘉定，大英烟草公司的“Pirot”、所谓“强盗牌”的纸烟，也跟着他的老大哥鸦片阁下惠顾到我们城里了。

在这时候，我们可以想象得到的，自然是土产生意的衰颓，行帮制度的崩坏。以行帮为基础的各省会馆自然要遭打击，要减少他们的行乐机会了。

唱戏的机会减少，戏班子也就一天一天地减少下来。从前的三座归并成两座，更归并成一座。一座也不能维持，后来终竟消灭了。

这时候如像省城、重庆、自流井那些繁华的地方，唱戏的生意已经开始成了资本主义的营业，已经有戏场主集资合设的常设的戏园了。这些常设的戏园不断地吸收各地的名角，名角一走了，戏班子便坍台。这也是地方上停止演戏的一个重大原因，不用说是表示着社会变革的。

经受学生的捣乱、行帮的溃崩、常设戏园的吸引，封建制度下的会馆戏便渐渐绝迹了。学生的出现其实也就是社会变革的一种上层现象。结果是封建制度的经济组织逐渐被资本主义的洪涛冲破，在戏台的一角上很鲜明地表现了出来。演戏的方式、演戏的内容、演戏的剧团组织、演戏的舞台建筑，一切都表示着一部很正确的唯物史观。

二

在学校里爱闹风潮，在学校外爱惹是非的我，自然和校内校外的不良少年曾发生过密切的关系。

当时校内有八个最爱游耍的学生号称“八大行星”，我便是其中的一个。其余的乐山县人占了四个，犍为县人占了三个。大约是因为

地理相近而且同班的原故罢。

第一学期分了三班。乐山、犍为的学生是一班，威远、荣县的学生是一班，峨眉、洪雅、夹江的学生又是一班。

这三组，地方区域很相近，同时学生的性情也大概相同。乐山、犍为的人带些都会气质，不免有些轻薄；威远、荣县的人很粗暴；峨眉、洪雅、夹江简直是乡下佬了。

本来已有县界的地方观念，又加以不同班，在学堂中虽同住了许久，有的完全不知道姓名，有的就跟仇敌一样。能够接近而相得的人，不消说还是同县或同班的人了。

由这些行星的吸引，逐渐地认识了城内的一群游荡子弟。他们大都是中上等人家的儿子，家里钱是有的，又不读书，只是追逐时好，穿些流行的衣裳，日日打牌吃酒。他们有一个“转转会”，便是定一个日期轮流地请吃酒宴。在酒席前后不消说就是打牌。

那时候我们打的还是纸牌，是由一点到十二点的，我们喜欢打的是“逗十四”和“卯十”。再不然就是“推牌九”了。麻雀牌已经到了嘉定，但是很少。

我不久也成了这“转转会”的一位会员。

在那会员里面有一位姓汪的少年，他的面貌很端丽，是“转转会内之花”；一班的人都是如蝇逐膻地向他献媚，向他诱惑。

他特别和我要起好来。我们差不多每天每天都不能不见面了。

他家里开的是绸缎铺，也是在玉堂街上。他只有一位母亲；所以他的行动便流于放荡。每天午后他在铺店门口等我，我只要一下课便请假出去会他。

我在这儿才感着真正的初恋了，但是对于男性的初恋。

他在前本来有一位很钟爱他的人，但他把他疏远了；他倾向到我来也到了一刻不能相离的光景。

我的严正的一批朋友，张伯安、吴尚之诸人，他们看见我一天一天地趋于游荡，便暗暗替我担心。在休假的时候他们每爱把我引到别的地方去，避开我那些游荡的友人。但是那姓汪的少年我是不能离开他的，他也因为我的关系偶尔加入我们的严正的游队里面。

少年一和我接近之后，渐渐和他从前的朋友们隔离了；他喜欢的是单独地和我两人游玩。我们相会多半是在夜间或者黄昏的时候，我们总是避开繁华的市街，向那绝少人行的城外或者城墙边上去散步。

我们时而是很感伤的。

我问他为甚么不读书？

他说是他父亲死早了，便失了学。

我时常想，假使他是在读书，而且和我是同学同班的时候，那真是再圆满也没有了。

他有时候也要求我，要我得志后不要忘记他。我当时也好像觉得我很有力量把他提拔出那种境遇的一样。

他避人也是因为怕人说闲话的原故。他专一和我要好，他以前的朋友便对于他啧有烦言。有一天晚上他和我在月儿塘的草地上走着，我们时而又去倚靠着那月儿塘上的红石栏杆。月光是很朦胧的，四面的人家也点起了朦胧的灯火。

他对我说："我和你好，他们在说我的闲话，但是我是不怕的。我们一个是心甘，一个是情愿。"

正说到这儿，远远来了一个人，我们把话停止了。人影走拢了来，原来就是"转转会"里面的一个人物。他话中有话的说：

——"啊，你两个！"

就这样说了一声，那人便走过身去了。少年向着他的背影回答了一声：

——"唔，我两个！我两个又怎样呢？"

那边也没有回答。

我和他交好，我的朋友们很替我危险，甚至于连行星里面的天王星都在忠告我：说我和汪少年要好，我反转要受他的暗算。我只是感觉着一种苦笑。

他对于我十分恳切，有时候就像我的一位姐姐一样。

我记得有一天晚上我吃醉了，是有许多人一道喝酒的，散后只有他跟随着我。我们走过一家烟馆门前，突然遇着一位"鸡仔"。他本来是一位府学的儿子，后来府学死了，一家人流落在嘉定也相继死了，只剩下这位儿子竟成了"鸡仔"。——这是相公的别名。我拉着他，叫他陪我去喝酒。我们在一家小酒店里面又喝起来。夜渐渐深了，汪君催我回学堂去。我说不回去，要引着那位相公去开旅馆。汪君他也把我没法。他借着买下酒菜为名，拿了两块大洋给那相公，和他说了一些话叫他走了。那人一去便没有转来。

汪君后来还对我说：那孩子很不肯走，他的意思好像还怪他吃醋。

那晚上我醉得一塌糊涂，汪君把我扶到他自己家里去，还劳他的母亲服侍了我一夜。

是那年的年底，还是第二年的年初，我现在记不准确了。

那也是一场醉后的事情。

我同几个“转转会”的人喝酒，喝了后又打牌，已经半夜过了，我的钱输光了，我还要要求打。有一位说要打现钱，我便和他吵闹起来。我痛骂他，说他侮辱了我，怕我输了不给钱。两个都把脸破了，我便一冲冲出那店铺来。那是县街上的一家药店，就是和我吵架的那人家里的。

那时还没有电灯，昏黄的街灯照着悠悠的夜景，街上已经没有行人了。

打牌是有汪君在场的。我和主人决裂了，冲了出来，我相信他一定要跟着我走。但我走出街来以后，走不多远我便立在街边等了一会，却不见有人在后面跟来。我又愤恨，又绝望，想到学堂的门是已经关了，便顺便走进街头的一家客栈里去，客栈的么司务把我引上了楼。一个长条房间，沿着壁摆了三尊床。床上是只有草缝和一张草席的。

我抢着床头有一个长桌的床便和着衣裳倒了下去。么司务抱着一床被条走进来，把它盖在我的身上，就像压下了一张石板一样。随手点燃了桌上的一盏菜油灯。他又走出去了。

我模模糊糊地睡着，恨我受了侮辱，又恨那汪少年不跟着我来。我想到身上没有钱，明天怎样出客栈，心里也暗暗地着急。口渴极了，向么司务要茶水喝，但他说已熄了炉火了。没有法子，只得忍耐。

模糊地睡熟了。有人吻着我，把甜蜜的凉汁渡入我的口中。我睁开眼睛一看就是汪君。我真是喜出望外了。

我责备他：“你为甚么不跟着我来？”

他说：“在人面前怎么好那样呢？你走了我们还打了一两和牌，我装着肚痛才告退出来了的。他们也醉了，和你吵的老陈吐得一塌糊涂。”

——“你怎么晓得我是在这儿的？”

——“我晓得你不能回学堂，一定是在客栈里睡。几家客栈我都沿街打听了来，在这儿才找着你。我想你一定口渴，在街上买了几节红甘蔗来。”

说着他又笑融融地咬了一口来渡在我的口里。

——“啊，我真爱你呀!”我紧紧地把他抱着。

他那晚上就和我睡了一夜，第二天清早还是他给了栈房钱我才出来了的。

第一学期的半年就是这样放荡过去了，不消说完全没有学到甚么。我的修身分数是在二十五分前面还打了一个负号的。

三

第二学期的中学校又换了一种花样了。

全校的教职员完全更换，一个都没有剩留。

校长姓秦，是犍为县的人，他在成都师范学校做过监学。他所找的人比第一学期的是要稍微整齐一点。但严格地说来，两者的相差也很有限。譬如成都高等学校预科毕业的数学教员，读“英文”的“English”为“因革赖徐”，读“学校”的“Schoo-l”为“时西火儿”，这已经是够令人滑稽了。同校出身的植物教员把别人的钞本来讲授，竟把草写的“天然景象”误认成“天龙景象”，讲了一大篇“飞龙在天”“现龙在田”的《易》理。

有一位姓罗的监学，他本是峨眉县的秀才，又是留东学生。他替我们讲国文，讲韩退之《送董少南序》，那里面有“为我吊望诸君之墓而观于其市，犹复有昔日之屠狗者乎”的一句话，他不知道“望诸君”就是乐毅，他讲道：

“你去把那些诸君的坟墓吊望一下罢，看那市面上还有没有从前的卖狗肉的?”我们好笑，笑得忍不住，我们给他取了一个日本式的诨名叫“猪头望三郎”，别号又叫“狗肉先生”。

像这样的笑话是不一而足的。不过从整个的来说这一学期的先生比第一学期是要高超一点，多少他们还见过一些世面，进过几天学堂门。但他们，特别是一位监学名叫丁平子的先生，却异常的自负。

丁先生也是一位日本留学生，他是荣县人，是一九〇七年日本留学生闹取缔风潮回国的。那时候他在当四川留东同乡会的总干事，他在留学界中当然是铮铮佼佼的一流。

他的身体非常矮小，面孔是一个正三角形，上颚的两个门牙龅得非常厉害。他自己很以辩才自雄，但他的声音非常尖锐，语调非常的不自然。这无论怎么也没有雄辩家的资格的。不过他为人很狡猾，他爱弄诡辩，你要和他说话总说不过他。

他们这些先生在那时候或许事在难免，因为要统辖在第一学期中过于放纵的学生，所谓“刑乱国用重典”，是要采取严厉手段的。但是他们是过于专横了。他们不是以学生利益为本位，只是以显示自己的身手，显示自己的威风为目的。

才开学不两天，有一位夹江的很小很小的姓宿的学生，便在吃中饭的时候，因为自己桌上的椒油辣子吃完了，便去把会食的监学桌上的一碟辣子取了来。监学是一人一桌的，一碟辣子当然会有剩余。出乎意外的是那天会食的詹监学，他竟拍案大怒，说这姓宿的同学侮慢师长。

姓宿的本来是一位很守本分的孩子，他去拿监学桌上的辣子，一定以为这是很平常的事，其实在谁个看来也是很平常的事，决不会有甚么侮慢师长的存心。然而“上任三把的新官火”不幸正落在宿君的头上，就在那天下午，学校竟公然雷厉风行地挂了宿君的斥退牌。

这是太横暴了！这便激起了全校学生的公愤，当天下午便罢了课，举出了两位代表去和监学们办交涉。代表，一位是乐山学生姓易的，一位是姓周的威远学生。

他们两人在监学室里和三位监学先生讲话，差不多只听见丁平子一个人的尖锐的声音在咬文嚼字。

全校的学生都围在窗前，那当然是嘈杂不堪的。丁平子便借着弹压窗外的学生为名总不与代表们说到本题上来。

姓周的说：“我们是全校学生的代表，先生，你且听我们说，不要顾左右而言他，只是听窗外的声音向窗外的人说话。”

——“然而监学有目，谁能令其不视？监学有耳，谁能令其不听？监学有古，谁能令其不说？”

这就是雄辩家的一种尖声尖气的雄辩。

姓易的是一位老学生，他的年纪怕比那任谁那一位监学的年纪还要大些，他素来谈话是老气横秋的；他又横秋起他的老气来了。他向丁监学说：

——“丁先生，你的肝火太旺了。”

“搭”的又是一下拍案的声音。

——“甚么？甚么叫肝火旺？你真胡闹！你真侮慢师长！斥退！斥退！”

尖声气连连地冒火，怎么也不由分说，立刻把周、易二位推了出来。

不上十分钟的光景，监学室的窗上又挂了一道牌出来。周、易二君以煽动罢课、侮慢师长的罪名，又遭斥退了。

学生还继续罢了两天的课，终因他们用高压手段和牢笼政策，把学生的团结切破了，他们便硬把学生的愤怒镇压了下来，但是稍有血气的人谁个能够心服呢？

平心地说，他们就这样横不讲理地把学生压伏着了，假使他们真真正正有点相当的学殖足以引导学生，那他们也未尝不可以使人心服。但他们却是空空如也，而且还十二万分的心骄气浮。

像丁平子要算是他们之中的佼佼者了。他担任世界地理，他的讲义模仿的是章太炎的笔法，写些古而怪之怪而古之的奇字，用些颠而倒之倒而颠之的奇句。他并不是在讲科学，他是拼命在熬文章。讲了半年仅仅讲了几篇绪论——实在是倒通不通的绪论。

世间上的通病，不美的妇人总爱搽一脸的胭脂水粉，不通的文章总爱镂心刻骨的雕琢。结果是愈妆扮愈丑，愈雕琢愈不通。他或者她假如知道不雕琢不装饰的自然美，那他已经达到通人之域了。人的美不是在皮肤上的，文字的美也是一样，它总要有一种内在的显示。

他们的骄傲不仅在学生间不能得人心服，便是城里的老名士辈都看不惯了。他们有一次去游高标山的万景楼，做了一副木联来挂在楼上。那联语是：

六秀才同游一日
万景楼从此千秋

因为他们去的人中刚好有六位秀才，这种旁若无人的态度把那极温诚的王畏岩老先生也激愤了，老先生把那联语改成：

六秀才只通六窍
万景楼遗臭万年

在下边正正当当题出了改窜者王畏岩的几个字。

他们受了这样的毒骂，后来还闹了好久的笔墨官司。

他们这一批教职员来了之后，把学生的班次也重新改组过了，把

我们旧的学生仍然分成三班，但不是从前纯粹依地域的分法。甲一、甲二是注重英文的，甲三注重日文。我因为恨那教英文的一位杨先生，便反抗的入了注重日文的甲三班。甲三班的人大概都是一些有几分叛逆性者的集合。

我们的英文那时候真是可怜。用的是日本正则英文学校的教本，那位杨先生以他仅仅在高等学校学了一两年的程度，把那“比阿把”“比奥保”“比爱摆”的拼音便教了我们半年。

我们的日文不消说也是一样的可怜。教日文的先生也仅是在成都东游预备学堂学了一年的程度；这样的程度便来教人的外国语真是太不严肃的儿戏了。我们学日文学了一两个学期，用尽我们的力量连五十音都没有学好。

学堂里没有可学的东西，少年的各种能力他总要寻出发泄的机会来消费的。第一学期中是消费于酒，消费于游荡，第二学期中这个倾向虽然仍旧继续，但已经没有从前那样厉害了。重要的原因或者也可以说是那姓汪的少年救了我。我自从和他两个成了莫逆之交，我事实上成为了那一群游荡儿们的情敌，自然不能不和他们疏远。我一和他们疏远，自然又不能不向新的方面发展了。

我所发展向的新的方面是甚么呢？便是文学。因为我们可以自修的只有文学，有资格足以供我们领教的也只有通文学的人。

中学堂的经学教员黄经华先生是我们乐山人，他也是廖季平先生的门生。他很喜欢我，借了不少的书给我看。在小学校对于今文学发生的趣味是他为我护惜着的。他教的是《春秋》，就是根据廖季平先生三传一家的学说。他很有把孔子宗教化的倾向，他说唐虞三代都是假的，“六艺”都是孔子的创作，就是所谓托古改制。为甚么《左传》里面在孔子以前人的口中征引“六艺”的文字？他说这便是孔门的有组织有计划的通同作弊了。他怕空言无益，所以才借重于外，托诸古人，又怕别人看穿了他的伪托不信任他，所以才特别自我作古的假造出许多的历史。他这种见解在当时是很新鲜的。

章太炎的《国粹学报》，梁任公的《清议报》，就在这时候和我见面了。章太炎的文章我实在看不懂，不过我们很崇拜他，因为他是革命家的原故。革命家的言论为甚么要那样的难懂，一点也不带点革命性？这是我们很怀疑的地方。有人对我说，难懂的是他论学的文章，他关于革命的言论是比较容易懂的。但那时候他办的《民报》是禁书，我们没有可能得到阅读的机会。

《清议报》很容易看懂，虽然言论很浅薄，但它却表现出具有一种新的气象。那时候的梁任公已经成了保皇党了。我们心里很鄙屑他，但却喜欢他的著书。他著的《意大利建国三杰》，他译的《经国美谈》，以轻灵的笔调描写那亡命的志士，建国的英雄，真是令人心醉。我在崇拜拿破仑、毕士麦之余便是崇拜的加富尔、加里波蒂、玛志尼了。

平心而论，梁任公的地位在当时确是不失为一个革命家的代表。他是生在中国的封建制度被资本主义冲破了的时候，他负载着时代的使命，标榜自由思想而与封建的残垒作战。在他那新兴气锐的言论之前，差不多所有的旧思想、旧风习都好像狂风中的败叶，完全失掉了它的精彩。二十年前的青少年——换句话说：就是当时的有产阶级的子弟——无论是赞成或反对，可以说没有一个没有受过他的思想或文字的洗礼的。他是资产阶级革命时代的有力的代言者，他的功绩实不在章太炎辈之下。他们所不同的，只是后者的主张要经过一次狭义的民族革命，前者以为这是不必要的破坏罢了。他们都是醉心资本主义的人，都是资本制度国家的景仰者，都在主张立宪。同样的立宪，美、法的民主和英、日的君主是并没有两样的。……

林琴南译的小说在当时是很流行的，那也是我所嗜好的一种读物。我最初读的是 Haggard① 的《迦茵小传》。那女主人公的迦茵是怎样的引起了我深厚的同情，诱出了我大量的眼泪哟。我很爱怜她，我也很羡慕她的爱人亨利。当我读到亨利上古塔去替她取鸦雏，从古塔的顶上坠下，她张着两手去接受着他的时候，就好像我自己是从凌云山上的古塔顶坠下来了的一样。我想假使有那样爱我的美好的迦茵姑娘，我就从凌云山的塔顶坠下，我就为她而死，也很甘心。有时在迦茵的位置上把那少年汪君替换上去，但总觉得不自然。因为他也是男子。很像用不着我用多大的力量去保护他的一样。

《迦茵小传》有两种译本，林琴南译的在后。在前的一种只译了一半。这两种译本我都读过，这怕是我读过的西洋小说的第一种。这

① 作者原注：英国十九世纪小说家。

在世界的文学史上并没有甚么地位，但经林琴南的那种简洁的古文译出来，却增了不少的光彩。前几年我们在战取白话文的地位的时候，林琴南是我们当前的敌人，那时的人对于他的批评或许不免有一概抹杀的倾向，但他在文学史上的地位是不能够抹杀的。他在文学上的功劳，就如梁任公在文化批评上的一样，他们都是资本主义革命潮流的人物，而且是相当有些建树的人物。

林译小说中对于我后来的文学倾向上有决定的影响的，是 Scott① 的《Ivanhoe》，他译成《撒喀逊劫后英雄略》。这书后来我读过英文，他的误译和省略处虽很不少，但那种浪漫主义的精神他是具象地提示给我了。我受 Scott 的影响很深，这差不多是我的一个秘密。我的朋友似乎还没有人注意到这一点。我读 Scott 的著作也并不多，实际上怕只有《Ivanhoe》一种。我对于他并没有甚么深刻的研究。然而在幼时印入脑中的铭感，就好像车辙的古道一般，很不容易磨灭。

Lamb② 的《Tales from Shakespeare》，林琴南译为《英国诗人吟边燕语》③，也使我感受着无上的兴趣。它无形之间给了我很大的影响。后来我虽然也读过《Tempest》《Hamlet》《Romeo and Juliet》④ 等莎氏的原作，但总觉得没有小时所读的那种童话式的译述来得更亲切了。

四

回想起来，我那回所害的大病的确是 Typhus abdominalis⑤。

那是一九〇八年的秋天，中学堂第二学年的第一学期。

中秋过后没有几天，人总是非常的疲倦。头痛、下痢、咳嗽，时时流鼻血，食欲差不多完全消失了，油荤非常厌弃，吃素菜也完全没有口味。

要说有甚么大了不起的病罢，又像没有。每天还是在起床，还是在照常上课。但是自己却非常悲观，好像自己的病异常严重，非死不可的一样。

---

① 作者原注：十九世纪英国小说家，多描写古代的武士生活。

② 作者原注：十九世纪英国文学家。

③ 作者原注：一般译作《莎氏乐府》。

④ 作者原注：《暴风雨》《哈姆雷特》《柔密欧与幽丽叶》。

⑤ 作者原注：肠伤寒。

死！这是从来没有上过念头的事情，突然好像在航海中的远山，模糊地显现在水平线上来了。疲倦得不能支持，向监学请了假，把白昼是锁闭着的寝室打开，一进寂寥的寝室里去，向着空漠处突然站立着了。

“啊，我是一定要死的！”

不知不觉地流出眼泪来。

这是所谓 hypochondria① 的现象，这在肠伤寒的潜伏期中是必然要发生的现象。

像这样前驱的症候怕经过了一个星期，渐渐地不能支持，我便决心回家。由城里回家是要坐轿的，适逢其会正当我要回家的头一天，我那位嫡堂兄的三哥从省城回来，他是在省城铁道学堂才毕了业的。他也要回家，我们两人便恰好同路。但到第二天上，不凑巧，他找不着轿子。

我想他是衣锦荣归的人，同时又有三嫂在家里等着他，我便把我定下的轿子让给他坐了。

三哥回去后，我又在城里耽搁了几天，下痢的次数愈见多，热候渐渐持续起来，怎么也不能再支持下去了。

“回去，回去，我是不能再迟延的。”

雇定了肩舆由大西门出城，走到十里路的地方要渡过那条雅河。过河转向东南再走十里，便是水口场，轿夫照例是要在这儿吃早饭，过烟瘾的。

我们四川的轿夫差不多没有不抽鸦片烟的人。他们是到了只要有烟抽，甚至于连饭都可以不要的程度。结果是他们一天所得的钱，也就只好勉强够他们抽烟。在那时候鸦片烟还不很贵，吃饭倒很有几分艰难了。轿夫们在吃饭艰难的时候，逢着可以当饭的便宜的鸦片烟，那他们是怎样的欢喜呢。他们自然管不到甚么中毒不中毒，只要可以免掉吃饭的艰难，而且还可以除去许多痛苦，那便是天赐的灵膏。他们更管不到甚么亡国不亡国了。所以结果是轿夫抽鸦片烟成为了普遍的现象。但是，是多么悲惨的现象哟！

鸦片烟——吃饭问题，这是相连系的。鸦片烟的输入就是资本帝

① 作者原注：忧郁症。

国主义的袭来。资本帝国主义的袭来就是使吃饭成为问题的重要原因。做苦力的人，在封建制度的社会中，已经就是由吃饭困难产生出来的，那更经得起更高级的榨取，更高级的剥削呢？种田十年不如种烟一年。烟愈多，饭愈少。做苦力的人当然只好抽烟而不见吃饭了。

四川的轿夫你们是看不得的，一个个就像从坟墓里拖出来的骷髅。然而他们还是要抽烟，还是不能不抽烟。

我从前读过 Tolstoy 的一篇论麻醉性嗜好品的文章，他的大意是劳动阶级多半喜欢吃酒吃烟，那原因是想麻醉自己的良心，不忍见自己妻儿们无法避免的受难。这个当然是一个可以推想的原因。但我感觉着怕还是自己吃饭的问题要占动机的第一位罢？服用麻醉剂自己可以多出些力，少吃些饭，这是科学的事实。

到了水口场，轿夫们照例去抽烟去了。我坐在一家么店里休息。——那是兼营着饭馆、客栈、茶店、酒店各种生意的地方。这种铺店的街灯上，照例是写着“酒饭便易，河水香茶”。

我坐在店门口的一座方桌上，泡了一碗普洱茶，饭是一点也不想用的。淡淡的秋阳很忧郁地照在不洁的街道上，一切都好像带着一种惨白的颜色。自己心里非常忧虑，因为一天要泻好几次的肚腹要坐长途的肩舆，真是一种黄色的恐怖。

——“八老师，你的脸色怎么那样苍白？你人不好吗？”

我们同场的人叫我们兄弟都是在排行之下加“老师”两个字。是一位同场的人名叫杜子康的突然遇见我，很惊异地向我发问。

——“是的，我泻肚子。”

——“哦，那很不方便，你是回府，还是下嘉定呢？”

——“我是要回家去养病的。”

——“哦，还要坐五六十里路的轿子啦！”

他踌躇了一下又说道：“你来，你来，我拿一样药给你吃。”

他也是在那么店里休息着的，他是要进城去。我跟着他走进店里的一间房间里，那儿摆着几尊床，床上放着草缝和席子，枕头是几桩圆木。他向一尊摆着烟家具的床上躺下去了，叫我睡在他的对面。

——“这东西对于止泻是很有效的，你要吃一两口才行。”

他把烟灯点燃，一面开着烟泡一面对我说。鸦片烟的烟味很好闻，靠在别人的烟盘上“摆龙门阵”[1]，那真是一种神秘的境地。在吃饭不大成问题的人也普遍的嗜好鸦片烟，他们所追求的便是这种神味，比这还要更进好几百层的神味。烟盒子对于他们是地上的乐园。

我勉勉强强地抽了两口烟，烟泡子怕起了好几次火；抽起来的味道很苦，没有不抽的时候那样好闻。抽烟也是有艺术的，抽不来烟的人只好像吹洞箫一样地吹，不会吸。不是把灯吹熄，便是让烟泡子着火。要抽一两口烟，装烟的人真是要费很大的气力。

你听抽烟的人讲起抽烟的艺术，那真津津有味了。

开始是烟家具的讲究。所有一切的烟斗、烟枪、烟灯、烟签，都有有名的出产地或专门的匠人。烟枪的讲究可真不亚于女人的讲究梳头。为要使那枪杆的色气染成金黄，他们不惜把自己的烟枪在尿缸里浸过好几个礼拜。烟嘴和烟脚是要用上好的玉石来装饰的。枪裹肚不是纯银便是纯金，还要嵌上许多宝石。

其次是开烟的手腕。这是很精巧的一种技艺，要把烟泡子炼来非常粘韧，上在烟斗上要形成一个肚脐眼，那便是上选。

连吃烟的声音也可以听得出那人的手腕的高下。要一气呵成，要玲珑清冽，活乐翁、活乐翁、活乐翁地好像大珠小珠落玉盘。

这些艺术，门外的人只凭着耳食的绪余是不能够形容尽致的。这是吸鸦片的艺术，也就是有闲阶级的艺术一般。他们是要讲究雕琢，讲究色彩，讲究声韵，讲究神味的，这不是和抽鸦片烟的艺术是完全相通的吗？欧洲颓废派的文人 Coleridge[2]，DeQuincey[3]，Baudelaire[4]，Verlaine[5] 等等不同时就是鸦片烟的嗜好者、赞美者吗？

有产阶级的艺术就是鸦片！

吃了杜子康的两口鸦片委实是见了奇效，那天坐了一天的轿子，在黄昏的时候到家，竟一次都没有泻过。

---

① 作者原注：四川方言：谈天。

② 作者原注：库尔律治（1772—1834），英国湖畔诗人之一。

③ 作者原注：德·昆塞（1785—1859），英国湖畔诗人之一，著有自叙传《吸鸦片者的忏悔》。

④ 作者原注：波特莱尔（1821—1867），法国诗人，著作以《恶之华》为最有名。

⑤ 作者原注：凡尔仑（1844—1896），法国诗人。

回家走进中堂，在阶缘上遇着三嫂。

她笑着说：“八弟，你回来了。”

我也笑着回应她说：“我回来了。”后来她对我说，我那时的笑容是很凄寂的。

我走路已经很勉强了，父亲从后堂走出，劈头遇着我。父亲很带着一种惊异的神色。

——“八儿，你怎样的?”

——“我人不大好。”

父亲转过身跟着我走进去。我的两个妹妹和三个侄女来扶着我，她们是和母亲坐在后堂的门口的。

母亲也站起来迎着我。

——“八儿，你回来了，你人不好吗?”

——“我回来了，妈，我人不大好。”

走进母亲房里去，倒在前面的一间厢房里的床上睡下，我从此便失掉知觉了。

五

父亲是懂中医的，但他并没有学过医。他只是凭自己的聪明和经验，集收了不少的医药的知识。他看病不评脉，也不谈甚么阴阳五行的玄理。他只望望气色，问问病情，看看舌苔，审审热候罢了。在缺少医师的我们乡下，他虽然并没有挂牌，但也有不少的病人找他。事情也奇怪，凡是找他的人大概都是药到病除。因此，乡里人差不多把他当成了救世主一样。我们的大伯父也时常嘲笑他，说他是“神仙太医”。

这种事实在科学上是可以说明的。本来人的本身具有自然疗养的力量，一切的病患都是自己在疗养，医生不过是帮助这种机构的运行罢了。所以大概的病只要能够静养，都可以不药而痊。一般医生虽然平庸到万分，也能够糊口的原故就在这个地方了。父亲用的药是一些温和的药，这对于人的身体是不会有害的。又加以别人信仰他，这第一着便使患者安心，是医病的第一种妙剂。

我那回回到家中，父亲照着平常的惯例，也就开了一服温和的药给我吃。平常家里人一有病痛都是用父亲的药方的，但我的病情太重了，使他失了主宰。他便不能不去找我们场上的唯一儒医宋相臣先生了。

宋相臣先生是一位秀才，他本来不是我们场上的人，是从流华溪迁徙来的。听说他在小的时候是无父无母的孤儿，他在一家药店里当小工，药店主人看见他勤敏，才收他为弟子，教他读书，后来他竟成了名，进了学。他的夫人就是那药店主人的女公子。他是在药店里面陶养出来的，不消说是以医为业。但他的医业的行世，与其说是靠他的技术，宁肯说是靠他的秀才学位。他是专家，但是乡里人却不大肯去找他，或许也怕是要花钱的原故。

父亲和他很相好，对于他的医道虽不很心服，但我的病症太重，因为他是专家，便还是走去和他商量。

我在泻肚子，宋先生说这是“阴症”。我的发烧、流鼻血等等据说又是“外感”。要先治里后治表。于是给我一服分两很重的附片、干姜。

药方的决定是在我回家后的第二天上半天。我的热度那时稍微退了一点——这是当然的。伤寒症的热候通是上半天低，下半天高。我那时候一点意识也没有，怕已经在四十度以上了罢。

药方决定了，是我的大嫂亲手替我熬的。大伯父也很关心，他平常是不进我们父母房间的人，却一天也要来看我一两次。他看见大嫂在熬药，还给她些注意，说要留心，不要使药罐沸了，总要熬得很浓。

一服大热药而且还熬得很浓，这吃了便立地见效。所有一切的黏膜都焦黑了，口舌眼鼻没有一处不是纯黑的。脑症爆发了出来，就像发了狂的一样。

——“我要到地下去睡！我要到地下去睡！”

我在床上总是不想安定，总要奔往床下。我不住地乱吼。我所吼的要往地下去睡，听的人又加上了一种不祥的意思。这使全家上下都鼎沸了，尤其不安的是我的母亲。

宋先生束手无策了。父亲和伯父也都缩手无策了。邻村附近的医生是有限的，谁都配不上去请求。要下城去请罢，医生请来恐怕人已经死了。

但是说死，我又没有断气，只要有法可想总也不能不设法。当天便去请巫师来降神了，听说在我的床前杀了一只雄鸡，把心脏挖了出来敷在我的心上，这倒不晓得甚么意思。

还吃过甚么雄黄丸、六神丸，方法差不多都用尽了。

到了第三天上半天，有位从堂的叔父，他推荐一位姓赵的医生。赵先生住在隔河三十里的太平市，从来没有名望。瑞叔也只是在偶尔的一个机会上认识了他。死马当着活马医罢，没有办法只好去请赵先生了。

赵先生是到第四天上午才请来了的。他一来，就开始了斗争。他的主张和宋相臣完全相反。他说我的病是“阳症”，完全要用凉药。他开了一服分两很重的芒硝、大黄。宋先生不消说是反对的，父亲也不敢赞成他的主张。从上午起彼此讨论病情，讨论到下午，怕要到四五点钟的时候了，药方都还是不能决定下来。母亲为催这药方，从后堂走到前堂来，往返了五六次。

我的四姐是许配在隔河的许湾的，那在太平市下游还有十里路远。我回家的晚上便请母亲派人去接四姐回来。四姐大约是第二天的下午或者第三天的上午才回家来的。她就和我母亲交替地看护着我。

四姐回来的时候听说我好像清醒过一下，我对四姐说：

——“四姐，五哥死了！”

我说了就哭了起来，她起初还以为我是在说谵呓，但我给她说在某一本书里面夹着有一封信，教她不要把给父母看。

信是果然有的，那是五哥从日本写回来的。他在日本和大哥生了点间隙，大约因为钱不够用。他的信上便写了许多要自杀的话头。信我是在嘉定接着的，回家来便夹在那本书里面。但这些我在病好后都失去了记忆，我和四姐的对话完全是下层意识的作用。

在那最后一次我母亲出去催药方的时候，天色渐渐黑下来了，本来是光线不足的房里便愈加阴晦起来。四姐一个人守着我，我是一个半死的人。张起焦黑的嘴唇，翻着白眼睡着。安静的时候，就像死人一样。不安静的时候，就像狂人一样。四姐不消说是很害怕的。她在我母亲出去了一会之后，也走出来唤我母亲。

她只叫了一声“妈！”

我母亲号啕痛哭起来了：

——“啊，八儿死了吗？八儿死了吗？赶快把帐子给他下了，免得他打进枉（网）死城去。”

说着，哭着，便朝里面走，再没有工夫听四姐的分说。伯母、叔母、嫂子、姐子，都跟着母亲朝里走。但是我是并没有死的。后来在我病好的时候，我母亲笑我四姐，我四姐也笑我母亲。

母亲说："四姑娘，你想，那时候大家都是提心吊胆的，你把他丢了，一个人跑出来，哭声哭气地喊我，谁个也会想到八儿是已经死了的啦。"

我们四姐也说母亲太着急了，一点都不由分说。

——"那时候你就向我分说，我以为你是假意说来安我的心的。"

赵医生的主见很坚决，他绝对要用他的药方。如不用他的药方他就要走。他说他的药方虽然是泻药，但吃下去病人泻的次数会一天一天地减少，而且要干到没有的程度。连父亲要稍微减轻他的分量他都不肯赞成，他那种刚愎的态度听说实在是少见的。

在那时我也奇怪。我母亲说是我有神人搭救，是我该得不死。但那也自然是一种潜在意识的作用了。分明是失了意识的我，我卧在床上偏偏会喊出："我要吃姓赵的药！我要吃姓赵的药！"我们母亲把这件事情看得很不可思议，吃姓赵的药最后是母亲作的主，她是照着我的要求决定的。父亲呢？他完全没有主宰了，他只是听天由命。假使吃了是死，那不吃也是死。所以他也赞成吃了，是一种绝望的赞成。

出乎意外的是吃了姓赵的泻药，病情并不见增加，而且果如所料，泻的次数减少了下来。大夫主张还要吃，一连吃了六服，大概是两天一服的光景，这也差不多有两个礼拜了，我那时候下的只是一个两个很小很小的黑结，臭气是非常厉害的。那时候我的意识渐渐恢复了，我自己也晓得臭味了。那种黑结我到现在还不知道是甚么东西，或者是那肠内的结痂的排除罢？在这时候那姓赵的还要用下药，父亲便再没有依照他的主张了。大夫把药方开好总是不用，用的是父亲自己处的药方。这或许也是我该得不死，是我父亲把我搭救了。肠伤寒在那脱痂中是最容易发生肠穿孔、肠出血的危候的，假使在那时还要继续用泻药，那会得到一个甚么结果，真是谁也不能预料了。

高度的热候渐渐地平复下来了。我差不多有三个礼拜水米不曾沾牙，我是骨瘦如柴的。到我能够起床，能够坐着不发生动摇，也好像还经过了三四个礼拜。不幸的是并发症发作了。耳朵聋了好久，一直到现在都还是十分重听。这是并发症的中耳炎。腰部痛了好久，痛得夜里都失了睡眠，这是并发症的脊椎加里司（Wirbelcaries）。这些并发症和治疗在当时都是不知道的，虽然也吃了些汉药，但等于听其自然！耳朵的半聋，腰椎的不能久经劳动，这是我生理上的最大的缺陷。

当我热度很高的时候，我一切知觉都失掉了，但我的潜在意识却非常活跃，我是做了一个很长很长的梦。

我已经到了上海，而且在上海进了学堂，那学堂也是考棚改的。

我在那儿住了一学期竟公然考了第一。在第二学期中我因为跳木马把左手跳伤了，不能不回家就医，但我又舍不得抛荒了学校的学业。后来我想了一个两全的办法，便是把手切下来送回家就医，我自己仍留在学校里。

就这样昏昏瞀瞀、似梦非梦地继续下去。一时好像看见自己的左肘挂在父亲的床柱上就医，脱离了躯干的左肘已经枯黑了，自己不免有些感伤。同时自己也觉得好像有些不合理。

但一时又站在上海城头看东海日出。那时候我以为上海是在海边，只要立在城头便可以看见海。茫茫的一片大海从城下一直迷漫出去，一望都是云雾。在那云雾当中昏昏瞀瞀的一轮红日。这便是所谓东海日出的光景了。但过细地看，又好像只是立在嘉定城头看青衣江上的旭日。

自己的左肘在家里就医，在上海的身体不免时常想回家来看看。正在疑惑着：太远了怎么可以回去？但一转瞬间又已经飞回到家里了。飞回家时是要经过巫峡的，很想在飞回上海时看个清楚，但总是云雾层层的，看不清楚。

有时候好像有一位朋友把我引到一家人家去，一进门才晓得是娼家。我便责骂了那位朋友一场和他绝了交。

有时候又好像因为自己的书法很好，被那一个的国王看中了，便聘请我去做客卿。因为我爱菊花，便替我修了一个菊圃。我住在一座玻璃亭子里面，四面都是各种各样的菊花。

就是这样的好像有联系好像又没有联系的不规则的幻想，时隐时现，一直缠绕了我好几天。我在梦中就好像过了好几年。

六

三月了。

学校正在举行临时试验，家里打发了一乘轿子来接我回去。因为在去年年底死了的大伯父要上山了。

我们大伯父是在二十岁的时候得了痨症，真是亏他调养，他一直活到六十二岁才过世。

试验要在下午两点钟的时候才能完毕，完毕了动身出城时已经是三点钟了。

三月的天气很短，抬我的两位轿夫，一个叫吴长发，一个叫张老大，都是我们乡里有数的老轿夫。他们抬着我走不上四十里路光景，天便黑了下来。我心里非常着急，我便下来让轿，让他们抬着空轿子走。那两个老先生真是没中用，抬着空轿子都走不赢我，一直便落在后边去了。

我一个人在路上走。天色渐渐地黑到快要伸手不见掌了。我是从来没有走过夜路的，路又非常的寂寥，沿着大渡河走差不多三五里路都是渺无人烟。大渡河的流水活落、活落、活落地在那黑暗中流着。靠山的一面不断地有风吹林木的声音。

路愈黑，愈见增加着胆怯。一面怕有强盗乘着夜阴出来抢劫，一面又在怕鬼，虽然自己并不相信有鬼。路上黑森森的林木都好像活着的魔鬼一样向你袭来，只是使你的毛骨悚然。走到有人家的地方时，怕强盗的心理又要占优势了。到那时又只好放轻着脚步，凝集着呼吸，一样毛骨悚然地悄悄地走过。就这样，我走了二十几里路，走到酆都庙了。

酆都庙的村落是在一个山坳里，平时我们很忌避那个地方。在小水天的时候，村前面一个大大的水湾现成沙地，人们就在这沙地上取捷路走过。

我走到酆都庙了。没有灯亮一人还要走十五里路，我终竟没有那样的胆量了。但我同时也放大了胆子走进了酆都庙的市街。我有两种想法。我想那两位老轿夫走到这儿一定要上街买灯火的，我不如在那街口的一家么店上等他们。万一他们不来时，不买灯火我也不敢再走了。

我上街去走到一家卖蜡烛的店里。这儿刚好有几位我们场上的人在做饭吃。他们都是江湖上的人。好像是“礼”字堂或“智”字堂的兄弟。他们见了我非常的亲密的。

——“哦，八老师，你是回府吗？”

——“是的，我路走黑了，我来买灯火。”

——“你为甚么没有坐轿子呢？”

——“我让了轿，是吴长发、张老大抬我的，他们抬不动。”

——“啊，是那两位蠢棒？”

他们和我谈了一阵话，我坐在门口等那两位轿夫。他们的饭弄好了，无论如何都要请我去吃。我不得已只得领了情。有一位铜河上游的铜街子的某老大伯爷，他们替我指识了，我便和他两人坐在上席。那老大伯爷真是老，须眉一切都是雪白的了，他非常客气。

我把饭吃完了，又坐在门口等，但那两位轿夫却不见来，我心里有些着急了。

——“八老师，你是在甚么地方让的轿？”

——“还没到罗汉场的时候。”

——“哦，那吗他们一定在罗汉场吃了鸦片烟，看见天气晚了便在那儿落宿了。不然便弯道走到堰溪口去了。”

我也是这样想。我想他们假如走过酆都庙时，无论怎样是要上街来买灯火的。但是念头一决定后，我反而踌躕起来了。我是回去，还是不回去呢？要回去时，一个人还要走十五里路。

——“八老师，我看你今晚上不要回去罢。路上很不好走。万一踏失了脚，落到河里去了，那不是好玩的。我们明天清早一大早回沙湾，我们一道走罢，连我们今晚上都是不敢走的。”

——“不走，我可没有地方睡呢。”

——“啊，那不要紧，那不要紧！大伯爷的床很宽，可以睡两个人。八老师，你一点也不要客气。我们出门人是用不着客气的。”

——“我一点也没有客气呢，多谢你们。”

坐了好一阵，他们替我把床敷好，我便和那位大伯爷一床。

那是一间很小很小的房间，在老大伯的床之外还有两尊。我看着他们抽鸦片烟，把瘾过足了，把灯吹熄之后，大家便脱衣就寝。

房壁是有无数的大框小洞的，睡在床上可以望得见天星。一阵一阵的牛屎臭味。

这是一种奇怪的际遇。我一来不安，二来不惯，睡在床上只听见他们次第的打起鼾声，我自己却怎么也不能睡熟。

快天亮了罢，快天亮了罢？怎么总听不到鸡叫？这儿的乡村难道是没有人家养鸡的吗？没有鸡，狗总会有的。天将亮时，狗或许要叫，但也听不到狗叫。睁着眼睛在床上总是不能睡熟；但又不好翻身，怕把同床的那位老人搅醒了。我渐渐感觉着燥热起来了。

啊，好容易！远远听着狗的叫声了。不一会又听到许多人的嘈杂的脚步声音。

我睡的地方，隔壁便是一条巷道。嘈杂的脚步声、人声，愈见近了，愈见近了。明晃晃的一道一道的火光从巷道中走过，这从壁缝里是看得很鲜明的。我心里又顿然感觉着一种别样的不安。啊哈，在这儿今晚上有甚么明火抢劫的事情吗？门外有猛烈的敲门声了。啊，就是抢的这家店铺吗？我的悬念刚好起来，又听见门外的人在叫喊了。

——“赵老板，赵老板，沙湾场郭鸣兴堂的八老师……”

啊，救命菩萨！我刚好听了一半便从床上跳起来了。

——“哦，我在这儿！我在这儿！”

在外边叫门的分明是我父亲的学徒朱先生和我家里的用人刘老大、刘老幺的声音。这当然是我家里派来接我的人了。

我一起床，房里的人大家都醒来了。赵老板和老板娘也起来了，他们把门打开，朱先生、刘老大、刘老幺还有其他的人都同声地叫道：

——“啊，八老师！你赶快回去！赶快回去！”

——“怎么？家里出了甚么事情吗？”

——“张老大、吴长发抬着空轿子回去，老太爷、老太娘，都以为他们把你倒在河里面淹死了。老太娘气得死去活来。你赶快回去！赶快回去！”

我回头向各人告辞了，跟着我家里来的人回去。

前途隔不上三五百步路远的光景又是一群灯笼火把走来。看见我们的灯笼火把在走回头路，远远地听见那边的喊声：

——“八老师找着了吗？”

——“找着了！找着了！”

我们这边的一群人回答。从山边的空气中也回答出一片声音：

——“找着了！找着了！”

找着我的打头阵的人们很高兴，我起初还可以听见他们自鸣得意的一番谈话，但渐渐落在我的后边去了。沿途隔不好远便有灯笼火把，都是前前后后派来接我的人。我就像飞的一样走过，他们都掉头跟着我走。一队一队地也渐渐地落在我的后边去了。

我走了十里路，走到了陈大溪。前面又有人在叫：

——“八老师找着了吗？”

是五哥的声音，五哥是去年年底从日本回来的。

——“找着了！找着了！”

——“五哥，我回来了。”

——“啊，你赶快回去！赶快回去！赶快回去看姆。”

我又赶过了他们，我走到了街口了。在百岁坊下又有人在叫：

——“八老师找着了吗？”

是我父亲的声音。

——“找着了，找着了。”

——“爹，我回来了。”

——“哦，你赶快回去！赶快回去看你母亲！”

我又把父亲赶过了。走到家门口，同样遇着许多人，差不多没有时间和他们应答。我一直走进后堂，走进我母亲房里。许多人围在母亲床前，一看见我，——“啊，八弟回来了！——八哥回来了！——八叔回来了！——八老表回来了！……”

差不多异口同音地一齐叫唤了起来。

母亲是睡在床上的。我把床前的人分开，跪到床前握着母亲的手。母亲没有等我说话，先开口道：

——“啊，八儿！你回来了！你把娘望得好苦呵。”

母亲的声音是很弱很弱的。母亲把我拉来，坐在她的床边。

大家谈起张老大、吴长发回家时的情形了。

原来他两个是打从酆都庙前面的沙地里通过的。他们走到离城四十里的罗汉场慢慢地吃了饭和烟，再走到堰溪口（隔罗汉场五里路远）天就黑了。在那儿买了灯火，因此便用不着走上酆都庙了。

他们走到家里才晓得我并没有回家。这使他们大吃一惊，同时也使我们家里人大吃一惊。

父母盘问他们，他们是在甚么地方和我分手的？骇昏了的两位老头子支支离离地答应不出一个所以然。

问他们是不是在堰溪口买了灯火，没有上酆都庙去？他们一个人说没有，一个人又说去过。

就这样，使家里人堕入了迷宫。

他们愈受盘问，愈发慌，结果是发起抖来，流起眼泪来，一句话也说不出。

我的父亲、母亲自然要怀疑他们把我倒下河里去了。这在一边临河，一边靠山的道路上是很有可能的。

他们回家的时候是十二点钟的光景，我回家的时候已经快要三点钟了。母亲哭了整整两三个钟头。我们一面在闲话，母亲一面还在叹气。

母亲说："我真以为你是死了。我怎么也不甘心。你去年害了那场大病，娘好像把你再生了一场。你那时没有死，现在才被淹死，我真是不甘心。……"

我们说了一阵话，父亲、五哥才继续回来了。

还有一会天才亮，大家又才各自去就寝。

第二天清早，在母亲房里遇见我们的新五嫂。五哥在去年年底回来之后，在今年三月初头才结婚的，五嫂到我们家里还不上两个礼拜。

母亲为我指示，说："这是你的五嫂。"

我说："我们从前是见过的。"

五嫂红着脸给我一揖，我也还了一揖。

五嫂是王畏岩先生的次女，她长我不过一两个月的光景。王先生的家是在草堂寺附近的，当我在小学校的时候，每逢休假进城、出城，都要打从他房子面前经过。那王师母是喜欢站在门口闲望的。有时候在她的后边立着一个发才复额的姑娘，只露出半面来偷看外边。假使一看见有人经过，她便要立地躲开。有时候也可以看见这个同样的姑娘站在门槽里面的侧门旁边，微微把侧门移开向外边偷看。

这样的情景在现在是不能看见了。从前女子还没有解放的时候，一到十一二岁便要缠脚，蓄头，从此便不能出大门一步。要出大门要坐到水泄不通的轿子里面，和外边的世界可以说完全绝了缘。在这样的时候，外界对于人的诱惑是怎样的猛烈哟！所以虽然是百无所有的空街，那大家闺秀们也不能不偷看的苦心，我们是可以体会了。

那位发才复额的姑娘便是我们的五嫂了。照样是小巧的面庞，双颊晕红，双眉微颦，眼仁漆黑；只是人是长高了。但那细长的身材，高矮适中。城里人的穿着是比较入时的，因此，新五嫂的确为家中带来了新的气氛。

在我小学校的第二学期的时候，她家里遣人到我家里来说亲，要论年龄相当那是只有我，但我在小时候便已经定了婚，当时五哥的未婚妻却刚好死了。父亲把这种情形回复了王家，五嫂就同五哥定了婚。定婚没两个礼拜而我的未婚妻又病死了。这件事情我们母亲后来常常说起："一切都是姻缘。假使王家的亲事再迟提两个礼拜，叔嫂不就

成为了夫妇吗?”是的，一切都是姻缘。从前女子的命运就是这样决定的，迟早两个礼拜，便有终身的境遇的不同。五嫂与五哥的结婚自然不能说是不幸，但就因为有这样几微之差而生出幸与不幸的，恐怕是不计其数的罢。

五哥定婚的时候是在东洋，他不知道听了甚么人的中伤，说王家的出身微贱，王畏岩先生的祖父好像是位裁缝，他便对于这件婚姻大不满意。他从日本写了无数次的家信回来反对。这或者也怕是对于恋爱结婚的一种憧憬的表现罢?在他们尚未成婚之前我们是很担心的，因为五哥是军人，他的性情很刚愎。但出乎意外的是他们结婚之后，伉俪之笃真真正正如胶似漆了。

在我害肠伤寒的去年下半年，正在我病危的时候，王家遣人来报信，说五嫂也患着热症很危险。五嫂的热症我想来也怕是肠伤寒罢?因为那是一种急性传染症，同在嘉定城，有同受传染的可能。我病了，她也病了。我好了，她也好了。我们的四姐后来还说过笑话：

“你两个幸好不是夫妇。假如你们是夫妇，别人会说你们是害的相思病呢。”

但她的不幸也怕就和我的不幸一样，就在害了这一场重病。

她病后没半年便和五哥结了婚。年底便生了一个侄男，产后仅仅三个月便吐血死了。

她的病在我们中国，从前叫作产后痨，又叫百日痨。这不消说是一种急性的肺结核（Tuberculosis pulmonumacuta）。在从前的人以为在月中行房便要得这种险症，其实完全是一种迷信。

在这儿我有两个揣测。

一个是我们五嫂的肺病是在患了肠伤寒后得的，就像我得了中耳炎、脊椎炎一样，她是得了轻微的肺结核症。——肠伤寒患者是有这种并发症的可能。有肺结核的人经不得生产。假使一经生产，不怕就是轻症也可以立地变成急性的症候，那便有性命的危险。在医药进步的国家，有肺结核的孕妇是要用人工堕胎的。我们的产后痨、百日痨，就是因为缺少这种知识，牺牲了不少的女子了。

还有一个是到了我们家里之后受了传染。

我们的大伯父是多年的肺结核患者，我们的九婶也是得了产后痨死的。五嫂的居室不幸就是九婶住过的房间，我们又不晓得消毒，这就很有受传染的可能的。

无论是那一个原因，我们的五嫂是因为社会的无知而牺牲了。

五嫂死的时候我已经在成都读书。她在临终时大约看见我的幻影，听说她向着空漠中说：“八弟！八弟！你回来了，啊，你回来了！”母亲安慰她说：“你在思念你八弟吗？你八弟在成都读书不能够回来。”但她始终坚持着说：“八弟回来了，回来了。”她还指出我所在的地方。

这位五嫂和我因为年纪不相上下，我们彼此都很避嫌疑，平时是连交谈的时候都很少的。

好像就是那一年的暑假。有一天晚上我和五哥、三哥，还有几位兄弟，在最外一重的中堂里面押诗谜，押到兴头上来了。平常五哥和五嫂差不多是瞬刻不离的，那晚他却为诗谜所缠缚着了。我因为要去找几本旧诗本便一个人走进后堂去。在那第三重的后堂前，五嫂一个人孤零零地坐在那儿。她看见我进来了，远远地就招呼着我：

——“八弟，你们在外边做甚么有趣的玩意儿？”

——“在押诗谜呢，很有趣。五嫂，你不去参加吗？”

——“有三哥在那儿，我怎好去得？”

——“三嫂都在那儿呢，你怕甚么？”

——“你一个人怎么又跑进来了？”

——“我进来找诗本子。”

——“你们倒有趣，我一个人在这儿坐得有点害怕了。”

——“我去把五哥叫进来罢，说你有事叫他。”

——“不，你不要去叫他。你就让我一个人在这儿坐坐好了。”

她这样说了，我觉得好像有暂时留着陪伴她的义务一样，怎么也不好离开她就一人走开。

——“怎么不进母亲房间里去坐呢？”

——“母亲已经睡了。”

我走下阶沿，走到养着睡莲的石缸边上。

——“哦，子午莲都开了。”

——“可不是吗！我看着月光从壁上移到了天井的当中。”

就这样我把取旧诗本的念头抛去了，就立在水缸边上陪着她，想暂时疗慰她的寂寞。

可供说话的资料是很少的，因此沉默的时候也很多。

有一次彼此沉默了一会，她突然地微微笑出了声来。

——“想起了甚么事情好笑呢?”我问她。

她说:“我想起了你的相片。”

——“我的相片?”

——“是呢，我们家里有一张小学堂甲班毕业生的相片。”

是的，是有那么一张相片。那时候她的父亲王畏岩先生在做县视学，那相片的当中是有他的。县长坐在正中，视学坐在县长的右边，校长坐在左边。

——“我有甚么好笑呢?”

——“我笑你那矜持的样子。你人又小，要去站在那最高的一层。你看你，把胸口挺着，把颈子扛在一边，想提高你的身子。”

她一面说，一面也做出这样的姿势来形容。她自己又忍不住好笑，连我也陪着笑了。

——“不过，”她又说，“那也正是你的好胜心的表现。你凡事都想出人一头地，凡事都不肯输给别人。是不是呢?”

这是她的观察力的锐敏的地方，我隐隐地佩服她，她好像读破了我的心。

——“八弟，你知道我叫什么名字吗?”

——“我不知道，是不是叫‘王师什么’呢?”因为她有两位小弟弟，一位叫王师轼，另一位叫王师辙，是说要学习苏轼和苏辙。

——“对了，我叫王师韫。”

——“是谢道韫的韫啦。”

——“你猜对了。”

就这样淡淡的几句话，却和那淡淡的月光一样，在我的心中印着一个不能磨灭的痕迹。只要天上一有月光，总要令人发生出一种追怀的怅惘。

七

大伯父的会葬过后，学校里起了一次弥天的风潮。

事情是这样。那骄气横溢的丁监学在学生吸烟室里看到了“丁平子不通”五个字的题壁。

吸烟室和厕所的题壁本是学生生活的安全瓣。学生时常受着管理人的压制、胁迫，就好像一个囚犯。只有到这些地方，他才感觉到他自己的自由，把他胸中的愤懑，或者希望，向着墙壁发泄。这样的事情你是不能够认真的。假使连这样的事情你也要追究，那学堂的管理人也就不胜其烦了。

但是那骄气横溢的丁先生却严烈地追究起来。

他把全校的学生都召集到大礼堂上，把全校的教职员也都请了来。他当着众人宣布了他在吸烟室里看到的那五个字："丁平子不通。"他接着就是一篇演说：

——"我丁平子，三五少年也曾东渡，前年留学界闹取缔风潮，鄙人被选为四川留学生同乡会的总干事。回到上海也曾侃侃谔谔建言当道。适因本府中学腐败，监督①秦公受当局宠任，荣膺整理之责，来函以监学相委，以为整理本校非鄙人之力不能。鄙人难负监督秦公之雅望，桑梓之重托，勉力来就斯职。就职以来，对于学风之整饬，学生之管理；自以为已鞠躬尽瘁，当不无几希成效之可言。乃今竟蒙赐以最不名誉之'不通'二字！夫以大通而特通之日本留学界犹称为通之又通的我丁平子，乃受本府中学的一通不通的学生们称为'不通'呀，这在我从大通而特通的日本留学界犹称为通之又通的丁平子，岂不是奇耻大辱吗？……"

就这样，以他那尖锐的洋钢签子的声音，在"通"与"不通"的几个字上，翻来覆去地做了一篇翻案。接着又把他讲了一两个学期还没讲上两三千字的世界地理的讲义——章太炎风的文章——从头至尾读了一遍。他当着众人辞职，说：限于三天之内，把那写字的人寻出来处分。如若不然，他便永不回校。

丁先生辞职！这可不得了，这简直好像国王退位一样。

学校把课也停了，一方面教职员举代表，学生举代表去挽留，另一方面教职员私下密查，学生自行检举，寻找那写"丁平子不通"的人。真好像秦始皇找博浪沙投椎的勇士一样，一学堂都闹翻了。找了三天，那个人竟公然被找了出来，那是我们乐山县的学生刘祖尧。

其实那"丁平子不通"的五个字究竟是不是刘祖尧写的，还是一个疑问。虽然有些与丁平子同县的学生说是亲眼看见刘祖尧写的，但他自己是否认的，在壁上用粉笔写的字，谁也难把笔迹认准确。然而学堂的办事人却高兴到了万分，当晚就把刘祖尧斥退，逼着把他的铺

① 作者原注：那时候校长称为监督。

陈行李送出学堂。一方面教职员代表和学生代表才又出去把那夫子去堂三日而就宿于旅馆的大通先生迎接回来。这时，丁大通先生真好像凯旋将军一样。

啊，好不威风！学堂是监学的江山，学生是办事人的奴隶！

刘祖尧是我们换帖的朋友之一。在小学时张伯安、吴尚之和我的换帖行为渐渐展开，在中学堂的时候已经有二十好几个人了。刘祖尧也是其中的一个。

像这样由于莫须有的文字狱便牺牲了一位好朋友，这叫我们怎么能够心服呢？但是学校的高压、丁平子的严威、学生的众怒，谁也没可如何。因此，我们对于丁平子的怨恨是与时俱进的。

转瞬之间也就到了暑假。学年试验已经完毕，我不两天也就要回家去了。伯安、尚之跟我饯别，在那天晚上我们同在土桥街的意如轩吃酒。

尚之那时候也考进中学了，他在乙班。伯安是自始至终和我同在甲三班的。

因为都是喜欢酒的人，我们好像吃了好几样酒，外来的绍酒、白玫瑰，四川的大曲、高粱，一样都吃了一点。吃得并不多，但因为是混成的原故，却早早醉了。

醉了，把尚之送回家，我又到伯安家里去谈了一会，伯安雇了一乘轿子把我送回学校。

我回到自己的寝室，睡了。有一位同学来谈起了刘祖尧的事，这便引起了我一腔的悲愤。一年以来压我心头的怒火，就像火山一样，爆发出来了。

我破口地骂了丁平子，骂他是专制魔王，骂他虚骄，骂他稚气，骂他没有学问，骂他不通，差不多足足骂了两个钟头，把甚么都给他骂到了。

我的窗外愈拥愈多地拥集了无数的学生。丁平子听说也到我窗外来徘徊了好几次，他终竟也把他的怒火爆发了。

待我渐渐清醒起来的时候，学校又由丁平子一个人闹得天翻地覆。他也一样地骂我，骂我没有家教，骂我倚仗父兄的势力侮慢师长，骂我破坏校规，骂我不知羞耻。他把对待刘祖尧的态度来对待起我来了。那就是把他一人的去留来胁迫着校长开除我。

不过这回他却受着了意外的障碍。

第一是我们乐山县的教员们极端反对。经学教员黄经华先生、国文教员李肇芳先生、东文教员魏文通先生，都说是有望的青年不能处以绝路，并且是酒醉了的人，便是国法也应该减等。最有趣味的是黄经华老先生，他说：

——“丁先生，郭某为甚应该斥退？”

——“他的罪过那样的鲜明，你还要问我吗？”

——“是不是说他吃醉了酒，骂了你？”

——“自然！”

——“他是年青人，又是吃醉了酒的，不能够和他计较；你是先生，又没有吃醉，你不是也狠狠地回骂了他？”

——“那吗，请秦监督免我的职！”

他一冲就从那最高一层的教职员会议室冲了下来，在大礼堂后边劈头便碰着张伯安。伯安是听见我生了事，从家里赶上学堂来的，他也是有酒意的人。

——“甚么！丁丁儿（丁平子的混名）要斥退吗？我和他势不两立！”

丁平子听了这话当然又是一肚皮的气。他刚刚走到礼堂，劈头又碰着帅镇华，他是我们小学堂的先生帅平均的儿子，大约也是吃醉了罢，他也很大声地叫：

——“丁丁儿要斥退老郭，我要以手枪对待！”

丁先生更忍耐不住，气冲冲地又跑回教职员会议室。那时候我正在那儿，我已经醒了一大半，被两位同学扶着，要我在校长面前陈辩。

丁先生很高声地叫着进来：

——“哦，秦先生，秦先生，不得了，不得了！我办了一年半的学堂犯了死罪，竟公然有人要枪毙我了！你看，这还了得？这学堂还可以办吗？……”

他一眼看见了我，又像燕子一样，一翻身又往外边走。

——“郭某和我，势不两立，我在这儿斥退不了他，我要上省去告；我在省里告不了他，我要进京！”

那时候嘉定还没有电灯（就是现在有没有，我也不知道），会议室里点着一盏挂灯，在桌上还高烧着几只洋烛。烛光和灯光射到室外的天井里，那儿依然是薄暗的。丁先生的剪了的头发还没有长齐，刚好披到肩上。他又矮，走路是一跳一跳的，因此他的头发便在肩头上

一披一披地披打。我从薄暗的光中醉眼蒙眬地看着他的背影，我隐隐自咎起来。我好像欺负了一位比我还年青的小兄弟一样。

事实上丁先生也未免太年青了！吃醉了酒骂人，这在我本来是一种恶德。但是你被骂的丁先生也应该内省一下，你到底为什么受骂？假使你内省不疚，那小孩子的醉态就像蜉蝣撼大树，何损于你的泰山北斗呢？但他偏偏要和我那样计较，我现在除我自己甘愿认错之外，觉得你意气用事的丁先生也未免错了。

丁先生遇着了两重障碍，教职员一部分的反对和学生的反对，他当时终没有能把我斥退。第二天他回他的荣县，我也回我的故乡去了。我的斥退便成了悬案。校长的意思是只要丁先生不说话，他是可以不斥退我的。问题就在丁先生一个人身上了。

我以待罪的身份回到故乡，不消说是不很愉快的。但我父亲好像没有前次在小学校被开除时那样担心了。我们三哥那时在做铁路路股调查委员，由省城派到荣县去，父亲还请他和丁先生私下交涉，只要学校不开除我，便把我送到成都去就学也可以，请他不要追究。但三哥还没有到荣县，丁先生已经得了急症，一命呜呼了。

听说丁先生得的是喉症，刚好一晚上便死了，话也不能说出一句。他的夫人不久也得着同样的病相继死了。

丁先生一死，那我的悬案便无形消除。暑假过后，我又公然回到了学堂。那时候一般的朋友真是高兴，特别是在第二学期中说了一句“肝筋火旺”、便被他斥退了的易老同学。他那时候已经在成都存古学堂读书，暑假后上省时我们在城里会着。他说：

——“你的星宿高，硬把丁丁儿克死了。”

他总是离不了这种俗调。他还说：

——“丁丁儿那张尖嘴平生带过太带多了，所以死的时候连话都不能够说一句。这是活眼现报。”

其实丁先生的急症毫无疑问是白喉症（Diphtheria）中最猛烈的一种，毒性化脓。听说他的喉膜带灰绿色，这正是确证。乡里人就因为他不带白色，所以便相传以为是奇症了。

白喉症的传染性是很厉害的。不幸的他的夫人也成为了这同病的牺牲。

八

但我在嘉定中学堂就在一九〇九年的上半年，终竟遭了退。

中秋过后不久的一个礼拜日，我同好几位同学到乐山劝学所里去了。那时候是魏文通先生在当视学，我们去帮忙制造表册。从清早九点钟起制到午后两点钟，才告了一个段落。我从劝学所退出，沿着城墙边正想走到萧公庙去看戏。

萧公庙在城的正南丽正门内，劝学所是在城西的白塔。我们沿着大渡河畔的城边走去，途中是要经过王爷庙和铁牛门的。

走到王爷庙的时候，看见里面驻扎的粮子们正在准备武器，好像要和甚么人作战的光景。

我们看了并没有甚么惊异。因为那时峨边厅附近出了乱子，在此驻扎的营防已经下了动员令，不久就要出发。

同时有零碎的散兵迎面络续跑来，有的把包头打散，有的把上衣脱了，情形颇有几分狼狈。还有一两个警察，也拉着他的哭丧棒跟着飞跑。

我们还在笑。我说："这几位英雄为甚么弃甲曳兵而走？"

我们再往前走。刚走过铁牛门，前面城墙上就像海涛一样，黑压压地涌来一大群人，为首的都是嘉定中学堂的学生。看这个光景，不消说又是惹了事了。

——"是怎么一回事？怎么一回事？"

我们接上前去探问。同学中有好几位争着把情况说了。结果是不出所料，在萧公庙的戏场里学生和王爷庙的粮子发生了冲突。

两方面都是群众，而且两方面都是很骄纵的群众。从前有句俗话："考试的童生、出阵的兵。"——这是说这两种群众都是不好惹的。嘉定中学的学生闹事很有名，他们的不好惹正不亚于从前的考试的童生。但是王爷庙的粮子又正是要出阵的时候。

这两件不好惹的东西闹起事来，双方都诉诸武力。打呀，打呀，打呀，把一个戏场打得落花流水，双方都打出重伤来了。我们有一位同学打得吐血，听说有一位粮子也打得半死。粮子的一边终因为众寡不敌先逃走了。

许多同学就簇拥着那受伤甚重的一位同学向我们走来，他们要到王爷庙去和那儿的营长理论。

我们尽力阻挡着他们。到这时候，那士兵们为甚么在准备武器，我们才知道了。

“去不得！去不得！那儿已经在准备武器，你们簇拥起过，他们开起枪来，那不是好玩的。”

同学们听了我们的话镇静了下来。我们主张先回学校，和办事人商量好了之后，再作办法。

那时候，校长回到他家里去了。我们只好找着教务长张先生，监学詹先生。

学生见教职员是怕惯了的。每次闹事，凡是当代表的人总是要遭斥退。把张先生、詹先生请到礼堂来了，谁也不敢说一句话。那时候又是我逞强。我是并没有在场的人，我偏又代替他们把当时的光景报告了。张先生和詹先生都很表同情，就说非去和他们长官理论不可。他们自告奋勇，担任去开谈判。我们的要求是：

1. 要那营长亲自到校来赔罪；

2. 要斥革那肇事的粮子；

3. 要对于受伤甚重的某君赔偿医药费。

这三个条件，两位先生也答应拿去和对方接洽。大家也以为这次总可以见些效果，可以扬眉吐气了。但结果是和所期待的完全相反。

两位先生走回来的报告是：

1. 营长因公上省，现在是副营长负责，公务甚忙，不敢擅离职守；

2. 在国家有事的时候，不能够轻易开除弟兄以涣散军心；

3. 对方的受伤者比我们的更重，他们两位先生还去慰问过来。

这样一来，不仅我们的要求完全没有达到，反而是我们学校派了当事人去赔罪了。这不消说是不能够使学生满足的，要求那两位先生再取强硬的态度重新谈判。但我们那些先生终不愧是待人宽而责己严的古之君子，他们把在军门面前倒折了的威风却在学生面前恢复起来了。他们大大地责备了学生一场。但弄到第二天上课的时候，却没有一个人上课了。

由校外的风潮转变成了校内的风潮，教职员和学生都只好静听校长回来解决。学校派了专差往犍为县去接校长，在第三天的午后校长回来了。

不公平到这一次的斥退，那真是自有人类以来所未有！

校长回来的第二天上午挂了一道牌，斥退了八个人，记了好几十名大过。

被斥退的八个人中是有我的。但最残酷的是把那位受伤甚重、平常十分驯良的学生也斥退了。张伯安的斥退大约是曾经帮助我骂了丁平子？再老好也没有的我的一位堂兄，那天看戏虽然在场，他还受了误伤，但也遭了斥退。

后　话

以上是我去年三四月间在养病期中的随时的记述，纯然是一种自叙传的性质，没有一事一语是加了一点意想化的。

自己的计划本来还想继续写下去，写出反正前后在成都的一段生活，欧战前后在海外的一段生活，最后写到最近在社会上奔走的一部革命春秋。但这样枯燥的文字，自己在叙述途中都已经感觉着厌倦了。在这儿是可以成一段落的，我便采取了最新式的革命的刑罚：把这个脑袋子锯了下来。

没有甚么可说的了。读了这部书的人如能够忍耐着读到掩卷，在掩卷的时候假使在心中要这样问我：

——“你这样的文章为甚么要拿来发表？”

我的解嘲的答案很简单，就是说：

——“革命今已成功，小民无处吃饭。”

1929. 1. 12. 校阅后记此。

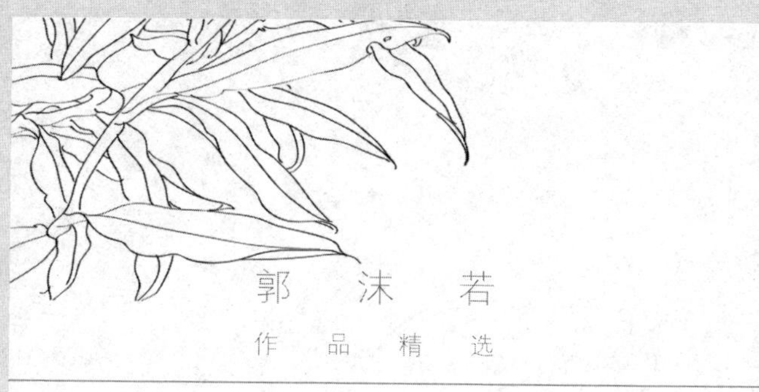

小说

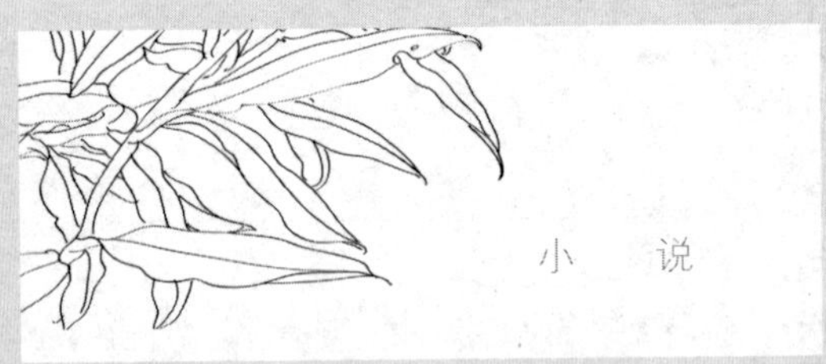

小　说

漂流三部曲

歧　路

一种怆恼的情绪盘踞在他的心头。他没精打采地走回寓所来，将要到门的时候，平常的步武本是要分外的急凑，在今朝却是十分无力。他的手指已经搭上了门环，但又迟疑了一会，回头跑出弄子外去了。

静安寺路旁的街树已经早把枯叶脱尽，带着病容的阳光惨白地晒在平明如砥的马路上，晒在参差竞上的华屋上。他把帽子脱了拿在手中，在脱叶树下羼走。一阵阵自北吹来的寒风打着他的左鬓，把他蓬蓬的乱发吹向东南，他的一双充着血的眼睛凝视着前面。但他所看的不是马路上的繁华，也不是一些砖红垩白的大厦。这些东西在他平常会看成一道血的洪流，增涨他的心痛的，今天却也没有呈现在他的眼底了。他直视着前面，只看见一片混茫茫的虚无。由这一片虚无透视过去，一只孤独的大船在血涛汹涌的黄海上漂荡。

——“啊啊，他们在船上怕还在从那圆圆的窗眼中回望我呢。”

他这么自语了一声，他的眼泪汹涌了起来，几乎脱眶而出了。

船上的他们是他的一位未满三十的女人和三个幼小的儿子，他们是今晨八点五十分钟才离开了上海的。

他的女人是日本的一位牧师的女儿，七年前和他自由结了婚，因此竟受了破门的处分。他在那时只是一个研究医科的学生。他的女人随他辛苦了七年，并且养育了三个儿子了，好容易等他毕了业，在去年四月才同路回到了上海。在她的意思以为他出到社会上来，或者可以活动一回，可以从此与昔日的贫苦生涯告别，但是事情却出乎她的意料之外。他回到上海，把十年所学的医学早抛到太平洋以外，他的

一副听诊筒因为经年不用，连橡皮管也襞塞得不通气息了，上海的朋友们约他共同开业，他只诿说没有自信。四川的S城有红十字会的医院招他去当院长，他竟以不置答复的方法拒绝了。他在学生时代本就是浸淫于文学的人，回到上海来，只和些趣味相投的友人，刊行了一两种关于文学的杂志，在他自己虽是借此以消浇几多烦愁，并在无形之间或许也可以转移社会，但是在文学是不值一钱的中国，他的物质上的生涯也就如像一粒种子落在石田，完全没有生根茁叶的希望了。他在学生时代，一月专靠着几十元的官费还可以勉强糊口养家，但如今出到社会上来，连这点资助也断绝了。他受着友人们的接济寄居在安南路上的一个弄子里，自己虽是恬然，而他的女人却是如坐针毡。儿子也一天一天地长大了，愁到他们的衣食教育，更使他的女人几乎连睡也不能安稳。因此他女人也常常和他争论，说他为甚么不开业行医。

——“行医？医学有甚么！假使我少学得两年，或许我也有欺人骗世的本领了，医梅毒用六零六，医疟疾用金鸡纳霜，医白喉用血清注射，医寄生虫性的赤痢用奕美清，医急性关节炎用柳酸盐……这些能够医病的特效药，屈指数来不上双手，上海的如鲫如蚁的一些吮痈舐痔的寄生虫谁个不会用！多我一个有甚么？少我一个又有甚么？”

——“医学有甚么！我把有钱的人医好了，只使他们更多榨取几天贫民。我把贫民的病医好了，只使他们更多受几天富儿们的榨取。医学有甚么！有甚么！教我这样欺天灭理地去弄钱，我宁肯饿死！”

——“医学有甚么！能够杀得死寄生虫，能够杀得死微生物，但是能够把培养这些东西的社会制度灭得掉吗？有钱人多吃了两碗饭替他调点健胃散；没钱人被汽车轧破了大腿率性替他斫断；有枪有械的魔鬼们杀伤了整千整万的同胞，走去替他们调点膏药，加点裹缠。……这就是做医生们的天大本领！博爱？人道？不乱想钱就够了，这种幌子我不愿意打！……”

他每到激发了起来的时候，答复他女人的便是这些话头。

他女人说：“在目前的制度之下也不能不迁就些。”

他说：“要那样倒不如做强盗，做强盗的人还有点天良，他们只抢的是有钱人。”

他女人说到儿子的教育时，他又要发一阵长篇的议论来骂到如今的教育制度，骂到如今资本制度下的教育了。

他的女人没法，在上海又和他住了将近一年，但是终竟苦于生活的压迫，到头不得不带着三个儿子依然折回日本去了。他的女人说到日本去实习几个月的产科，再回上海来，或许还可以做些生计。儿子留在上海也不能放心，无论如何是要一同带去的。他说不过他女人坚毅的决心，只得劝她等待着一位折返日本的友人，决计在今天一路回去。

为买船票及摒挡旅费，昨天忙了一天。昨夜收束行装，又一夜不曾就睡。今晨五点半钟雇了两辆马车，连人带行李一道送往汇山码头上船。起程时，街灯还未熄灭，上海市的繁嚣还睡在昏朦的梦里。车到黄浦滩的时候，东方的天上已渐渐起了金黄色的曙光，无情的太阳不顾离人的眼泪，又要登上他的征程了。孩子们看见水上的轮船都欢叫了起来。他们是生在海国的儿童，对于水与轮船正自别饶情味。

——“那些轮船是到甚么地方去的呢？”

——“有些是到扬子江里去的，有些是到外国去的。”

——“哦，那儿的公园我们来过。到日本去的船在哪儿呢？”

——“还远呢，到汇山码头还要一会儿。”

他同他的大儿对话着，立在他的膝间的二儿说道：“我不要到日本去，我要同爹爹留在上海。”

——“二儿，你回日本去多拣些金蚌壳儿罢，在那海边上呢。爹爹停一晌要来接你们。”

——“唔，拣金蚌壳儿呢，留下好多好多没有拣了。”

他一路同他儿子们打着话，但他的心中却在盘旋。一个年轻的女人带着三个儿子到日本去，还要带些行李，上船下船，上车下车，这怎么能保无意外呢？昨天买船票的时候，连卖票的人也惊讶了一声。“啊，别人都还要惊讶，难道我做人丈夫做人父亲的能够漠然无情吗？我是应该送他们回去。我是应该送他们回去。从上海到长崎三等舱只要十块钱，送他们去耽搁几天回来，来回也不过三四十块钱。啊，我是应该送他们回去。在船上去补票罢。是的，在船上去补票罢。……”但一回头又想起他同朋友们办的一些杂志来了。“那些杂志每期要做文章，自己走了之后朋友们岂不辛苦吗？有那三四十块钱，他们母子们在日本尽可以过十天以上的生活了，日本的行旅不如中国艰难，想来也不会出甚么意外。好在同船有T君照顾，我还是不能去。唉，我还是不能去。”——辗转反复地在他的心中只是想的这些问题。

他决下心不去了，但又悬想到路上的艰难，又决心要去。从安南路坐到汇山码头他的心机只是转斡。他的女人抱着一个才满周岁的婴儿坐在旁边，默默不作声息。婴儿受着马车的震摇，起初很呈出一种惊诧的气色，但不久也就像在摇篮里一样，安然地在他母怀中睡熟了。

坐了一个钟头以上的光景，车到汇山码头了。巍然的巨舶横在昏茫的黄浦江边，尾舻上现出白色的“长崎丸”三字。码头上还十分悄静，除有些束手待客的脚夫外还不见乘客的踪影。同路的朋友也还没有来。上了船把舱位看定了之后，他的心中还在为去留的问题所扰。孩子们快乐极了，争爬到舱壁上去透过窗眼看水，母亲亲手替他们制的绒线衣裳，挂在壁钉上几次不能取脱。最小的婴儿却好像和他惜别的一样，伸张起两只小手儿，一捏一捏地，口作呀呀的声音，要他抱抱。他接在手中时，婴儿抱着他的颈子便跳跃了起来。

——“日本的房屋很冷，这回回去不要顾惜炭费，该多烧一点火盆。”他这样对他的女人说。

她的女人也抚着她自己的手，好像自语一般地说道，这回回去，自己挽水洗衣烧火煮饭，这双手又要龟裂得流出血来了。

——“这回回去，无论如何是应该雇用女工才行。十块钱一个月总可以雇到罢？”

——“总可以雇到罢。”女人的眼眶有点微红了。“听说自从地震以后，东京的女工有的不要工钱只要有宿食便来上门的。但是福冈又不同，工钱以外还要食宿，恐怕二十块钱也不够用。”

——“我在上海总竭力想法找些钱来……”他这么说了一半，但他在内心中早狐疑起来了。找钱？钱却怎么找呢？还是做文卖稿？还是挂牌行医？还是投入上海 Zigoma 团①去当强盗呢？……

——“福冈还有些友人，一时借贷总还可以敷衍过去。我自己不是白去游闲的，我总还可以找些工作。”

——“放着三个儿子，怎么放得下呢？”

——“小的背着，大的尽他们在海上去玩耍，总比在上海好得多呢。……”

船上第一次鸣锣催送行的客人上岸了。他的女人伸长过颈子来，

---

① 作者原注：在美国城市中流行的一种流氓暴力团。

他忍着眼泪和她接了一个很长的接吻。他和孩子们也一一接吻过了，把婴儿交给了他的女人。但是同行的T君依然不见人，他有几分狐疑起来了，是起来迟了？还是改了期呢？动身的时候，悔不曾去约他。他跑出舱来看望。

T君的船票，是他昨天代买的，现刻还存在他的手里。他一方面望T君快来，但一方面也想着他不来时，倒也正好用他的船票送他的妻儿们回去。走出舱来，岸上送行的人已拥挤了，有的脱帽招摆，有的用白色手巾在空中摇转。远远望去，一乘马车，刚好到了码头门口。啊，好了！好了！T君来了！车上下来的果然是T君。他招呼着上了船，引去和他的妻儿们相见了。船上又鸣起第二次催人的锣来。“我怎么样呢？还是补票吗？还是上岸去呢？”他还在迟疑，他女人最后对他说：“我们去了，你少了多少累赘，你可以专心多做几篇创作出来，最好是做长篇。我们在那边的生活你别要顾虑。停了几月我们还要转来。樱花开时，你能来日本看看樱花，转换心机也好。”

他女人的这些话头，突如其来，好像天启一样。七年前他们最初恋爱时的甜蜜的声音，音乐的声音，又响彻了他的心野。他在心中便狂叫起来：“哦，我感谢你！我感谢你！我的爱人哟，你是我的Beatrice！你是我的Beatrice！你是我的！长篇？是的，最好是做长篇。Dante① 为他的爱人做了一部《神曲》，我是定要做一篇长篇的创作来纪念你，使你永远不死。啊，Ava Maria！Ava Maria！② 永远的女性哟！……”他决心留在上海了。他和T君握手告别，拜托了一切之后，便毅然走出舱来。女人要送他，他也叫她不要出来，免惹得孩子们流泪。

几声汽笛之后，黄浦江面已经起了动摇，轮船已渐渐掉头离岸了，他等着T君的身影渐渐不能看见了，才兴冲冲地走出码头。“啊，长篇创作！长篇创作！我在这一两个月之内总要弄出一个头绪来。书名都有了，可以叫做‘洁光’。我七年前最初和她相见的时候，她的眉间不是有一种圣洁的光辉吗？啊，那种光辉！那种光辉！刚才不是又在她的眉间荡漾了吗？Ava Maria，Ava Maria……永远的女性！……

---

① 作者原注：但丁。

② 作者原注：“福哉圣母！福哉圣母！”天主教追念圣母玛利亚之祈祷词，此处是把自己的女人当成圣母。

Beatrice……‘洁光’……”他直到走上了电车，还隐隐把手接吻了一回，投向黄浦江里去。

长期的电车把他心中的激越渐渐缓和，给予他以多少回想的余暇了，他想到他历年来的飘泊生涯，他也想到他历年来的文学成绩。“啊，我的生活意识是太暧昧了。理想的不能实行，实行的不是理想，逡巡苟且，混过了大好的光阴。我这十年来，究竟成就了些什么呢？医学是不用说了。虽然随着一时的冲动做过些诗文，但那是甚么东西哟！自己的技能有哪一样能够足以自恃！自己的文章有哪一篇能够足以自慰呢？啊，惭愧！惭愧！真是惭愧！我比得甚么Dante！我比得甚么Dante！我是太夸诞了！太无耻了！啊，我是……”他这么想着，又好像从灿烂的土星天堕落下无明无夜的深渊里。他女人对于他的希望，成了他莫大的重担。他自己对于他女人的心期，又成了精卫的微石①了。他的脑筋沉重得不堪，心里炽灼得不堪，假使电车里没有人，他很想抱着头痛哭起来。

这种自怨自艾的心情本来是他几年来的深刻的经验。他从事文笔的生涯以来，海外的名家作品接触得愈多，他感觉着他自己的不足愈甚。他感觉着自己的生活太单纯了，自己的表现能力太薄弱了。愈感不足，他愈见烦躁，愈见烦躁，他愈见自卑。直到现在，他几乎连笔也不能动了。“自己做的东西究竟有甚么存在的价值呢？一知半解的评论，媒婆根性的翻译，这有甚么！这有甚么！同情我的人虽说我有‘天才’，痛骂我的人虽也骂我是‘天才’，但是我有甚么天才在哪儿呢？我真愧死！我真愧死！我还无廉无耻地自表孤高，啊，如今连我自己的爱妻，连我自己的爱儿也不能供养，要让他们自己去寻生活去了。啊啊，我还有甚么颜面自欺欺人，忝居在这人世上呢？丑哟！丑哟！庸人的奇丑，庸人的悲哀哟！……”他想起John Davidson②的一首诗来。诗中叙述一位贫苦的音乐家，因为饥寒的缘故把他最爱的妻

---

① 作者原注：《山海经·北山经》：“发鸠之山有鸟焉，名曰精卫。……常衔西山之木石，以堙于东海。”《述异记》：“炎帝女溺死东海中，化为精卫，每含西山木石填东海，一名冤禽。”《博物志》：“炎帝女溺死，化精卫，与海燕为偶。生子雌曰精卫，一名冤禽，雄曰海燕。”

② 约翰·戴维森（1857—1909），苏格兰诗人和剧作家。作品有《舰队街田园诗集》、《新民谣》等。

琴都死掉了，他抱着皮包骨头的他妻子的残骸，悲痛地号哭道：

We drop into oblivion,
　　And nourish some suburban sod;
My work, this woman, this my son,
　　Are now no more: there is no God.

这节的意思是：

我们滴落在忘却之中，
　　同去培养那荒外的焦土；
我的作品，我的妻，我的这个儿，
　　都已没了：谁说有甚么天主。

他应着电车的节拍，默念起这节诗，他觉得好像是从他心坎中自然流出的一样。但是他又一回想，他自己究竟没有这音乐家的真挚。音乐家有他的作品足以供人纪念而世人湮没了他，他可以埋怨世人，埋怨上帝，但他自己有甚么资格足以埋怨人，足以埋怨一切呢？自己的妻儿是由自己抛撇了的，怨不得天，怨不得人！音乐家有抱着他妻子的残骸痛哭的真情，悲痛至极终竟随他的妻儿长逝了。而他自己不是和他的妻子背道而驰，妻子向东，他自向西，妻子在漂渡苦海，他自己却是留在这儿梦想他自己力所不能逮的掀攫吗？他一想到这儿，他又失悔不曾送他的妻儿回去。“我为甚么不在船上补票？我为甚么不去和他们同样受苦呢，啊，我这自私自利的小人！我这责任观念薄弱的小人！……”

一种怆恼的情绪盘踞在他的心头。他让滚滚的电车把他拖过繁华的洋场，他就好像埋没在坟墓里一样。他没精打采地走回他的寓所，但他的寓所好像一座死城，好像有甚么比死还厉害的东西在埋伏着的光景。他掉头跑出弄子来，跑到这静安寺路旁的街树下羼走着了。他的充着血的眼睛仍然直视着前面，街面上接连的汽车咆哮声都不曾惊破他眼前的幻影。他走到沧洲别墅转角处便伫立住了，凝视着街心的路标灯不动，这是他的儿子们平时散步到这儿来最爱留心注视的。他

立了一会，无意识地穿过西摩路南走，又走到福煦路上来。走到圣智大学附近，他又蓦然伫立着了。去年夏秋之交的时候，有一次傍晚，他曾引他的两个大的孩子散步到这儿来，一只瓦雀突然从洋梧桐上跌下，两个孩子争前逐捕，瓦雀终竟被他们捉着了。他那时曾经做过一首诗，此时又盘旋上了他的脑际：

橙黄的新月如钩，已在天心孤照，
手携着我两稚子在街树之下逍遥；
虽时有凉风甦人，热意犹未退尽，
远从人家墙上，露出夕照如焚。

失巢的瓦雀一只蓦地从树枝蹴坠，
两儿欣欣前进，张着两只小手追随。
小鸟曳立悲声，扑扑地在地面飞遁，
使我心中的弦索也隐隐咽起哀鸣：

“娇小的儿们呀，这正是我们的征象，
我们是失却了巢穴，漂泊在这异乡，
这冷酷的人寰，终不是我们的住所，
为逃避人们的弓弹，该往哪儿去躲？”

无知的儿们尚未解人生的苦趣，
仍只是欣欣含笑，追着小鸟飞驰。
我也可暂时忘记，学学我的儿子，
不息的鸣蝉哟，为甚只死呀死呀地悲啼？

他倚着街树讴吟了一会，念起昔日清贫的团圆远胜过今日凄切的孤单，他的眼泪如像喷泉一样忍勒不住倾泻下来了。在这时候，他真觉得茫茫天地之间只剩下他孤零的一人，四面的人都好像对他含着敌意，京沪的报章上许多攻击他的文章，许多批评家对于他所下的苛刻的言论，都一时潮涌了上来。一种亲密的微笑从面前飞过的一乘汽车的轮下露出，暴尸在上海市上，血流了出来，肠爆了出来，眼睛突露了出来，脑浆迸裂了出来，这倒痛快，这倒痛快。“那时候尽一些幸灾乐祸的人们来看热闹，我可以长睡而不恼。……但是妻子们的悲哀是怎么样呢？朋友们的失望是怎么样呢？她怕我受累赘，才带着儿子们走了，她在希望我做长篇呢。每周的杂志，也好像嗷嗷待哺的雏鸟一样，要待我做文章呢。这是我死的时候吗？啊：太 Sentimental① 了！太 Sentimental 了！我十年前正是拖着一个活着的死尸跑到日本去的，是我的女人在我这死尸中从新赋与了一段生命。我这几年来并不是白无意义地过活了的。我这个生命的炸弹，不是这时候便可以无意义地爆发的。啊，妻儿们怕已经过了黄海了，我回去，回去，在这一两个月之内我总要把‘洁光’表现了出来。……”

他的脚步徐徐移动起来了。他如何抱着旧式结婚的痛苦才跑到东洋，如何自暴自弃，如何得和他的女人发生恋爱，如何受她的激励……过往十年的回想把他运回了寓所。客堂里的挂钟已经一点过了。一位老娘姨问他吃饭不吃，他回答着不用，便匆匆上楼去。但把房门推开，空洞的楼屋向他吐出了一口冷气。他噤了一下，走向房里的中央处静立着了。触目都是催人眼泪的资料。两张棕网床，一张是空无所有，一张还留下他盖用的几条棉被。他立了一会，好像被人推倒一般地坐到一张靠书台的藤椅上。这沉重得令人窒息的寂寥，还是只好借笔墨来攻破了。他把书台的抽屉抽开来，却才拿出了他儿子们看残了的几页儿童画报，又拿出了一个两脚都没有了的洋团团。在这些东西上他感觉着无限的珍惜情意来。他起来打开了一只柳条箱子，里面又发现了他女人平常穿用的一件中国的棉衣，他低下头去抱着衣裳接了一个很长的接吻，一种轻微的香泽使他感受着一种肉体上的隐痛。他把洋团团和画报收藏在箱子里面了，又回到桌边，才展开一帖原稿纸来，蘸着笔在纸端写下了“洁光”两个字。——他的笔停住了。怎么样开始呢？还是用史学的笔法从年月起头呢？还是用戏剧的作法先写背景呢？还是追述，还是直叙呢？还是一元描写，还是多元呢？还是第一人称，还是第三人称呢？十年的生活从甚么地方起头？……他的脑筋一时又混乱起来了。他把挟着笔的手来擎着右鬓，侧着头冥想了一会，但仍得不出甚么头绪。一夜不曾睡觉的脑筋，为种种彷徨不定的思索迷乱了的脑筋，就好像一座荒寺里的石灯一样，再也闪不出

---

① 作者原注：伤感。

些儿微光。但是他的感官却意外地兴奋，他听着邻舍人的脚步声就好像他自己的女人上楼，他听着别处的小儿啼哭声，就好像他自己的孩子啼哭的光景。但是，他的女人呢？儿们呢？怕已经过了黄海了。“啊，他们怕已经过了黄海了。我只希望他们明天安抵福冈，我只希望他们不要生出甚么意外。”他一面默祷着，一面把笔掷在桌上。“唉唉，今天我的脑筋简直是不能成事的了！”他脱去了身上的大衣，一纳头便倒在一张床上睡去。……马蹄的得得声，汽笛声，轮船起碇声，……好像还在耳里。抱着耶稣的圣母，抱着破瓶的幼妇，黄海，金蚌壳，失了巢的瓦雀，Beatrice，棉布衣裳，洁光，洁光，洁光……

凄寂的寒光浸洗着空洞的楼房，两日来疲倦了的一个精神已渐渐失却了它的作用了。

炼　狱①

爱牟自从和他的夫人离别了，半月以来时常和孤寂作战。但他作战一次，失败一次，就好像不谙水性的人，船破落水，在白齿嶙嶙的波中，愈见下沉，愈想奋发，愈想奋发，愈见下沉，结局是只有沉没在悲哀的绝底了。他的寓所本是一楼一底的民房。自从他夫人去后，一切陈设都足使他伤感。他在当晚便去邀了几位朋友来，一同住在前楼，把全家的布置都完全改变了。但是，改不了的，终是他自己的身心。他隔不几时又深悔何不保持着原有的位置，索性沉没在悲寂的深渊，终日受泪泉的涤荡。他对着朋友们时，时常故意放大声音讲话，放大声音发笑，但在话未落脚，笑犹未了时，他又长叹了起来。这种强为欢笑的态度，于他实在是太不自然，并且是太为苛刻，他和朋友们同住没有两天便又一个人搬到后楼的亭子间里去了。

这座亭子间除一床一桌而外，只有四面墙壁。他一人蛰居在这里，时而讴吟，时而倒在床上伸长两脚一睡，觉得太无聊时也起来执执笔，想写东西，但是总写不出甚么条理。他不知道几时早把他夫人留下的一件棉衣从箱子里取了出来放在床上，他睡的时候，总要把棉衣抱着

---

① 作者原注：外文为 Purgatory。基督教的说法：不完全的信徒，在进入天国之前，要先在地狱里锻炼灵魂，洗涤生前罪愆。这地狱就叫做“炼狱”。但丁的《神曲》，诗人魂游三界，其第二界即为“炼狱”。这篇的用意略取于此。

亲吻一回；然后再把来贴身盖着。他的夫人有和女友们合照的一张相片，他把她剪了下来，花了两角钱，买了一个相匣，龛饰起来了。他倚案时，相匣是摆在桌上，睡时，又移在床头，偶尔一出门也把来揣在怀里。

——“晓芙！晓芙！你怎么不同我讲话？你现刻在做甚么？儿子们又在做甚么？”

他时常对着相匣这样说，他的两眼总是湿涔涔的。

无论你是反抗或者是帖服，悲哀的分量总是不会减少。他到近来索性自暴自弃起来了。时而赌气喝酒，时而拼命吸烟。朋友们问他何故如此，他说这便是自杀。但是等他酩酊过后，酒烟的余毒，良心的苛责，又来磨荡着他。他时时向着相匣请罪，屡说不再吸了，不再喝了，严烈的发誓已经发过了多少回，但他依然敌不过“悲寂”的驱遣。朋友们都很替他担心，有的劝戒他说：蓄意沉浸于悲哀是但丁所不许的；有的说：他是有家室的人，不能如法兰西士·汤姆孙一样在楼阁中拼一个饿死。这些亲切的友谊他也很能怀着谢意去接受，但他总是不能自拔。

“长此浸淫着实在是不成事体，妻儿们的生活费还全无着落呢，我索性离开这家屋子，或者索性离开上海罢。”他有一天中午和着衣裳昼寝的时候，他的心里正在这样作想，后门的门铃响了，同住的尼特君替他拿了一卷邮件上来。他满以为是他夫人给他的信，但他接着看时，却是从无锡寄来的。他拆开一看，除去一些原稿之外还有一张信笺，他便先拿来读了。信里说梅园的梅花盛开，太湖上的风光已随阳春苏转，希望他和芳坞诸人同去游玩，也可以消除他们的愁烦。

“啊啊，这是和悲哀决斗的武器了，我索性暂时离开上海罢！”

他决绝地跳下床来，拿着信走到前楼来向芳坞说道：

——“无锡的嘉华和瘦苍邀我们去游太湖，你愿意去吗？我们礼拜去罢。”

——“唔，唔，礼拜去，礼拜定去。”芳坞回答了他，他又转向尼特：

——“尼特也去罢。”

——“去，你先写一封快信去就行了。”

他得了他们的赞成，随即写一封快信，约定后日乘早车到无锡。

第二天是礼拜六，他蛰居在家里仍和平常一样。晚上有人招饮，他也勉强出席了。席中有人问及他的夫人和儿子的，他触到伤感处，不禁又痛饮起来。一席的人他都和他们对酒，饮到席罢，他已经难以支持，东抱一人接吻一回，西抱一人接吻一回，同席的人他几乎都接吻遍了。他的脑筋还有几分清醒，他一面在狂态百出，一面也在自己哀嘲：看你这个无聊人究竟要闹到怎样？你坐这儿享乐吗？你的妻子还在海外受苦呢！……酒的烈焰煎熬着他，分裂了的自我又在内心中作战，他终竟支持不住，在友人的家里竟至大吐了一场。芳坞把他送回家，他坐在人力车上一路只是忏悔，从衣袋中取出他夫人的相匣来冰在自己的额上。

刚回家，他一倒在床上，便抱着他夫人的棉衣深深地睡去了。

醒来的时候，天色已经早亮了。心尖不住地狂跳，前脑非常沉重，而且隐隐作痛。他口渴得甚么似的，几次想起床寻茶水喝，但都没有勇气。最后他终竟忍耐不住，推开棉被抬起半身来时，他才看见桌上正放着茶壶和茶杯，原来芳坞在他睡时已经给他预备好了。啊，友情的甘露！他接连呷了几杯，一股清凉的滋味一直透进他的心底。他想趁势起床，但头脑总是沉重得难耐，他又依然倒下去睡着。

——“爱牟，怎么样了？还不起来。”芳坞走进房来催他。

他说：“不行，我头痛，你和尼特两人去罢，我今天不能去了。”

——“起来哟，赶快，你起来便会好的。已经七点钟，赶七点三十分钟的车还来得及。”

芳坞说着便下楼去了，他在床上还迟疑了一会，结局还是坐了起来。不去觉得对不住朋友，便留在家中也还是一样受苦，他便决心起了床。但是，头总是昏腾腾地作痛，走起路来总觉得有点摇晃的意思。

七点三十分的车他们也赶不及了，便又改乘九点半钟的快车。上车的时候，三等车的人已经坐满，芳坞和尼特只在车外站着，爱牟一个人却去找到了一个座位来坐下了。他只呆呆地坐着，邻近的人都向他投视一瞥疑怪的眼光。他心里时常起着不平的抗议。车出上海以后，窗外一片荒凉的平原，躺在淡淡的阳光里，他觉得这种风光就和他自己的心境一样。

车到苏州时，下车的人很多，芳坞和尼特才得走进车来。

——“爱牟，你怎么样了？脑子不痛了吗？”芳坞一进车来便关心着他。

——“已经不痛了，究竟还是来了的好。假使待在家里，包管有两三天是不会舒服的。”

谈不两句话，爱牟又沉默着了。他看见尼特坐在车隅看书，芳坞贪看着车外的景物，心里很羡慕他们的自由，只他自己是在茧中牢束着的蚕蛹。灰色的苏州古城渐渐移到车后去了，爱牟随着车轮的声音低低地讴吟了起来，声音高的时候，听得的是“……吴山点点愁……恨到归时方始休……”的几句。

无锡的惠山远从荒茫中迎接前来，锡山上未完成的白塔依然还是四年前的光景。四年前爱牟本在惠山下住过。他因为生活的不安，在那年的四月，向学校告了半年的假离别了他的妻子，从日本跑回了上海。上海的烦嚣不宜于他著述的生涯，他就好像灼热的沙漠上折了翅膀的一只小鸟，他心中焦灼得甚么似的。一直到七月，因友人盛称惠山的风光，并因乡下生活的简易，他便决计迁来。起初原拟在山下静静地译述一两部著作，但是惠山的童裸，山下村落的秽杂，蚊蚋的猖狂，竟使他大失所望。他住不两天接到从上海转寄来的他夫人的信，说是因为房金欠了两个月，房主人迫着他们迁徙了。他拿着信，一个人走上头茅峰去，对着晓雾蒙蒙中的旭日，思念着他寄留在东海岛上的可怜的妻儿，他的眼泪流在脸上，知道他的苦痛的怕只有头茅峰上的石头。他那时终竟不能安定，便在当日又匆匆地折回了上海。

头茅峰上的石头已渐渐可以辨别了，新愁旧恨一时涌上心头，爱牟又苦到不能忍耐了，“啊啊，我为甚么到这里来！我是来寻乐的吗？现在是该我寻乐的时候吗？这儿是可以寻乐的地点吗？我为甚么到这里来？我想做的长篇不是还全未着手吗？啊，我这糊涂虫！……”他一面悔恨着，但不容情的火车已把他拖进了无锡车站。芳坞和尼特催着他下了车，他在月台上走着，打算就改乘同时到站的下行车，折回上海；迟迟疑疑地走到出口处时，嘉华和瘦苍两人又早捉着了他的两手了。

嘉华和瘦苍两人在车站上已经等了他们半天了，另外听说还有一位朋友想私下见他们一面的，也同在车站上等着，他为友人们的浓情所激动，他的精神才渐渐苏活了转来，“啊，真丑！真丑！我简直没有骨头！”他们握着手一直走到繁华的市上，在一家饭馆里用了中饭，便同路绕道惠山，再向太湖出发。

童童的惠山，浅浅的惠山，好像睡着了几条獐子一样的惠山，一

直把他们招引到了脚底。他们走过了运河了，一千四百年前隋炀帝的二百里锦帆空遗下一江昏水。“啊，荣华到了帝王的绝顶，又有甚么？只可惜这昏昏的江水中还吞没了许多艺术家的心血呢！……你锡山上的白塔，你永远不能完成的白塔，你就那样也尽有残缺的美，你也莫用怨人的弃置了。……丛杂的祠堂和生人在山下争隙；这儿只合是死人的住所，但是在这茫茫天地之间，古今来又真有几个生人存在呢？……永流不涸的惠泉哟，你是哀怜人世的清泪，你是哀怜宇宙的清泪，我的影子落在你的眼中，我愿常在这样的泪泉里浸洗。……”

空气是很清新的，在冷冷的感触中已经含有几分温意。走向太湖的路上沿途多栽桑木，农人已在锯伐枝条，预备替绿女红男养织出游春的资料。迎面成群的学子欣欣归来，梅影湖光虽还保留在他们健康的颊上，但在他们匆匆的步武声中已在预告着明朝的课堂铃响了。只有悠闲拓大的水牛，间或有一二只放在空芜的草地上，带着个形而上学家的面孔，好像在嘲笑人生忙碌的光景。路虽宽广，但因小石面就，毕竟崎岖不平，爱牟右脚上的皮鞋，因在脚底正中早已穿破了一个窟窿，他走起路来总觉得脚心有些微痛。他跛蹇着跟在同人的后头，行路是很缓慢的。他们约摸走了一个钟头的光景，将近要到茶巷了。瘦苍止住脚，叫嘉华引他们到东大池去，他到茶巷去寻人力车来再往太湖。

——“东大池？是甚么名胜地吗？”爱牟忍不住向嘉华发问了。

——“这里有一家别墅，是我们去年替你找就的。去年我们几次写信给你，叫你来你总不来，现刻还空着呢。我们去看一看罢，你看了定会满意。”

去年爱牟回国的时候，本打算不住在上海，想在邻近的乡下卜居，以便从事著作并领略些江南风味。嘉华们听了，便邀他往无锡。但是无锡他是到过的地方，三年前失望的经验使他生了戒心，所以终竟没有放下决心。荏苒将近一年，无锡他不曾来，别处他也不曾去，蛰居在上海市中使他从前的计划归了泡影，连他自己的妻儿也不能不折回日本去了。这是他失败史中的一页，从此不能扯去的一页！

瘦苍走向茶巷去了，四人改途向北，折入田地中的一条支路上去。路直趋山麓，走不多远有小学校舍一间，校门都是严闭着的。转过校舍后现出一面溶溶的大池，池水碧绿而不能见底。池形如像倒打一个问号一样，在撇尾的一点处，一座大理石的洋亭，是两叠两进的结构。

亭下有石槛临池，左右有月桥，下通溪水。池之彼岸有松木成林，树虽不古而幽雅成趣。三面环山，左右形如环抱。爱牟和芳坞、尼特都惊异了起来。

——“啊，有这样好的地方!”

——“有这样好的地方!”

——“这简直是世外桃源了!”

冷静的嘉华引着他们只娓娓地细说：“这儿听说是前年才开辟出的，只有一个老人留守。我们在无锡住了五年，一直到了去年我们才在无意之中发现了这个地方。同学们都不知道，有的只说是荒凉了一点，但我们来看时全无荒凉的感觉。我们满心以为你们会来，把交涉都办好了，只要你们一回信，便请校长作函介绍，立地便可以居住的。留守的老人也非常欢喜，他以为他可以不寂寞了。”

沿着池东一直走过月桥，便走到别墅的区域。沿途有新植的梅花，已经开放。爱牟一路吮吸着梅花的清芬，静聆着流泉的幽韵，他的一心好像起了几分出尘的逸想，而他的一心又涌上了无穷的懊丧。“去年为甚么要辜负朋友的盛意终竟不肯来呢？我真是作孽自受！……”石亭后面是一面草场，草场尽处便是一列三间的住宅。住宅的形状颇类庙宇，屋浅无楼，结构本不甚美好，然而四方的风物也尽足补偿它的缺陷了。住宅右手还有一带翼房，留守的老人正在门前织履。

石亭拥立在假山石上。底层前为空阁，后为石窟。上层前为平台，后为亭屋。平台三面均有石栏，正中有圆形石案，有石凳环绕。登台一望，全池景色尽在眼中。风声鸟声，松声涧声，凝静之中，时流天籁。坐在这台上负暄，坐在这台上赏月，坐在这台上读书，坐在这台上作文，坐在这台上和爱人暖语，坐在这台上和幼子嬉戏……这是多么可乐的情事哟！每当风清月朗之夜，清友来游，粗茶代酒，洞箫一声，吹破大千的静宓；每当昼慵午倦之时，解脱衣履，沐浴清池，翡翠双飞，重现乐园的欢慰；或则大雨倾盆，环山飞瀑，赤足而走，大啸呼风；或则浓雪满庭，天地缟素，呼妻与子，同做雪人。啊，这是多么理想的境地哟！——但是，唉，但是，在爱牟现在是不能办到的了。他坐在平台的石栏上只自深深忏悔：“啊，我是被幸福遗弃了的囚人，我的妻儿们都是被我牺牲了！”

嘉华劝他们今年再来，芳坞和尼特都主张立刻搬来，轮流居住，只是爱牟的心中填满了一腔的悔恨，他不愿意再和幸福相邻，他只愿

在炼狱中多增加些苦痛。苦痛是良心的调剂，苦痛是爱情的代价，苦痛是他现在所应享的幸福了。他赞成芳坞和尼特迁到此地来，而他终愿独留上海。

天色已渐渐移入晚景了，四人辞别了亭台，从池子西边走去，远远望见瘦苍已经回来迎接他们了。他们匆匆转上大路，改乘人力车先到太湖，路过梅园时还有很多人出园，及抵湖畔时，游人已经绝迹了。

太湖的风光使爱牟回忆起博多湾上的海景，渡过鼋鼍岬后，他步到岬前的岩石下掬了一握水来尝尝它的滋味，但是，是淡的。——“多得些情人来流些眼泪罢，把这太湖的水变咸，把这太湖的水变成泪海！啊，范蠡哟，西施哟，你们是太幸福了！你们是度过炼狱生活来的，你们是受过痛苦来的，但在这太湖上只有你们的笑纹，太湖中却没有你们的泪滴呢。洞庭山上有强盗——果真有时，我想在此地来做个喽啰。”

太阳快要坠落了，湖上的七十二峰，时而深蓝，时而嫩紫，时而笼在模糊的白霭里。西天半壁的金光使湖水变成橙黄，无人的鼋鼍岬上已弥满着苍茫的情调。他们被船夫催促，只得又渡回岸来。走到梅园的时候，长庚星已经琳琅地高悬在中天了。

——“这样的梅花有甚么探赏的必要！梅花关在园子里面，就好像清洁的处女卖给妓院了的一样。”

爱牟在黯淡的梅花树下只仰头看望星星，旁边嘉华说道：

——“啊啊，大犬星已经出现了。大犬星下正南的一颗大星是甚么？”

——“那怕是南极老人罢。”

爱牟这样答应嘉华，但他却远远看见一对男女立在昏茫的旷野里。女的手持着洋烛，用手罩着西北风，免得把烛吹熄，手指被灯光照透，好像一条条的鲜红的珊瑚。男的按着图谱，正在寻索星名，只听女的问道：

——“那北斗星下鲜红的一颗大星是甚么？”

男的把头举起来，看了一会又找寻图谱：“唔，那是牧夫呢。”

——“那同牧夫品起的一颗清白的星子呢？”

——“……那是少女呢。牧夫燃到了那个样子，少女总是淡淡的。”

——“你在说些甚么?”女人的声音带些笑意了。只见男的把她手中的烛光吹熄，两人在天星之下拥抱着了，紧紧地接吻着。……

——“爱牟！我们走罢，明天还要到苏州去呢!”芳坞和尼特瘦苍两人在园中各处游了一回走来呼唤爱牟，爱牟才从他的幻觉中回到自己来，他所看见的，只是四年前的他和他的夫人。

——“啊，走罢，嘉华，我们走罢。”

五人同回无锡城外，在一家旅馆中过夜。谈到十二点过后各人都倦于一日的巡游，早沉沉地睡熟了，只有爱牟一人总是不能合眼。他夫人的棉衣今晚不能带来，他夫人的相片来时也忘记了揣在衣包里，这怕是他不能睡熟的最大的原因了。耿耿一夜，左思右想的仍不外是些追怀和后悔，他有时也想到他家中的父母，有时又想到索性到广东去从军，可以痛痛快快地打死一些人，然后被一个流弹打死。假使朝鲜人能够革命，他又想跑去效法拜伦……一些无系统的思想，一直缠绕着他到天亮。

他决心不再往苏州去了。十二点半钟，和嘉华瘦苍在车站上握手告别之后，芳坞和尼特在苏州下了车，爱牟一人便一直坐到上海。他回到上海后，又在他的斗室之中，过送着炼狱的生活了。

十字架

住在上海的时候使你受了多少累赘，临行真真是又劳苦了你不少了。我们不能不暂时离开你走，我是只有眼泪。临走的那天，天气还好，但从正午以后海便荒暴了起来，我是真正吃苦了。三个孩子都吐，和儿吐得顶厉害，但是第二天也就好了。我是连动也不能动，就好像死了的一样。到长崎的时候又是大风，雪是落得非常厉害的。到福冈的时候已经是晚上了，便在石川家里寄宿，T君也在那里留宿了一夜，第二天他就走了。

在石川家里只宿了一晚上，我们便到御虎家的楼上来了，楼居是很危险的，两天后又要搬家。小孩太多，楼上一个人是不能住的，并且又是破了的房子，真是冷得没法，冷得没法呢。租了一家二十块钱一个月的房子，念到孩子们的分上，家后有菜园，有橘子树，觉得也好。

在回上海以前从我们住过的那家楼上不是可以望见的吗？在邻近有一家有园子的，便是现在所说的住家了。本想先问你后再定夺，但为儿子们设想，很想早一刻移住稍为好一点的房子，所以一个人便决定了，虽是觉得太贵了一点。现刻虽还住在此地，待二三天后便想搬过去了。两天前吃饭是在石川家里吃的，太久了觉得对不住，从昨天起我在自己做饭吃了。

你在上海的生活又是怎么样呢？

我们是无论走到甚么地方都是一样，只是到此地来后甚么人的生活也免得看见。只有这一点好。孩子们都很欢喜的样子。

我依然是寂寞，无论走到甚么地方去，一种深不可测的孤独的悲哀好像洄漩一样旋涌起上来。

想写的很多，但没安定，随后慢慢写罢。

今天刮大风，下大雪，冷得无言可喻。把佛儿背着，买了东西回来又煮饭，觉得很疲倦。

别来不过才半个月的光景，就好像已经隔了一年的一样。

移到这里以来，每天天气都不好，真是窘人。大前天天气晴了，把三个孩子带着上街去买东西，走过电影馆的时候，孩子们说要看，便引他们进去看了。领着三个孩子看电影，真是再苦也没有的事呢。回来的时候，各人吃了一碗汤面。佛儿真个重起来了，背了半天，夜来身子痛得不能动弹了。

回家来把门开开，又起火，又煮饭，真是累人。岑寂的家中，寒冷的夜气侵人，彻入骨髓一般地冰冷。我的心境是陷在无论如何无论如何也说不出来的一种状态里面的。夜到深时也不能睡熟，孩子们因为倦了，都立刻睡熟了。还是只有孩子们好，无论走到甚么地方，都没有不安的心事。

好像想写的东西很多，但一写起来，这样也想不写，那样也想不写，结局是甚么也不能写下去了。这是因为想起你在上海的生活的缘故。真的，我们的生活真是惨目！我们简直是牛马，对于十分苛酷地被人使用了的不幸的牛马，人是没有些儿同情，没有些儿怜悯的一样。我们的生活简直是一点同情一点怜悯都不能值得！周围的人都觉得可羡慕，他们只在被赋与的世界里面享着幸福过去。

像我这无力的人简直没有法子。被赋予了的东西也被剥夺了，把持着了的东西也失掉了，我以后正不知如何。在心里留剩着的只有这么一点，女人到了三十无论做甚么事情都迟了！我是只有这一点遗恨。孩儿的爹爹，我对你说，人生是怎样短促的哟！这虽是甚么人都知道的事体，但是实际上浸润在身心的很少。

我们走后你在上海生活是怎么样呢？

不知道为何，只是这样被深不可测的悲寂恼乱着。从上海带来的点心，也在今天吃完了。夜半不能睡的时候，一个人取出来吃。每天每天，想起来的时候便吃，也把给孩子们吃。虽是稍稍顾惜着在吃，但是到了今天，蜜枣也吃完了，甚么也吃完了。

这边百物都贵，贵得没有道理。小小的鲷鱼一匹也要两毛钱，孩子们一人不把一匹给他们的时候又不够。佛儿是吃的牛奶和粥。

今天风很大，简直不能外出。

随后再写。

爱牟夫人回日本后将近三个礼拜了，还不曾有甚么消息转来。起初写信去恳求，后来渐渐生怒，又后来渐渐怀疑以为是生出甚么意外了。——在这样摇曳不定的情绪之下苦恼着的爱牟，在今天的早晨，突然才接到了这么一封长信。他急切地揭开信来展读，比得着天来的灵感时还要急切，还要兴奋的一样，他的心尖很迅速地战颤起来，胸腔紧张得好像要爆裂，读一句，他的眼鼻只是涨痛一次。

信是用铅笔写的，字迹异常草率，儿童们在旁边骚扰的光景，可以历历看取。信的后半部更显然是夜深人静后牺牲着睡眠的时间写的了。一面忧心着目前的儿童，一面又挂念着海外的丈夫，应该欢聚的生活却不能不为生活分离，应该乐享的爱情却不能不为爱情受苦。做母亲的心，做妻的心，一时把她引到天涯，一时又把她引回尺咫。在空阒的陋室中，在冷寂的夜气中，一个孤独的女人，描写着生离的恨绪。这在不关休戚的人看来，就如像在杀人场上看见了处决死囚，看见了别人的血肉横飞、身首异处，倒可以感受些鉴赏悲剧的快感。但在身当其事的人，在与当事者有切肤之痛的人，他们的悲哀，他们的眼泪，是不能用科学的方法来计算的了。

“啊，他们是安抵了福冈，只有这一点是可以感谢的。”

爱牟一面读着，一面潸潸地感谢着。读了一遍又读一遍，他的眼泪只如贯珠一样滴落在信纸上，和纸上旧有的泪痕，融合而为一体。

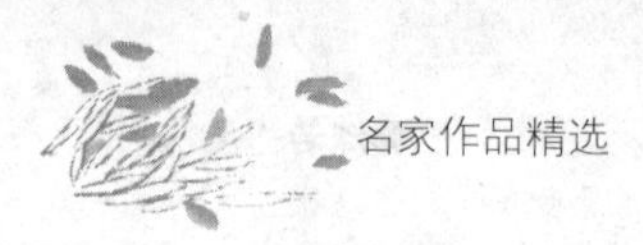

“啊啊，不错，我们真正是牛马！我们的生活是值不得一些儿同情，我们的生活是值不得一些儿怜悯！我们是被幸福遗弃了的人，无涯的痛苦便是我们所赋与的世界！女人哟！女人哟！你为我而受苦的我的女人哟！我们是甚么都被人剥夺了，甚么都失掉了，我们还有甚么生存的必要呢！”

“不错，人生原是短促的！我们为空间所囿，我们为时间所囿，我们还要受种种因袭的礼制，因袭的道德观念的凌辱，使我们这简短的一生也不得享受一些儿安慰。我们简直是连牛马也还不如，连狗彘也还不如！同样的不自由，但牛马狗彘还有悠然而游，怡然而睡的时候，而我们是无论睡游，无论昼夜，都是为这深不可测的隐忧所荡击，都是浮沉在悲愁的大海里。我们在这世间上究竟有甚么存在的必要，有甚么存在的必要呢！我们绞尽一些心血，到底为的是甚么？为的是替大小资本家们做养料，为的是养育儿女来使他们重蹈我们的运命的旧辙！我们真是无聊，我们的血简直是不值钱的苋菜水，甚么叫艺术，甚么叫文学，甚么叫名誉，甚么叫事业哟！这些镀金的套狗圈，我是甚么都不要了。我不要丢去了我的人性做个甚么艺术家，我只要赤裸裸地做着一个人。我就当讨口子也可以，我就死在海外也可以，我是要做我爱人的丈夫，做我爱子的慈父。我无论别人骂我是甚么都可以，我总要死在你们的怀里。女人哟，女人哟，女人哟，你为我而受苦的我的女人哟！我是你的，我是你的，我永远是你的！你所把持着的并未失掉，你所被赋与的并未被人剥夺呢！我不久便要跑到你那里去，实在不能活的时候，我们把三个儿子杀死，然后紧紧抱着跳进博多湾里去吧！你请不要悲哀，我是定要回来，我们的杂志快要满一周年了，我同朋友们说过，我只担负一年的全责，还只有三四十天了，把这三四十天的有期徒刑住满之后，无论续办与否，我是定要回来的。我们是预备着生，还是预备着死，那时候听你自由采决，我是甚么都可以。你所在的地方我总跟你去。无论水也好，火也好，铁道自杀也好，我总跟你去。我誓不再离开你一刻儿，你所住的地方我总跟你去的呀！……”

他自言自语地发了一阵牢骚，又痛痛快快地流了一阵眼泪，他的意识渐渐清晰了起来。他是在一个小小的堂屋里踱来踱去地步着。时候已近午后两点钟了，淡淡的阳光抹过正面的高墙照进窗来，好像是在哀怜他，又好像是在冷笑他的光景。堂屋里除去一些书橱桌椅之外，西壁正中钉着一张歌德的像，东壁钉着一张悲多汶的像，这两位伟大的艺术家都带着严厉的面孔好像在鄙夷他的样子。“你这样意志薄弱的低能儿！你这忧郁成性的白痴！你的生活是怎样的无聊，你的思想是怎样的浅薄，你的感情是怎样的自私！像你这样的人正是亵渎艺术的罪人，亵渎诗的罪人！……”这种尖刻的骂声，好像从两壁中迸透出来，但是他也全不介意，他只是在堂屋中踱来踱去地步着。“悲多汶哟，歌德哟，你们莫用怒视着我，我总不是你们艺术的国度里的居民，我不再挂着你们的羊头卖我的狗肉了。我要同你们告别，我是要永远同你们告别。”他顾盼着两人的像片自语了一阵，不禁带着一种激越的声音又讴吟了起来：

去哟！去哟！
　　死向海外去哟！
　文艺是甚么！
　名誉是甚么！
这都是无聊无赖的套狗圈！
　我把我这条狗儿解放，
　飘泊向自由的异乡。
海外去！海外去！
　　死向海外去！

去哟！去哟！
　　死向海外去哟！
　　家国也不要，
　　事业也不要，
我只要做一个殉情的乞儿，
　任人们要骂我是禽兽，
　我也死心塌地甘受。
海外去！海外去！
　　死向海外去！
去哟！去哟！
　　死向海外去哟！
　火山也不论！

铁道也不论！
我们把可怜的儿子先杀死！
紧紧地拥抱着一跳，
把弥天的悲痛同消。
海外去！海外去！
死向海外去！

他反反复复地讴吟，起初只是一二句不整饬的悲愤语，后来渐渐成了这么一首歌词。这是文人们的一种常有的经验，每到痛苦得不能忍耐的时候，突然经一次的发泄，表现成为文章，他的心境是会渐渐转成恬静的。爱牟也玩味到这种心境上来了。不怕他的心中，他的歌中，对于文艺正起了无限的反抗，但他却从衣包中搜出了一支铅笔来，俯就桌上，把他夫人的来信翻过背面来，便写上了他这首歌词。信上的泪痕还有些是湿的，写时每为铅笔刺破，但他也不回避，只是刺刺地写，好像他所把捉着了的东西，深恐失掉了的一样。他写好了后，又反复念了一回，他只觉得他的心尖异样的战栗。他索性寻了些信笺出来，想趁势给他夫人写一封回信去，并想把这首歌翻译成日文，写寄给她。但他才要下笔的时候，大门的门环响了。

——“这儿是爱牟先生的贵寓吗？”

——“是的。”

——“爱牟先生在家吗？”

——“我便是。”

——“哦哦！”

两位客人特别表示了一番敬意，但他们的眼光有几分不相信的样子。爱牟把他们请进客厅，他们便各各道了姓氏；其实在他们刚进门时，爱牟看见他们的容貌，听见他们的声音，早就知道他们的来历了。

他们是从四川的C城来的。在两礼拜前C城的红十字会给爱牟拍了一张电报来，仍然要找他去当医生，说不日当派员携款来迎，务希俯就等等，隔不几日爱牟又接到他的长兄由C城寄来一封快信：

爱牟仁棣如面：在叙在渝在万时均有函致弟，迄未得一复，不知吾弟究系何意，总希明白表示。顷C城红会致我一函，附有电稿，特连函送吾弟一阅，便知此中底蕴。须知现在世局，谋事艰难，谋长远之事尤难，红会局面较大，比之官家较为可靠，幸勿付之等闲也。父母老矣，望弟之心甚切，迅速摒挡，早日首途来渝，一图良晤，至盼至嘱。顺询近好，并候晓芙母子旅祺。兄W再拜。二月十三日泐。

W仁兄亲家大鉴：爱牟兄准定聘请，月薪四百，现因经费支绌，暂作八成开支，一俟经费充足，即照约开支。即希台端备函转致，诚恐爱牟兄在沪就聘他事。今日由弟电达，缓日派员携款去申迎驾。电稿附呈台览。顺请文安。小弟K顿首。

另外还有电稿一通，和以前所接的电文一样。

他的长兄一向是在C城办事的。红会的事，两年前便替他经营好了。去年在他回国的时候，曾经由红会给他送过旅费到日本去，但是错过了，旅费又打转去了。他回到上海来将近一年，他的长兄在朋友处打听了他的住所，接连写了几封信来，他一概不曾回信。他的长兄爱他的心情很深，他的父母思念他的心情更切，他们都望他早早回家，但他们却不能谅察他之所以不想回家的心理。

十一年前他是结过婚的，结婚后便逃了出来，但他总不敢提出离婚的要求。他知道他的父母老了，那位不相识的女子又是旧式的脑筋，他假如一把离婚的要求提出来，她可能会自杀，他的父母也会因而气坏。九年前他有一位妹子订婚的时候，他写信反对，发过一次牢骚，说甚么“嫁鸡随鸡，嫁狗随狗，嫁得一个臭蛤蟆，也只得饱吃一口”的话，他的父母竟痛责了他一场，那位妹子也寻了好几次短见。他和他的夫人晓芙自由结了婚，他的父母也曾经和他断绝过通信息，后来念到生了孙子，又才宽恕了他。但他家中写信给他的时候，定还要称他的夫人是“妾”，称他的儿子是“庶子”，这是使他最伤心，最厌恨不过的字面。几次决定写信回家去离婚，但终可怜老父老母，终可怜一个无罪无辜只为旧制度牺牲了的女子。他心里想的是：“纵横我是不愿仰仗家庭，我是不愿分受家中丝毫的产业的，我何苦要为些许形式，再去牺牲别人！父母不愿意离她，尽可以把她养在家中做个老女；她也乐得做一世的贞姑。照人道上来说，她现在的境遇，只是少一个男子陪伴罢了，我不能更逼她去死，使我自己担负杀戮无辜的罪名。”——他怀着这样的宗旨，所以他便决定了永远和家庭疏远的办法。最能了解他的是他的长兄，但是他的这层苦衷，他却不曾知道。

他的长兄只是希望他迅速回C城，但他怎能够回去呢？C城更和他的家挨近了。他想到十一年不见的老父，十一年不见的老母，十一年不见的兄弟姊妹，十一年不见的故乡，他也有终夜不能成寐的时候；但是，要叫他回家，他是不可能，怕永远不可能的了。“我的父亲，我的母亲哟，我今生今世怕已不能和你们相见，你们老来思子的苦心，我想起便时常落泪，但是我无法安慰你们，我只好使你们遗恨终古了。我的兄弟姊妹们哟！你们望我的心，你们爱我的心，我都深能感受，但是我们今生今世怕也没有再见的希望了。我们是枉自做了骨肉手足一场，到头我们是互相离隔着到死。住在我父母家中的和我做过一次结婚儿戏的女人哟，我们都是旧礼制的牺牲者，我丝毫不怨望你，请你也别要怨望我罢！可怜你只能在我家中作一世的客，我也不能解救你。……”他想起他的家庭的时候，每每和着眼泪在无人处这样的呼号，但是，他的苦情除他自己而外，没有第二人知道。

——“我们是奉了会长的命令来的，命令我们来迎接先生。这是会长的信，这是令兄先生的信，还有一张汇票，我是揣在怀包里的，路上的扒手很多呢。”来客的一位把信交了，一位解开衣裳在最里一层衬衫里又取出一张一千两银子的汇票来。红会的信和爱牟长兄的信，内容大抵和前回的相同。只是多说了几句派了甚么人来接和送了一千两银子来做旅费的话。爱牟一一把信检阅了，他当面对来人说他不能回去，也说了一些不能回去的原因。汇票他不愿接受，叫他们回四川时一道带回去。

——“我们受了会长的命令交给先生，交给了先生我们便算是尽了职分，否则我们将来会讨会长的怪。会长很希望先生回去呢。”

——“医院里面不说是有两个德国医生吗？”

——“是，是有两个，中国医生也还有三十几个呢。”

——“哦，有那么多的人，那更用不着我回去了。”

——“但是，人还不够用呢！‘二军’一败，打伤几千丢在那儿，我们不能不去医；‘一军’又一败，又打伤几千丢在那儿，我们也不能不去医，所以人手总是不够用的。”

——“那没有办法了。军人们这么爱打仗，就把四川全省的人都弄成太医，恐怕也不够用罢。”

——“吓，吓，吓吓吓……”

一千两银子的汇票，来人始终不肯拿去，爱牟只得权且收下。他写了一张收据交给来人，他们便匆匆地告别，走了。

淡淡的阳光仍然还照进窗内，客堂里的微尘静静地在空中游戏。爱牟想写信给他夫人的兴头被来人打断，他的意识的焦点又集中到这一千两银子的汇票上来了。有生以来第一次接到手里的这么一笔巨款！这对于他隐隐是一个有力的诱惑了。他想："我假如妥协一下，把这汇票换成钱，跑到日本去把妻儿接回来，再一路回C城，那我们以后的物质的生活是可以再无忧虑的了。一月有三百二十块钱的薪水，即使把一百二十块钱作为生活费，也可穷奢极侈。余钱积聚得三五年，已尽有中人之产，更何况将来的薪水还可望增加，薪水之外还可以弄些外润。……"但是他又想到，他一回到C城，便不能不回家；即使不回家，家里人也自会来，那时旧式婚姻的祸水便不能不同时爆发。父母是绝对不能和他一致的，人命的牺牲是明于观火的，他决不能为自己幸福的将来牺牲别人的性命，而且还可能牺牲他自己的年已耄耋的老父老母的性命。

"啊，父母哟！父母哟！请原谅你的儿子罢！你的儿子忍心不回来，固然是不孝，但是你的儿子终竟不忍回来，也正是出于他的还未丧尽的一点孝心。你儿子回来了，便会把人害死，便会把你两老人害死。这教你儿子怎么能够忍心呢？父母哟！父母哟！我是永远不能和你们相见了！"

他这么思念到他的父母，又不禁浸出了眼泪来。他知道他的父母，尤其是他的母亲，是最痛怜儿女的人，他还未出国的时候，他的长兄次兄都曾出过东洋，他的母亲思念起他们时，时常流泪，时常患着心痛的情形，他是知道得最详细的。他母亲时常说：绝对再不要爱牟出洋，因为她的心已经碎了，再经不着牵肠挂肚了。在十一年前爱牟结了婚，不三天便借故出门，说要上省进学，他母亲亲自送他上船，在船离岸时候还谆谆告诫他：

——"牟儿，你千切不要背着娘，悄悄跑到外国去啊！"

他为他母亲这句话在船上悲痛了好一场，他当时还做过一首诗，而今都还记得：

阿母心悲切，送儿直上舟。
泪枯惟刮眼，滩转未回头。
流水深深恨，云山叠叠愁。

难忘江畔语，休作异邦游。

但是他终竟背着了他的母亲逃到了日本，并且别来便一十一年了！在这十一年中间，他母亲思念他所流的眼泪，正不知道有多少斗斛了。他母亲今生今世不能再见他一面，一定是到死都不能瞑目的了。爱牟时常对他的夫人说：他一生的希望也只想回去再见母亲一面，但是他不能回去，他也不忍回去。啊，旧式的婚姻制度的功果哟！世间上有多少父母，多少儿女，同样在这种磔刑之下，正忍受着多少难疗的苦痛哟！

“啊！算了！这金钱的魔鬼！我是不甘受你的蹂躏，你且看我来蹂躏你罢！”

爱牟突然把那一千两的汇票，和着信封把来投在地板上，狠狠地走去踏了几脚，他不回C城决心愈见坚定了，他立刻便分别写了两封信，一封写给他的长兄，一封写给红会的会长，把汇票也封在里面，坚决地把关聘辞退了。回头又把他夫人的信来读了一遍，他接着便写一封信去答复她：

晓芙，我的爱妻：你的信我接到了。我在未接到你的信前是如何伤心，我在既接到你的信后又是如何伤心，你该能想象得到罢。你的悲苦我是晓得的，我现在也不能说些无谓的话来安慰你；我现在所能说的只有这一句：“我在三四礼拜之后便要回到你那里去了。”我想这一点或者可以勉强安慰你罢。我把所有的野心，所有的奢望，通同忏悔了。我对于文学是毫无些儿天才，我现在也全无一点留恋。我还不能不再住三四礼拜的缘故你是晓得的，我们的杂志要到那时才能满一周年，我对于朋友的言责是不能不实践的。

今天刚接到你的信后，四川的C城红十字会派人来接我们来了，大哥他还不知道你和儿子们都回日本去了呢。红会送了一千两银子来做路费，我拒绝了它，同时把路费也给它送回去了。我拒绝它的原故，想来你当能了解我罢？我固不愿做医生，我尤不愿回C城。C城和我家乡接近了，一场纠葛不得不决裂，我不愿我的父母到老来还要作我的牺牲。这是我所不能忍的，又是为我的原故使你不能不受苦，请你原谅我罢！我永远是你的所有，你所在的地方，我总要跟你来，你便叫我死，我也心甘情愿。

我还要告诉你一件事体，前几天我到无锡去过一回，去年夏天无锡的朋友们不是说替我们找到一个住所吗？那个住所真好，我此次跑去看了来，很可惜去年我们没有搬去。倘使去年我们是去了的话，我们的生活，或许不会如许落寞，你也不会转回日本去了。但是，过往了的事悔也是来不及的。我现刻对于生活的压迫，却一点也感不着甚么了，我有解决它的一个最后的手段，等我到日本后再向你说罢。最痛快的事情是我今天把一千两银子的汇票来蹂躏了一次——真个是用脚来蹂躏了一次。金钱哟！我是永不让你在我头上作威作福了！我到日本去后，在生理学教室当个助手总可以罢，再不然我便送新闻也可以，送牛奶也可以，再不然，我便要采取我最后的手段了。到日本后再说。

为我抱着孩子们多接几个吻。

他草率地把几封回信写完之后，时候已经将近四点钟了。身上好像放下了莫大的负担，心里也舒畅了许多，只是两眼觉得异常干涩，他便把纸笔检好，又去打了一盆冷水来洗了一次脸，把几封信揣在衣包里，打开后门出去。

一千八百九十一年前同着耶稣钉死在 Golgotha① 山上的两个强盗中的一个，复活在上海市上了。

---

① 各各他，基督教《圣经》中的地名，意为“髑髅地”，耶稣最后被钉上十字架的地方。当时同耶稣一起被钉在十字架上的还有两个强盗。事见《新约全书·马太福音》第二十七章。